Als Großvater auf Skiern
nach Finnland kam

Daniel Katz

Als Großvater auf Skiern nach Finnland kam

HINSTORFF

Die Gestalten dieses Buches haben nichts mit der Wirklichkeit zu tun, wie es sie in Wirklichkeit auch gar nicht gegeben hat.

1

Bennos Dilemma

Als mein Großvater Benno hundertundfünfzig Zentimeter lang und sein Schädel breit geworden war, brach der Russisch-Japanische Krieg aus, von allen Kriegen vielleicht der sinnloseste. Da er Unteroffizier in der Armee des Zaren war, verlangte man von ihm, kleine, akkurate und tapfere Japaner umzubringen. Der Kriegsminister des Zaren Nikolai hatte Großvater indirekt zu sich befohlen und gesagt: „Benno, unser bedrohtes Vaterland verlangt von Euch, daß Ihr die kleinen und brutalen Japaner tötet."

Großvater hatte vor sich hingelächelt. „Dies ist ein imperialistischer Krieg. Und ich bin ein kleiner Mann."

Er war noch kleiner gewesen, als die Kosaken in das winzige Dorf (Chlebsk? Chlobsk?) östlich von Polozk im Gouvernement Witebsk einfielen. Die Kosaken kamen, und es war ein elendes Dorf; dort wohnten ein paar hundert bettelarme Juden, die davon lebten, daß sie sich gegenseitig Gebrauchtwaren, die sie voneinander gekauft hatten, und geschmuggelten Osterwein verkauften. Außer ihnen waren in diesem Dorf aus irgendeinem Grund einige Rothschilds hängengeblieben, die sich an den höchsten Feiertagen der Wohltätigkeit und dem Hasardspiel widmeten.

Derartige künstliche wirtschaftliche Beatmung hielt die arme Verwandtschaft am Leben und bei Hunger. Selbst die Schoßkinder mußten beizeiten lernen, mit schwarzem Brot und Zwiebeln auszukommen. Oft krochen sie auf dem Boden zu Füßen ihrer armen Eltern und lutschten an einem in Wein getauchten Lappen.

Von den Dörflern waren ungefähr die Hälfte Weißrussen. Sie bestellten die Felder des Pan Wissozky und kratzten sich hinterm Ohr und spuckten gutwillig aus. Einige liehen sich von den Rothschilds Geld und lösten ihr kleines Stück Land beim polnischen Pan ein. Juden durften kein Land besitzen. Manchmal bekamen die Weißrussen schlechte Laune, weil sie ihre Schulden bei den Rothschilds, die reiche Juden waren, nicht tilgen konnten. Um sich abzureagieren, arrangierten sie kleine Pogrome und brachten Dutzende armer Juden um. Eine Gruppe junger Juden bildete einmal einen Selbstschutztrupp, der nach Palästina zog und sich für die Greueltaten der Weißrussen blutig an den Arabern rächte.

Als also die Kosaken kamen, verschlossen die Dörfler ihre Türen und blieben mit ihren Kindern im Hause. Die Kosaken nahmen meinen Großvater mit, der damals zehn Jahre alt war. Seine Mutter war nämlich gestorben und sein Vater nach Sibirien gebracht worden, und irgendeine Tante kümmerte sich nicht ordentlich um ihn. Großvater war in seiner Dummheit auf der Dorfstraße geblieben und spielte. Die Kosaken umringten ihn und nahmen ihn mit, nachdem sie mit der Tante, dem Dorfältesten und dem Rabbiner einen schriftlichen Vertrag gemacht und – ich weiß nicht mehr, wem – einige Rubel Entschädigung gezahlt hatten. Gleichzeitig nahmen sie vier, fünf andere jüdische Jungen und drei Großväter mit, die sie beim Glücksspiel auf dem Friedhof antrafen. Der Zar brauchte immer mehr Soldaten, und die Auswahl war nicht groß. Die für sein Alter geringe Körperlänge meines Großvaters Benno erweckte beim Kosakenleutnant einige Bedenken, aber die verrückte Tante konnte ihm klarmachen, das sei nur ein vorübergehender Zustand. Auch Bennos Vater, der Schmuggler, sei als Kind ungewöhnlich klein gewesen, aber in den Entwicklungsjahren sei er dann doch so aufgeschossen, daß ihm nur noch drei Zentimeter an zwei Metern gefehlt hätten.

(Und die Tante log nicht einmal. Als Großvaters Vater aus der Verbannung in Sibirien zurückkehrte und zu seinem Sohn Benno nach Helsinki kam, drehten sich die Helsinkier auf der Straße um, schauten ihm nach und dachten: ‚Das ist aber ein ungewöhnlich langer und häßlicher Jude.‘ Und als er bei Großvater ins Haus trat, mußte er sich in der Tür bücken, und als er ein halbes Jahr später vor Kümmernis seinen Geist aufgab, fand sich in ganz Helsinki kein genügend großer Sarg, der mußte erst angefertigt werden. Und schnell; denn die Juden wundern sich über ihre Toten nicht eine Woche lang wie die Christen, sondern bestatten sie am liebsten schon am nächsten Tag. Wenn einer gestorben ist, ist er tot. Auf den Vater meines Großvaters komme ich später noch einmal zu sprechen.)

Natürlich mußte Großvater unter seinem kleinen Wuchs leiden, besonders als man ihn in die Militärschule in Kronstadt auf der Insel Kotlin im Finnischen Meerbusen steckte. Dorthin wurden Jungen aus allen Ecken und Enden Rußlands gebracht, Waisen und Halbwaisen, Kinder eingekerkerter Eltern, bösartige Gören aus Erziehungsanstalten und Nachkommen aus dem niederen Landadel, die sich beim Beerenlesen im Wald verirrt hatten.

Benno wurde in eine Baracke gesteckt, in der vier hochaufgeschossene und sanftmütige Tatarenjungen (Ymär, Günes, Münir, Tahir), vier sehnige Ukrainerjungen aus der Kiewer Gegend, einige Kalmüken und drei flachsblonde Jungen aus Ingermanland wohnten, die oft mit verschränkten Händen dasaßen. In die Barackenecke schließlich, die nach Norden lag, hatten sich zwei Kalotten tragende, grobknochige, finstere jüdische Jungen aus Dagestan, Kaukasien, verkrochen.

Die Dagestaner konnten nur ein paar Worte Russisch, aus ihrer eigenen Sprache wurde kein Mensch klug. Anton Antonowitsch Dejatnikow, Professor für altaische Sprachen an der Petersburger Universität, kam persönlich, sich das Kauderwelsch der Dagestaner anzuhören, und verfaßte darüber eine wissenschaftliche Abhandlung, derzufolge darin ossetisches Wortgut, kabardinische Aspektbildung und zahlreiche tatarische Interjektionen des Astrachaner Dialekts vorkamen. Die Jungen hatten nie ordentlich Russisch gelernt, aber sie besaßen die angeborene Fähigkeit, mit Waffen umzugehen. Ein Gewehr wurde in ihren Händen zu einem zusätzlichen Körperteil, zu einer organischen Extremität, die harmonisch aus dem langen, eckigen Körper herauswuchs. Sie schossen gern mit jeder Art Waffe; die Knallerei war auch das einzige, was sie zu einem schaurig bedeutsamen Lächeln bringen konnte. Nach dem Schießen pflegten sie tscherkessische Kriegslieder zu schmettern.

Der arme Großvater hatte Schwierigkeiten mehr als genug: zunächst einmal war er von allen der kleinste, zum zweiten war er Jude, zum dritten war er der allerkleinste Jude. Man behandelte ihn schlecht. Die Kalmüken ritten auf ihm, die Ukrainer nagelten ihn ans Kreuz, die Ingermanländer bedrohten ihn mit Messern, und die Tataren versohlten ihm das Hinterteil. Sogar die Dagestaner stierten ihn unfreundlich an und zeigten ihm fletschend ihre Zähne. Um Großvater, den kleinen Benno, stand es schlimm. Er dachte traurig: ‚Mir geht es schlecht. Das ist verständlich. Soll ich auch noch meine andere Wange hinhalten? Sie wissen nicht, was sie tun.‘

Zwischendurch versuchte er die Sache dennoch von der spaßigen Seite zu nehmen, denn er hatte ein optimistisches Naturell. Irgendwo mußten die Jungen doch ihre Aggressionen loswerden. Auf diese Weise konnte man vielleicht Kriege verhindern. Allmählich aber senkte sich der Samen des Zorns in sein Herz, und er dachte: ‚Wenn ich erst so groß bin wie mein Alter, dann, verdammt nochmal, werde ich loslegen, und die Kalmüken werden matt wie Heu auf der Wiese liegen, und die Ukrainer verhau ich mit ’nem Knüppel und so was alles …‘

Die Jahre vergingen, und er wuchs wirklich heran. Aber die anderen Jungen wuchsen noch mehr. Wenn er zwei Zentimeter größer wurde, wuchsen die anderen drei. Er wuchs stetig und genau ein Drittel weniger als die anderen. Er probierte viele Mittel aus. Er bat den Küchenfeldwebel um zusätzliche Portionen und den Feldscher um gelbe Pillen. Er hing jeden Abend eine Stunde lang an den Händen festgebunden am Reck, an den Füßen Gewichte von dreißig Kilo. Nichts half. Er wuchs – da war nichts zu ändern – langsamer als die anderen. ‚Langsamer, was bedeutet das schon!' dachte er in seinen zuversichtlichen Augenblicken, ‚auch mein Alter ist langsam gewachsen, aber dafür um so größer geworden, bis er alle anderen überholt hatte. Vielleicht werde auch ich …'

Mit vierzehn Jahren erreichte er eine Länge von anderthalb Metern und hörte dann ganz auf zu wachsen. Die anderen dagegen wuchsen lustig weiter. Großvater verlor die Geduld und verfluchte seinen Vater. Dann befiel ihn der Verdacht, sein Vater sei gar nicht sein Vater und er sei ein Bankert. Da verfluchte er dann seine Mutter, weil sie mit einem Mann unter Maß gesündigt habe.

Als der Spott der Kameraden zunahm, war Großvater nicht mehr nach Lächeln zumute. Gram und Groll erfüllten ihn, und niedergeschlagen begann er am Sabbat in die Synagoge der jüdischen Soldaten zu gehen, um dort Trost zu suchen. Aber in der Synagoge fand er keinen Trost. Der Herrgott erinnerte ihn an einen bärtigen Warägerriesen, der aus seiner Höhe streng und anklagend auf Bennos Winzigkeit herniederstarrte.

„Zum Teufel, was glotzt du, du hast mich doch selbst so geschaffen." Großvater wurde böse. Da kamen ihm die Dagestaner zu Hilfe.

Sie gingen am Neujahrstag in die Synagoge, legten ihre grusinischen Dolche im Vorraum ab, betraten finster das Heiligtum, setzten sich schnurstracks an die Ostwand und schauten dem Gottesdienstritual zu, das sich von den bekannten kaukasischen Bräuchen unterscheidet. Großvater trat zu ihnen und drückte ihnen zwei Gebetbücher in die Hand. Sie schauten die Bücher und den Großvater argwöhnisch an, fielen dann mit garstiger Stimme in das Rezitativ ein. Alle verstummten und schauten auf sie, außer Großvater, der mit ihnen mitsang. Als sie anderthalb Stunden aus vollem Halse gebrüllt hatten, waren sie Freunde geworden.

Aber in die Synagoge gingen sie nicht mehr.

Die Dagestaner nahmen Großvater in ihre persönliche Obhut. Sie verdroschen die zwei Ukrainer, die Großvater mit den Hosenträgern an einen Haken an die Wand gehängt hatten, wo er sich zum Spaß aller abstrampelte. Sie drohten, sie würden den Kalmüken die Ohren abschneiden, wenn sie es noch einmal wagen sollten, Großvater als Roß zu mißbrauchen, und machten auch den anderen Plagegeistern mit wüsten Verwünschungen angst. Nach und nach ließen sie alle den Großvater in Ruhe.

Zum Dank las Großvater ihnen Bibelgeschichten vor. Die Dagestaner hatten Gefallen an diesen Schilderungen, in denen die Kinder Israels die Ammoniter, die Edomiter, die Kanaaniter und andere verprügelten. Sie klatschten in die Hände und nannten Josua Kabir Djigit, was „Großer Reiter" bedeutete. Hin und wieder spitzten die Kalmüken die Ohren. Auch sie wollten Kavalleristengeschichten hören. Großvater hob ohne Bedenken Josuas ganze biblische Kriegsschar aufs Pferd und ließ die hebräischen Hunnen Kanaan wie eine unaufhaltsame Lawine überrollen, die alles, was sie am Weg antrafen, niederbrannten und verwüsteten. Die Tataren erinnerten sich an Berichte ihrer Eltern vom großen Tatarenreich, das sogar Moskau mit Steuern belegt hatte, bis Iwan der Schreckliche schrecklich wurde.

Die Ukrainer interessierten sich für das Abenteuer König Davids mit Jonathans Weib und für König Salomos heilige Orgien mit seinen vierhundert Weibern, aber erst die Erlebnisse des Geschwisterpaares Ohola und Oholibido mit den übergroßen Gliedern ägyptischer und assyrischer vornehmer Männer ließen sie vor Entzücken nach Luft schnappen. Großvater las genau, er versuchte nichts zu vertuschen. Er war ja noch sehr unerfahren. Einer der Ingermanländer gab dafür aus dem Gedächtnis eine wunderbare Geschichte von den Sünden der Einwohner von Sodom wieder. Er ging den ganzen ingermanländischen Stall durch, vom Bullen bis zum Lamm, wechselte zum Hühnerstall über und entdeckte dann zu seiner Verwunderung in einer Ecke des Pferdestalls drei einheimische Lebewesen, ein Kamel, einen Ozelot und einen Tapir.

Großvater Benno gewann an Beliebtheit. Er hatte eine angenehme Stimme, er intonierte sicher und dramatisch. Die Jungen baten ihn, auch andere Bücher vorzulesen. Er las ihnen Tolstois „Meine Kindheit" vor, Turgenjews „Väter und Söhne", Lermontows „Ein Held unserer Zeit", Gontscharow, Zarathustra, Nietzsche, Marx, Homer. Dann verpetzte ihn jemand.

Er erhielt dreißig Tage verschärften Arrest und zwanzig Rutenhiebe wegen Vorlesens aufrührerischer und gottloser Bücher. Als er nach verbüßter Strafe in seine Baracke zurückkehrte, begrüßten die Jungen ihn mit Hurra, trugen ihn hinein und boten ihm Schnaps an. Dann baten sie ihn, wieder vorzulesen. Den ganzen Monat war es stumpfsinnig gewesen, sie hatten nichts zu hören bekommen als erfundene Weibergeschichten und Furzkonzerte. Großvater versprach vorzulesen. Aber sie mußten ihm helfen. Er hatte beschlossen, ein Draufgänger zu werden, klein, aber gefährlich.

Er bat die Dagestaner, ihm das Knurren und das Schießen beizubringen. Die Kalmüken lehrten ihn, ohne Sattel zu reiten, die Tataren das Fechten, die Ukrainer das Tanzen und die Finnen das Fluchen.

‚Ein kleiner Mann muß etwas haben, das länger ist als sein Arm', dachte Großvater und ging zum Feldwebel.

„Herr Feldwebel, ein kleiner Mann braucht etwas, das länger ist als sein Arm."

„Du sagst es, Judas, und bist so klein."

„Herr Feldwebel, die Soldatensäbel sind alle gleich lang."

„Du hast eine scharfe Beobachtungsgabe, kleiner Salomo, die Säbel sind gleich lang. Warum? Ich sag es dir, warum. Darum, weil die Soldaten der Armee des Zaren alle gleichgestellt sind. Wir machen keinen Unterschied zwischen den tapferen Verteidigern des Großen Rußland, du halbwüchsiger Christmörder."

„Aber wo ich doch nun mal so klein bin …"

„Da möchtest du einen kürzeren Säbel? Geht nicht. Zinnsoldaten kann der Zar nun mal nicht gebrauchen. Erst der Säbel macht einen Soldaten aus dir. Dies ist eine Schule für Männer. Beiß dich durch. Durchhalten muß man. Der Teufel soll dich holen! Wenn du nicht durchhältst, werd ich dir zeigen, was passiert, wenn ein Soldat nicht durchhält. Er geht zugrunde. Also ein Messerstecher willst du … Willst wohl dem Feind unter die Beine fahren und ihm die Vorhaut beschneiden? Oho! Durak! Geht nicht; wenn wir gegen die Türken kämpfen, was willst du da beschneiden?"

„Herr Feldwebel, ich will ja keinen kürzeren Säbel, sondern gerade einen längeren, wenigstens um ein Drittel länger. Wie sollte ich sonst überhaupt an die Feinde meines Vaterlandes herankommen?"

„Donnerwetter, du kleiner Finger Abrahams, meinst du das im Ernst? Was soll man nun dazu sagen? Du, ich durchschaue dich, hast irgendwelche Pläne ausgebrütet, jüdische Mätzchen im Sinn, sag's nur rundheraus, gesteh's!"

„???"

„Nicht? Wenn nicht, dann kann man sich die Sache ja mal überlegen. Komm morgen wieder. Tolles Ding. Immer den Teufel im Kopf. Oder? Nein? Ich sage dir … Ich bin ein gutmütiger Mensch. Frag die Tataren auf der Krim, frag die Türken selig. Hoho! In Bulgarien im Jahr achtundsiebzig, auf dem Schipka-Paß …"

Großvater bekam einen längeren Säbel. Er schleifte am Boden, wenn er ging. Nach täglichem, hartnäckigem Training entwickelte er sich zu einem gefährlichen Fechter, gefährlich für seine Gegner, für Außenstehende und sich selbst. Die Dagestaner versuchten ihm beizubringen, wie man Tauben im Flug abschießt, aber trotz seiner beherzten Bemühungen lernte er nicht fliegen. Eine Taube war schon auf dem Erdboden nicht einfach zu treffen, sie ist ein nervöses Tier, hüpft hierhin und dorthin. Allmählich lernte Benno unter Anleitung der Kalmüken auch das Reiten, obwohl er sich anfangs ängstigte, weil die Gäule so hoch waren, daß er einen Stuhl besteigen mußte, um auf ihren Rücken zu kommen. Bei den Pferden war er sehr beliebt, weil er so leicht war. Sie machten nicht allzuviel Scherereien. Bald zeigte er so gute Fortschritte, daß er ein eigenes Pferd bekam, das er Moses Mendelssohn taufte, Pferd der Aufklärung.

Seine Körperkräfte mehrte er, indem er sich im finnischen Ringkampf übte, in dem ihn die Ingermanländer unterwiesen. Er lernte den Körperwurf, Armwürfe, Hüftwürfe, Nackengriffe, Finten, Wälzer, Reißer, Brücken, Halbnelsons, Lindénwürfe, Halsgriffe und – Kneifen, wenn's der Kampfrichter nicht merkte. Großvater gewann denn auch die Ringermeisterschaft der Armee im Fliegengewicht. In zwei Jahren hatte er sich eine prächtige Muskulatur erworben; im Grunde genommen war er bald der prächtigste Mann des ganzen Zuges, relativ gesehen, in seiner Klasse, für seine Größe. Er ließ sich einen langen Schnurrbart wachsen und legte sich einen feurigen Blick zu. Er ließ gern Fotos von sich machen, auf denen er mit bloßem Oberkörper oder im Trikot oder auch in Uniform posierte, immer allein und vor einem wohlgewählten Hintergrund. Nach den Bildern mochte man meinen, er sei zwei Meter lang.

Solche Fotografien wurden dann meiner Großmutter zum Verhängnis. Einige von ihnen waren bis nach Helsinki gelangt, wo sie ihr in die Hände fielen. Sie entbrannte für den Prachtathleten und trat mit ihm in Briefwechsel. Sie beschlossen, sich brieflich zu verlieben.

Großvater war damals achtzehn Jahre alt. Er konnte auf Mendelssohns Rücken von hinten über den Schwanz springen und gleichzeitig einen Salto machen. Er stand im Rang eines Korporals, hatte in der Kaiserlichen Armee des Zaren drei Jahre Musikunterricht genossen und war offiziell Kaiserlicher Kavallerist, Korporal, Kornettist – in dieser Reihenfolge.

Großvater Benno beantragte seine Versetzung in das in Helsinki stationierte Kaiserliche Kavallerieregiment des Großfürstentums Finnland, denn er hatte beschlossen, Großmutter zu heiraten.

Dem Antrag wurde stattgegeben, aber er mußte erst seine Prüfung als Kornettist machen. Heiraten durften nur vollendete Hörner. Zum obligatorischen Teil der Prüfung gehörte der erste Satz aus Händels Trompetenkonzert. Benno blies sich auf dem Kornett den Mund fußlig, übte und übte, und noch im selben Jahr hatte er den ganzen ersten Teil durchgeackert. Seiner Meinung nach war er auf die große Prüfung vorbereitet.

Aber der allzu große Optimismus rächte sich. Während der Prüfung übermannte ihn das Lampenfieber, und er verhedderte sich gleich bei den ersten Takten. Aus Händels Taatittaa-tit-taa-tittaa-tittaaa wurde das Taa-tittaa-tit-ta-tatitatittaaa aus Mahlers Erster Symphonie.

„Verdammter Tölpel!" rief der Vorsitzende der Prüfungskommission, J. A. Garbajew. „Was fehlt Ihnen? Ich muß mich sehr über Sie wundern, junger Mann – Benno war wohl Ihr Name. Sie sollten sich schämen, wagen es, zu einem Volk zu gehören, das uns einen Anton Rubinstein, einen Felix Mendelssohn, einen Hugo Wolf geschenkt hat …"

Der begleitende Pianist von Sphalen fühlte einen Stich im Herzen. „Herr Major, dürfte ich bemerken, daß der Komponist Hugo Wolf von den Wolgadeutschen abstammt."

„Deutscher oder Jude, wer fragt danach?" bullerte der Slawophile Garbajew. „Der Ahnherr der Habsburger, Rudolf, war ein jüdischer Krämer aus dem Elsaß. Und was Sie angeht, Benno", fuhr Garbajew unbeirrt fort, „Sie … Sie … Sie sind ein vollkommenes Hornvieh!"

Großvater konnte gehen.

Als er seinen Kameraden Lebewohl sagte, stand allen eine Träne im Auge. Die Dagestaner winselten jämmerlich und schenkten ihm zum Andenken einen versilberten serbischen Mauser (denselben, mit dem Benno in Helsinki Großmutter aus Versehen ins Kinn schoß. Die Kugel trat durch die rechte Wange wieder aus, ohne auch nur eine Narbe zu hinterlassen).

Benno war sehr gerührt. Traurigen Herzens wiederholte er
für sich: „Partire é un po' morire."

Man hat mir nie erzählt, was Großmutter dachte, als sie
Benno das erstemal am Kai von Katajanokka sah. Meine
Großmutter war eine stattliche Frau. Wahrscheinlich waren
ihre Gedanken sehr widersprüchlich: ,Da heißt es, Fotos
lügen nicht! Ich bin betrogen worden. So entsetzlich klein! –
Oje, was mag er gelitten haben, er braucht viel Zärtlichkeit.
– Wenn er doch nur größer wäre! Was der wohl für einen …
Es wächst auch der kleine Mann, wenn er ins Bett steigt. –
Ob man ihn auf den Schoß nimmt?'

Großvater wurde blaß, Nebel kam ihm vor die Augen, in
den Schläfen hämmerte es. ,Was für ein Esel ich bin. Daran
hab ich nicht gedacht. Alles ist hin. Ich habe sie verloren,
bevor ich sie besessen habe', dachte er erschüttert.

Sie sahen sich, schweigend und ohne sich von der Stelle
zu rühren, eine halbe Stunde lang an. Die Volksmenge wi-
dersetzte sich dem Ukas des Zaren. Straßenjungen liefen um
sie herum und lästerten über sie. Lenin schmiedete in Zürich
große Pläne. Ein Güterzug fuhr donnernd zwischen beiden
vorbei. Sie rührten sich nicht. Wer würde den ersten Schritt
tun? In welche Richtung?

Ein Soziologe, der gerade dazukam, dachte bei sich: ,Man-
gelhafte Information bei primären Kontakten kann zu kumu-
lativen Erwartungsdeviationen führen, die nach der Zwei-
phasenhypothese nicht ohne erschwerende Auswirkungen
auf die Entstehung eines gemeinsamen Bezugschemas und –
vom Standpunkt der Gruppendynamik – auf die Herausbil-
dung äußerer, objektiver Kriterien bleiben.'

Er warf Benno einen bösen Blick zu, stieß Großmutter
mitleidig mit seinem Bambusstock an den Bauch, zuckte mit
den Schultern und ging seines Weges.

Großvater machte die erste Bewegung. Das war in dieser
Situation das einzig Richtige. Er schützte seine Flanke mit
seinem Pferd und bedrohte die Königin mit einer Tölpelei: er

erhob sich auf die Zehenspitzen und küßte Großmutter die Hand, hielt sie eine Zeitlang in der seinen, schaute Großmutter mit seinen traurigen Augen an. Die ganze Zeit über schwieg er dramatisch. Plötzlich ließ er die Hand los, trat zackig drei Schritte zurück, nahm Haltung an und grüßte militärisch, wandte sich schnell um, gleichsam um seine Tränen zu verbergen, und ging entschlossen auf die Marinekaserne zu, instinktgeleitet, mit flatterndem Umhang, der Säbel schleifte auf der Erde. Großmutter blieb verdutzt am Kai zurück. Sie schaute Großvaters entschwindender Gestalt nach, die allmählich zu wachsen und noch straffer zu werden schien, als sie schon war. Großmutter war vielleicht ein wenig verliebt.

Einen Monat lang ließ Großvater nichts von sich hören. Aber er hatte ernstlich beschlossen, Großmutters Liebe zu gewinnen, koste es, was es wolle. Großmutter hatte Eindruck auf ihn gemacht, nicht nur mit ihrem großen Wuchs. Sie war ein prächtiges Weib. Blond und stupsnasig, in den Augen Wärme und Zähne im Mund. Großvater dachte sich komplizierte und dramatische Pläne aus. Er würde Großmutter einen jungen Luchs schicken, der an einen Löwen erinnerte. In das Halsband sollte mit Goldbuchstaben sein Name eingraviert sein: ‚Benno‘. ‚Sie ist eine intelligente Frau‘, dachte der Namensvetter des Luchses, ‚sie wird die Symbolik begreifen: klein und weich, aber in der Brust das Herz eines Löwen … nein: eines Luchses.‘ Nein, er würde Großmutter unversehens in eine Choleragrube stoßen und sie dann retten. Oder anders herum: er würde Großmutters Luchs ins Wasser stoßen und dann retten … ‚Oje!‘ dachte er verzweifelt, ‚der Frau ist sich schwer zu nähern.‘ Benno hatte Angst, Großmutter könnte ihn auslachen, gleich was er tat oder sagte.

Es verging ein ganzer Monat, und Großvater hatte noch keinen brauchbaren Plan ausgetüftelt. Aber ohne es zu wissen, hatte er den allerbesten ausgeknobelt. Denn in diesem Fall wirkte am allerbesten, die Sache hinzuziehen …

Großvaters merkwürdiges Verhalten verwunderte Großmutter, und sie wartete gespannt, was Großvater als nächstes
unternehmen würde. Als Großvater gar nichts machte, dachte sie zuerst freundlich: ‚Der arme Mann hat es mit der Angst
zu tun bekommen, als er gesehen hat, wie groß und stattlich
ich bin. Das habe ich wohl nicht bedacht, und jetzt wagt er
es nicht, sich mir zu nähern.‘

Als zwei Wochen vergangen waren, schlich sich leiser Zweifel in ihr Herz. Und wenn es sich nun gerade umgekehrt ver-
hielte? Wenn sie nun Großvater gar nicht gefallen hatte?
Wenn Großvaters offensichtliche Enttäuschung gar nicht nur
von dem bedauerlichen Größenunterschied herrührte? –
Wenn es nun gleich von Anfang an gar nicht daher gekommen war?

Nach drei Wochen war sich Großmutter dessen sicher, daß
Großvater eine andere Frau hatte, viel schöner und vielleicht
größer als sie. Großmutter erschrak, lief vor den Spiegel,
starrte lange hinein. Sie ließ ihre herrlichen blonden Haare
bis auf den Fußboden herabhängen, betrachtete ihre blauen
Augen, ihre Zähne, lächelte ihnen zu, machte ein paar ko-
kette Tanzschritte und drehte sich bestrickend um sich selbst.
Ihre spitzen Brüste zerschnitten die Luft. Sie wirbelte sich
mehrere Male herum, der Seidenrock bauschte sich und ent-
blößte die zierlichen Fesseln, die hübschen Waden. Sie wiegte sich in den Hüften, legte dann graziös die Hände auf den
Busen und neigte den Kopf. Sie fragte den Spiegel:
„Zog mir, zog mir, Spiegele,
hostu gezein a scheinere?“
Der Spiegel erzitterte und wurde für einen Augenblick dunkel.

Großmutter wollte unbedingt Gewißheit. Sie wandte sich an
ihren Geliebten, der im Sessel saß und den „Nowy Mir“ las:
„Mischka, ich wende mich an dich …“

Mischka drehte sich zu ihr um.

„Bin ich … Mischka – es ist etwas vermessen, und ich frage dich auch nur so in Gedanken, so als ob's mich gar nicht interessierte: bin ich schön?"

Mischka las weiter, beugte sich, ohne aufzusehen, nieder und kraulte den kleinen Luchs, der Mischka hieß, hinter den Ohren: „Liebste, du bist die herrlichste Frau der Welt. Und das ist noch nicht alles."

Großmutter fiel ein Stein vom Herzen. Der Luchs zuckte zusammen. Mischka blickte auf. Großmutter warf ihm einen dankbaren Blick zu, ging zu ihm hin, küßte ihn aufs Ohr, auf beide Ohren, konnte aber Großvater nicht vergessen.

Eine Woche später tränkte Großvater seinen Mendelssohn an der Töölö-Bucht nahe beim Karamsinhaus und hoffte, einen Schimmer der Aurora zu erhaschen. In seinem Kopf gingen jedoch noch andere Gedanken um: Wie sich einer blonden, hochbusigen Frau nähern, nach der sich das Herz sehnt? Benno ließ sein Pferd frei im Schilf waten und setzte sich ins Gras, um zu rauchen. Während er sich eine Zigarette drehte, überlegte er: ‚Auf eine Frau kann man immer Eindruck machen, man muß nur wissen, welches die richtige Art und Weise ist. Soll ich um sie herumreiten und dabei auf dem Pferd Handstand machen? Soll ich unter ihrem Fenster auf dem Kornett Mariachi-Musik blasen? Soll ich ihr einen Vortrag über die Talmud-Interpretationen des Maimonides halten? Soll ich den Generalgouverneur umbringen? Was würde sie davon halten? Denkt sie überhaupt? Erst muß man die Frau mal kennen, auf die man Eindruck machen will. Darin besteht ja gerade das Problem. Wie soll ich mit ihr bekannt werden? Ach, da gibt es keinen Ausweg. Ich habe Hunger.'

Zerstreut folgte Großvater einer dicken Wildente quer über die Wiese bis auf den Gehweg. Sie gingen eine Weile im Gänsemarsch. Großvater dachte über das Großmutterproblem nach. Die Wildente beschleunigte ihr Tempo. Großvater machte den Gürtel von der Hose los. Er erinnerte sich an einen Traum, in dem er eine Frau gesehen hatte. Die Wildente schlüpfte unter dem Zaun hindurch auf den Weg. Großvater machte eine Schlinge in den Gürtel. Im Traum hatte er seiner Geliebten den Büstenhalter abgenommen. Er folgte der Ente auf den Weg. Vorsichtig hatte er beide Brüste gedrückt. Die Ente bekam einen Schreck. Großvater leckte sich die Lippen, und ganz in Gedanken warf er der Ente die Schlinge um den Hals. Die Ente wurde nervös und schlug heftig mit den Flügeln. Als Großvater gerade seine Hand zwischen den samtenen Bauch und die kurzen Seidenhöschen schieben wollte, schrie die Ente auf und prallte gegen seine Füße. Seine Hosen rutschten ihm auf die Hacken. Er wurde böse und zog die Schlinge fest. Das Geschrei hörte auf, die Flügel schlugen noch ein paarmal, die Sauerstoffversorgung des Gehirns brach ab, die Augen traten aus dem Kopf, das ganze Leben der Ente rollte wie ein Film blitzschnell vor Großvaters Augen ab. Großvater hob den Blick und sah eine Frau außer Atem und mit Tränen in den Augen kommen: Großmutter!

Großmutter blieb ein paar Meter vor Großvater und der Wildente stehen. Das Pferd raschelte im Schilf. Von fern drangen rhythmische Marschtritte streikender Arbeiter herüber. Ein kleiner, trauriger Soldat, die Hosen auf den Hacken, eine erdrosselte Wildente, eine liebevolle, zarte Frau, ein Seepferd, das Militärstrafgesetz, die Dekabristen … Es ist nicht leicht, ein Jude zu sein.

Großvater Benno reichte die Wildente langsam der Frau, die sie leise schluchzend an ihre Brust drückte. Würdevoll zog Großvater seine Hosen hoch und befestigte sie mit einer Sicherheitsnadel. Ihm kamen die Dagestaner in den Sinn, er erbleichte. Er zog den Säbel blank, betrachtete ihn, wägte ihn in den Händen. Großmutter schluchzte noch immer. Großvater blickte zu ihr hin. Großmutter schüttelte den Kopf. Da erinnerte Großvater sich an jenes unsterbliche Liebesgedicht von Puschkin. Er steckte den Säbel in die Scheide, und in seiner Stimme schwang friedfertige Ergebenheit.

> *„Ja was ljubil ...*
> *Ich liebte dich: vielleicht ist noch bis heute*
> *in meiner Brust dies Feuer nicht verglüht;*
> *doch will ich nicht, daß sich dein Schmerz erneute –*
> *nichts soll fortan erregen dein Gemüt ... "*

An dieser Stelle erstarb Großvaters Stimme vor Rührung. Im passenden Augenblick, denn er hatte vergessen, wie es weiterging.

Großmutter seufzte, warf die Ente beiseite, kniete vor Großvater nieder und küßte ihn. Großvater hob seine Braut auf seine kräftigen Arme und trug sie ans Ufer, wo das Pferd gerade aus dem Wasser kam. Bald darauf brach der Russisch-Japanische Krieg aus.

Salmans Anabasis

Salman, Großvaters Vater, starb nicht eigentlich vor Kummer, sondern es verhielt sich so, daß er sich Sorgen machte, als er hörte, er werde bald an einer Tuberkulose sterben, die er sich während der Verbannung in Sibirien zugezogen hatte. Es muß allerdings angenommen werden, daß diese Besorgnis dazu beigetragen hat, seinen Tod zu beschleunigen. Doch Salman war glücklich, daß er im Hause seines Sohnes – unter der zärtlichen Fürsorge seiner Schwiegertochter – sterben durfte, während im Fernen Osten der Russisch-Japanische Krieg wütete.

„Du brauchtest also nicht in den Krieg, Benno?" fragte er schon zum zehntenmal seinen Sohn, der einen Bericht des Kriegskorrespondenten der „Moskowskije Wedomosti" von dem großartigen Sieg der Russen in den Bergen der Mandschurei las. „Merkwürdig, äußerst merkwürdig."

„Gar nicht, Väterchen. Ich brauchte nicht, weil ich gerade geheiratet hatte", erklärte Benno geduldig. „Ein Mann, der gerade geheiratet hat, ist ein Jahr lang vom Kriegsdienst befreit, so heißt es auch schon in der Bibel."

„Ja, ja, in der Bibel. Aber hat je einer von so einem Ukas in Rußland gehört?"

„Du siehst es doch mit eigenen Augen, Vater: ich bin hier."

„Ja, du bist hier", sagte der Alte und wurde ruhiger. „Und auch ich bin hier, hier bei dir und bei deiner Frau, und Kinder werdet ihr hoffentlich auch bald haben, du und deine Frau, Enkel für mich …"

Dann erbleichte er plötzlich, legte sich der Länge nach aufs Sofa, der Schüttelfrost ließ ihn zehn Minuten lang bibbern; Benno faltete die Zeitung zusammen, setzte sich zu ihm auf die Sofakante und hielt ihm die Hand, bis der Alte sich beruhigt hatte und sein Zähneklappern aufhörte.

„Ich sterbe bald", sagte Salman dumpf.

„Wieso?" fragte Benno und klopfte ihm ermunternd die Hand.

„Reicht das nicht schon aus?" fragte Salman.

„Wieso solltest du jetzt sterben? Du stirbst nicht, du bist aus zähem Holz. Schüttelfrost ist nichts Ernstes. Den hat jeder einmal. Vielleicht hast du Malaria gehabt?"

„Malaria? Ich bin doch die letzten fünfzehn Jahre in Sibirien gewesen. Nein, ich habe mich auf der Skitour nach Archangelsk überanstrengt. Ich bin viele Hundert Kilometer auf Skiern gelaufen", flüsterte der Alte.

„Das hättest du nicht ...", setzte Benno entgegen.

„Nein, aber ich wollte ... ich wollte es doch", verteidigte sich der Alte und machte eine abwehrende Handbewegung. „Ich hatte Sehnsucht nach euch, in der Verbannung konnte ich nicht mehr leben, und ich sehnte mich nach euch, nach dir, nach deiner Mutter..."

„Mutter war doch schon tot, bevor du nach Sibirien kamst", erinnerte ihn Benno.

„Ich habe oft an sie gedacht. Die ganze Zeit habe ich mich nach euch gesehnt. Das ist doch natürlich, nicht wahr? Ein Mann sehnt sich nach seiner Familie. Und so bin ich dann eines Tages ... eines Nachts ..."

„Aber das hättest du nicht tun dürfen." Benno schüttelte den Kopf.

„Jetzt zanke du nicht wie ein altes Weib!" Der Greis setzte sich auf, schlug ein Bein übers andere, stützte sich mit den Ellenbogen auf den Tisch und fuhr fort: „Du weißt doch, wie das ist, in der sibirischen Tundra auf Skiern unterwegs zu sein."

„Woher sollte ich das wissen?" wunderte sich Benno.

Aber der Alte erzählte weiter: „Das hat so seine Schwierigkeiten. Wenn der Wind aus dem Norden weht, muß man ihm den Rücken zuwenden, denn wenn man den Wind von vorn hat und der so eiskalt ist, dann kann man kaum atmen. Der Golfstrom hilft da auch nicht. Nach Süden soll man nicht auf Skiern laufen, schon deswegen nicht, weil man nach Norden unterwegs ist. Der Westwind wiederum, wenn er aus der Wüste Gobi kommt, ist im Sommer brennend heiß. Über der Dsungarei kühlt er sich dann aber merklich ab, dreht nach Nordwesten, und in den westsibirischen Niederungen ist schon Herbst – das fühlen die Bewohner in ihren Jurten –, und im Gouvernement Perm warf er mich, wie ich da auf Skiern nach Archangelsk lief, als eisiger Schneesturm um. Ich stand natürlich wieder auf und lief um mein Leben."

„Du solltest vielleicht etwas ausruhen, Vater", beschwichtigte Benno den alten Salman und versuchte ihn zu überreden, sich doch wieder auf dem Sofa langzumachen, aber der Alte stieß ihn unwillig beiseite.

„In den Gegenden dort halten sich die Schamanen noch in ihren Höhlen versteckt, und man hat gar nicht erst den Versuch gemacht, sie in Büros zu stecken. Ich kämpfte mich im Schneesturm vorwärts und hütete mich, den Mund zu öffnen. Eine Liedstelle kam mir in den Sinn, ganz von selbst, das Lied werde ich nie vergessen", sagte Salman und brummte es mit monotoner Stimme vor sich hin:

„Läufst auf Skiern, läufst und läufst,
schiebst die Skier vor dir her,
keiner fragt, wie dir zumute ist,
es ist keine Zeit, das Ren zu liebkosen,
niemand leistet dir Gesellschaft.

Dann schoß mir ein, daß das Ren ein unreines Tier sein könne, das man nicht essen dürfe. ‚Und der Herr redete mit Moses und Aaron und sprach zu ihnen: … Alles, was gespaltene Klauen hat, ganz durchgespalten, und wiederkäut unter den Tieren, das dürft ihr essen. Nur dieses dürft ihr nicht essen von dem, was wiederkäut und gespaltene Klauen hat: das Kamel …'

Das war im Grunde genommen freilich völlig gleichgültig, denn es war weit und breit kein Ren zu sehen und auch nichts anderes. Aber ich mühte mich dennoch vorwärts durch den Schneesturm. Ich zog eine kleine Ackja hinter mir her, auf der mein ganzes weltliches Hab und Gut lag. Soweit das Auge reichte, überall Schnee. Man konnte in dem Schneesturm nur einen halben Meter weit sehen. Wenn ich meinen Arm ausgestreckt hätte, hätte ich nicht die Hand vor Augen gesehen.

Aber zwischen zwei Schneeschauern blitzte irgendwo vorn für einen Augenblick ein Stück Wald auf, und ich strebte blindlings darauf zu. Immer wieder fiel ich hin, und am liebsten wäre ich liegengeblieben, aber dann biß ich die Zähne zusammen und dachte: Wenn ich es von Tobolsk bis hierher geschafft habe, dann werde ich mich doch wohl auch noch bis zu dem Wäldchen dort schleppen können. Und nach übermenschlichen Anstrengungen erreichte ich den Waldrand, stand dort eine halbe Stunde und keuchte und sammelte Kräfte und beschloß dann, mir unter einer Sibirischen Lärche einen Windschutz zu bauen."

Der alte Salman stand vorsichtig auf und begann im Zimmer auf und ab zu humpeln. Das war seine Art, sich zu sammeln. Er stieß mit der Stirn an den Kristallkronleuchter.

„Paß auf, Vater, die Lampe …, wenn du schon unbedingt umherwandern mußt", sagte Benno und las die Prismen des Kristallkronleuchters vom Fußboden auf. „Denk dran und bück dich!"

„Ich nahm die Axt von der Ackja, haute die Lärche durch", fuhr Salman fort und ging gebückt durchs Zimmer, seine langen Arme schleiften fast auf dem Boden. „Dann brach ich zwei kleinere Lärchen um, schlug die Äste ab, schnitt sie am unteren Ende spitz zu und rammte sie vor der großen Lärche in die Erde, neigte sie gegeneinander und band sie mit einem Seilende so zusammen, daß sie ein feststehendes X bildeten. Dann bog ich die große Lärche so auf diese Stütze, daß sie weder zerbrechen noch hochschnellen konnte. Darunter steckte ich dann als zusätzlichen Schutz kleine Zweige und Nadeln. Ich machte es genau so, wie der alte Ostjake es mir beigebracht hatte."

„Welcher alte Ostjake?" fragte Benno.

„Dann sammelte ich trockenes Holz für ein Feuer. Das Feuer entzündete ich mit einer englischen Zeitung. Wenn ich mich recht erinnere, war es eine ‚Daily Mail‘ aus dem Jahre 1902, die ich von demselben Ostjaken erhalten habe, der sie von irgendeinem angelsächsischen Pelzhändler bekommen hatte. Darin stand, daß der Burenkrieg – von allen Kriegen vielleicht der sinnloseste – zu Ende sei und daß General Smuts vor den Briten kapituliert habe. Auf einer Fotografie sah man ihn als Gast von Cecil Rhodes beim Tee. Ich war mir nicht sicher, was man davon halten sollte, denn ich hatte keine Möglichkeit, mich an meinem Verbannungsort mit der Sache näher zu befassen. Mich wunderte nur, daß die Buren und die Engländer alles unter sich ausmachten und in keinem Punkt die Bantu um ihre Meinung fragten." Er blieb stehen und dachte einen Augenblick nach. „Oder eigentlich hat es mich nicht verwundert", fuhr er fort. „Ich stellte nur fest, daß man die Bantu wieder einmal nicht um ihre Meinung befragt hatte.

Mit dieser Zeitung machte ich jetzt Feuer. Ich scharrte mir Nadeln zusammen, setzte mich darauf und zündete mir eine Pfeife an. Auf der Ackja hatte ich noch getrocknetes Fleisch und einen Rest Branntwein. Ich übertreibe also nicht, wenn ich sage, daß ich es ganz behaglich hatte. Da saß ich und wunderte mich, wie ich, ein Polozker Schmuggler, an einen solchen Ort geraten war."

Der alte Salman wurde vom Hin- und Herwandern müde und ließ sich wieder auf dem Sofa nieder, er legte sich auf den Rücken. Wenn er redete, bewegte sich sein spitzer Adamsapfel schnell und unversehens wie das Bläschen in der Wasserwaage horizontal hin und her. Seine Nase war an der Wurzel sehr schmal und an den Flügeln ungewöhnlich breit, von vorn erinnerte sie an ein gleichseitiges Dreieck, von der Seite sah sie wie eine Kartoffel aus. Salman starrte auf einen Spalt in der Zimmerdecke und atmete stoßweise.

„Die Hauptsache ist, Vater, daß du jetzt hier bei uns bist. Du solltest versuchen, die ganze Zeit in Sibirien zu vergessen", sagte Benno und war sich völlig klar darüber, wie töricht sich seine Worte anhörten.

„Ich bin ja hier. Vielleicht ist das die Hauptsache. Aber ich muß Ordnung in meine Erinnerungen bringen, denn einige sind alt und andere noch ganz frisch, und manchmal geraten sie durcheinander. Ich war also sieben Jahre an meinem Verbannungsort und hatte noch acht Jahre nach, als ich mich entschloß zu fliehen. Ich lebte dort mit einer sibirischen Russin zusammen, Jekaterina hieß sie, und als sie starb ... Ich hatte nichts zu verlieren. Ich beerdigte sie, und eines Nachts, im Spätherbst, ging ich fort. Ich mußte mich nach Archangelsk durchschlagen und mich dort auf ein englisches Schiff schleichen. Englisch kann ich ja. ‚Gud Kapitan, teik mi wiß, aim raschen seilsmän, ai häw seil on sewen ßiis‘", sagte Salman, wandte sich um und sah seinen Sohn mit blutunterlaufenen Augen an. „Aber wir wissen ja, wie es dann kam."

„Ja", brummelte Benno und sah weg.

„Es kam schlecht. Sie haben mich gefaßt. Aber du weißt nicht, wie es passiert ist, als sie mich schnappten. Es war nicht meine Schuld. Übernatürliche Kräfte waren gegen mich. Mit Namen nicht genannte, aber dennoch allen bekannte Geister hatten sich gegen mich verschworen", sagte Salman und hob den Finger. „Ich erzähl es dir, vielleicht lernst du etwas daraus."

„Ich versuche immer zu lernen, erzähl nur, wenn es dich erleichtert", sagte Benno.

„Erleichtert!" zischte Salman böse. „Glaubst du, daß ich es nötig habe zu beichten? Ich erzähle, weil es mir Spaß macht. Also hör zu! Als ich eine Zeitlang am Feuer gesessen hatte, erschien von irgendwoher ein Mann. Ich hörte ihn nicht kommen, so leise bewegte er sich auf seinen Skiern. Plötzlich stand er auf seinen Skiern da und grinste. Ich bekam es mit der Angst zu tun, hatte er doch eine Flinte auf dem Rücken. Aber er stand nur da, klein und gedrungen, und sah scheel ins Feuer, und ich bedeutete ihm, er solle näherkommen. Er schnallte seine Skier auch ab, kam ans Feuer, nahm die Flinte vom Rücken, stellte sie zwischen uns auf die Lärchennadeln und setzte sich. Ich reichte ihm ein Stückchen Fleisch und die Schnapsflasche, er steckte das Fleisch mit dem einen Ende in den Mund, hielt das andere Ende fest und schnitt mit dem Messer ein Stück ab – wie es die sibirischen Völker zu tun pflegen –, kaute und schmatzte, trank einen Schluck Branntwein und rülpste freundlich. Er hatte ein längliches Gesicht und eine schmale, etwas gebogene Nase, nach einem Samojeden sah er nicht aus, nach einem Russen aber auch nicht. Er war Jäger, das sah man, und er konnte Russisch. Er erzählte, er jage in dieser Gegend, und er erkundigte sich, wie es meiner Frau gehe.

,Sie ist gestorben', antwortete ich.

,Meine Frau lebt', sagte der Jäger.

Da bat ich ihn, mir in seiner eigenen Sprache zu sagen, daß seine Frau gestorben sei.

,Jon kalmana akkain', sagte der Jäger bereitwillig.

Als ich ihn verwundert ansah, beeilte er sich zu versichern: ,Jon, jon!'

Da hätte ich merken müssen, daß der Mann etwas Fremdes und Verdächtiges an sich hatte, denn die Ostjaken, die Maren, die Syrjänen und auch die anderen Sibirier würden von ihrer Frau, wenn sie noch lebt, niemals sagen, sie sei tot."

„Aber du hattest ihn doch gebeten, es zu sagen", wunderte sich Benno.

„Trotzdem", sagte Salman. „Wenn du zum Beispiel einen Wogulen bittest zu sagen: ,Meine Frau ist tot', dann sagt der todsicher: ,*Deine* Frau ist tot', nämlich falls seine Frau noch lebt. Das weiß doch jedes Schulkind. Die Sibirier denken nun mal so einfach. Sie verstehen kein Wenn und Aber. Deswegen behaupte ich ja auch, daß sie glücklicher sind als wir. Wir Juden dagegen sind Meister im Wenn und Aber und in der Haarspalterei; denk nur an den Talmud! Deswegen können wir uns zum Beispiel zu einer Kuh oder einer Frau nicht natürlich verhalten. Wir können eine Kuh nicht ebenso ruhig ansehen wie sie uns, denn uns kommt sofort in den Sinn, was der Rabbiner Akiba über die Kühe gesagt hat und daß irgendein späterer Rabbiner aus Berditschew die Gedanken Akibas über die Kuh und über das Verhältnis der Kuh zu Gott erforscht hat. Etwa ähnlich verhalten wir uns zu den Frauen. Das sagte mir Jekaterina, die in ihrem Leben manchen Juden gekannt hat. Allerdings waren die meisten davon Studenten und Revolutionäre und dachten überhaupt zuviel, deswegen waren sie ja auch nach Sibirien gekommen. Jekaterina lehrte mich, mich zur Frau wie zu einem Menschen zu verhalten."

Der alte Salman schloß die Augen und seufzte. Einen Augenblick lang dachte er an Jekaterina, an den Rabbiner Akiba und an die Kuh. Dann öffnete er seine Augen wieder und schüttelte den Kopf.

„Ich hätte auf der Hut sein sollen vor dem Mann, aber ich war viel zu zufrieden wegen des Feuers, des Windschutzes, des Tabaks und des Essens, als daß ich hätte vorsichtig sein können. Als er sich erkundigte, woher und wohin des Wegs, erzählte ich es ihm, und bald hatte ich ihm auch alles andere erzählt. Ich erzählte ihm, daß ich es in Polozk mit ehrlicher Arbeit versucht, dann aber angefangen hätte, Bücher zu lesen, und je mehr ich gelesen hätte, desto überzeugter sei ich davon geworden, daß der Mensch von ehrlicher Arbeit nicht leben kann, es sei denn, er ist unnatürlich fleißig und hat gleichzeitig Glück und ist rücksichtslos. Aber dann läuft er wieder Gefahr, vor Langerweile zu sterben. Ich erzählte, daß es in Polozk viele Geschäftsleute gebe, in deren Dienst ich hätte treten können, denn ich hatte zu der Zeit noch einen guten Kopf, aber auf so unehrliche Weise wie mit Handel hätte ich nicht reich werden wollen."

„Und so bist du von Hause fortgegangen und hast mich der verrückten Tante überlassen," bemerkte Benno.

„Ich habe dich nicht verlassen. Ich mußte nur wegen meiner Arbeit in ganz Rußland umherreisen. Mein Arbeitsfeld war das ganze große russische Reich", erklärte Salman stolz. „Ich schmuggelte Opium von der Türkei nach Georgien, Seide von Samarkand nach Persien, Revolutionäre von Deutschland nach Rußland und mitunter auch von Rußland nach Deutschland, brachte Schmuck und Gold über zehn Grenzen von Fürsten an Bürgersleute und umgekehrt, und Waffen verkaufte ich an die kaukasischen Gebirgsräuber. Das ging alles gut, bis ich einmal gestohlenen Schmuck und gefälschte Rubelscheine von Königsberg nach Kaunas schmuggelte. Da faßte mich der verdammte litauische Jäger – wie heiß er doch noch? – Dvieskas oder Dvaiskas. Ich sah es an seinen Augen, daß er ein grausamer und unbarmherziger Judenhasser war, das konnte man an seinen Augen sehen. So stellte ich mich fügsam und furchtsam und ging ohne Widerstand mit auf die Gendarmeriestation. Er legte mir auch gar keine Handschellen an, und als wir an einem Holzstapel vorüberkamen, griff meine Hand nach einem Scheit, und das ließ ich auf den Kopf des Gendarmen niedersausen. Er fiel auf der Stelle um. Aber danach rannte ich aus Versehen direkt einem Gendarmentrupp in die Arme und wurde wegen Schmuggelei, wegen Besitzes und Verkaufs gestohlener Ware sowie wegen Mißhandlung eines Polizisten zu fünfzehn Jahren Verbannung verurteilt, obwohl ich ganz eindeutig in Notwehr gehandelt hatte. Weiß der Teufel, was der Litauer mit mir im Sinn hatte!"

„Vater, du solltest wenigstens zugeben, daß du nicht gelebt hast, wie es sich für einen ordentlichen Menschen und guten Juden, einen Ernährer und Familienvater gehört hätte. Wie anders wäre dein Leben gewesen, wenn du nicht fortgegangen wärst und in ganz Rußland dein Unwesen getrieben hättest, unter falschem Namen und den Rucksack voll anderer Leute Hab und Gut", sagte Benno.

„Warum sollte ich das jetzt noch zugeben, das hat ja jetzt doch keinen Zweck mehr! Hab ich mir mein Leben etwa selbst ausgesucht?" fragte Salman verwundert.

„Das hast du."

„Ich hab mir mein Leben selbst ausgesucht! Dieses Leben habe ich mir ausgesucht!" beklagte sich der alte Salman. Er schlug sich mit der Faust an die Stirn, setzte sich auf und wiegte sich hin und her, wobei er klagende Laute aus Mund und Nasenlöchern ausstieß, wie man es in der Synagoge macht, wenn man Klagelieder singt.

Benno ließ ihn in Ruhe Buße tun und machte schon Anstalten, aus dem Zimmer zu gehen, als der Alte zu ihm hinblickte. Seine Augen irrlichterten, und seine Stirn war feucht von Schweiß.

„Na, ich kam nach Tobolsk, und dort war ich die sieben mageren Jahre, und dann starb Jekaterina, und ich ging fort, und alles ging gut bis zum Gouvernement Perm, bis ich den … den von der Ochrana traf. Wissen die Götter, was für ein böser Geist das war, aber er war gesandt, mich zu piesacken. Da saß er ganz ruhig und rülpste, als er von meinem Vorrat gegessen hatte, und ich Idiot erzählte ihm auch noch alles haarklein und sagte ihm, ich ginge nach Archangelsk. Da kreuzte er seine Arme über der Brust und sagte: ‚Hör zu, Polozker, mein Diener besitzt die schnellste Pulka im Gouvernement Perm, sie wird von den vier schnellsten Rentieren Westsibiriens gezogen. Sie stehen dort, dort hinter der Senke, du kannst sie nicht sehen, aber ich sage dir, dort stehen sie. Du hast mir Speis' und Trank angeboten, wenn du nun willst, dann bringe ich dich nach Archangelsk, und dafür bezahlst du mir am Ziel, was du für angemessen hältst. Einverstanden?‘

‚Einverstanden‘, wiederholte ich. ‚Natürlich bin ich einverstanden, bis dahin sind es ja noch gut und gern vierzig Meilen Luftlinie, und meine Kräfte wollen schon versiegen.‘

‚Vierzig Meilen Luftlinie, das hast du ganz richtig gesagt‘, meinte der Jäger und grinste.

Ich hätte es schon an dem Grinsen sehen müssen …, aber ich war blind, ich wollte ans Ziel. Wir löschten das Feuer und liefen auf unseren Skiern hinter die Senke, und dort standen tatsächlich vier Rentiere und eine syrjänische Pulka, die an einen Schlitten ohne Kufen erinnerte. Wir spannten die Rentiere davor und stiegen in die Pulka. Der Jäger bekreuzigte sich. Ich spuckte dreimal aus, und dann fuhren wir los.

Die Rentiere liefen anfangs steif und ungleichmäßig, weil wir zu zweit in der Pulka waren und sie an solche Last nicht gewöhnt waren, aber bald fanden sie den richtigen Rhythmus und liefen schneller und beschleunigten fortwährend ihr Tempo, ich habe noch nie eine solche Reise mitgemacht, ich schwöre, eine solche Troika hätte es nicht gegeben, die diesem Rentiergespann gewachsen gewesen wäre, nachdem es erst richtig in Fahrt gekommen war. Wir sausten über die schneebedeckte Einöde wie ein Schnellzug. Der Wind pfiff uns um die Ohren, ich hielt mich an den Pulkarändern fest und hatte Angst, ich würde hinunterfallen. Ich bereute schon, daß ich mitgefahren war, mir schien, ich würde die Reise nicht lebend überstehn … Der Jäger saß ganz ruhig da. Ich versuchte ihm zuzurufen, daß ich es so eilig nun auch wieder nicht hätte, aber wenn ich meinen Mund auftat, war er im Nu voller Schnee, den ich wieder ausspucken mußte, und so brachte ich kein Wort heraus.“

„Vater, du solltest nicht so viel sprechen“, sagte Benno. „Du schwitzt ja.“

„Na und? Sei jetzt still“, sagte Salman und faßte Benno beim Ärmel. „Unterbrich mich nicht. Wenn du nicht zuhören willst, dann sei wenigstens still. – So fuhren wir in schwindelerregendem Tempo durch die schneebedeckte Landschaft bis zum Dorf Weliki Ustjug. Aber dann geschah etwas Grauenvolles!“ Die Augen des alten Salman weiteten sich, und seine Adern an den Schläfen schwollen an. Die Hand, die an Bennos Ärmel hing, zitterte. „Da geschah es! Wir stiegen, wir stiegen empor, und die Rentiere bewegten ihre Beine, als ob sie im Wasser schwämmen, und die Pulka schwebte in Wellenbewegungen hinter ihnen her. Ich glaubte, ich sei verrückt geworden oder mir träume. Ich drehte mich um und sah den Jäger an. Der war ganz ruhig, aber seine Augen hatten einen neuen Ausdruck, er lächelte liebevoll, aber zugleich hämisch, wie ein Mönch oder ein Geistlicher. Ich sah nach unten und sah unter mir die Häuser und den Kirchturm des Dorfes … Es war zu spät, um noch abzuspringen. Da begann der Jäger zu singen: ‚O du dreimal heiliges Sibirien, Mutter Gottes, in deine Obhut begeben wir uns … Nimm diesen Juden, diesen Polozker Sünder, den Sohn des auserwählten Volkes … Sibirien, o Heilige Jungfrau, erleuchte seinen Weg mit deinem Nordlicht, hauche ihm deinen heiligen nördlichen Geist ein, denn er hat die Welt bewandert und ist unglücklich …'

Solches Zeug sang er und bekreuzigte sich dabei immerzu. Der Wind heulte, und ich biß die Zähne zusammen und sagte nichts. So flogen wir nordwärts, und bald lag unter uns ein neues Dorf, es hieß Nishne Toima. Als wir über der Dorfkirche eine Schleife zogen, wandte sich der Hexer, der Jäger, mir zu. Auf seinem Gesicht lag ein schaurig frommes Grinsen, als er sagte: ‚Siehst du jetzt, du Polozker Sünder, was der Glaube an deinen Herrn Jesus Christus bewirkt? Der Heilige Geist trägt dich auf seinen Händen bis an dein Ziel … Hättest du das früher begriffen, dann hättest du nicht von Land zu Land zu wandern brauchen wie dein Bruder. Nimm also Vernunft an. Unter dir liegt Sibirien, Gott ist über dir und überall, und Gottes Gnade ist auch in diesen Rentieren. Der Glaube an Jesus Christus …'

In diesem Moment trat das linke vordere Ren ins Leere und heulte auf. Die Augen des Tieres wurden starr, es stolperte, sein Geschirr zerriß, und es fiel mitten auf den Marktplatz von Nishne Toima. Der Jäger verstummte. Auch ich sagte nichts mehr, und mein Herz schlug tausendmal, und ich starb hundertmal, wenn ich nur hinuntersah.

So setzten wir unsere Reise mit drei Rentieren fort, aber das Tempo war trotzdem noch schwindelerregend. Bald begann der Schamane wieder zu zittern, schaute mich an und sang: ‚Groß ist dein Unglaube, du Heide, denn vom Teufel ist er gekommen … Nimm jetzt endlich Vernunft an, tu dein Herz auf, empfange das Himmelslicht, den Segen des Herrn und seine große Gnade … Wende deinen Schlitten, bevor es zu spät ist, du Erdensünder …'

Über dem Dorf Ust-Washsk streckte das andere vordere Ren sein Bein vor und fiel hinunter.

,Du willst nicht glauben, Verfluchter!' rief der Jäger. Sein Gesicht hatte sich verzerrt, die Augen hatten sich verdreht, so daß nur das Weiße zu sehen war, und seine Kiefer mahlten wie die Backen eines Steinbrechers, und sein Körper hüpfte auf und nieder."

„Beruhige dich, Vater, für heute ist es genug, du mußt ruhen! Nach einer schweren Reise muß man ausruhen!" sagte Benno und zwang den zitternden Greis, sich auf das Sofa zu legen. Salmans Augen traten hervor, sein Mund bewegte sich wortlos, und er stieß eigenartige Gurgellaute hervor …

Benno versuchte ihm ein Taschentuch in den Mund zu stopfen, aber er spuckte es aus, schubste Benno weg und befreite sich. „Du willst nicht glauben, Verfluchter! Sieh, was du meinen Rentieren antust!' schrie der verdammte Jäger, und kaltes Grauen packte mich, und ich riß die Flinte vom Schlittenboden, stieß ihm den Lauf in die Seite und schrie: ,Versuch es nicht, du Teufel, ich fürchte mich nicht … Mich bekommst du nicht! Ganz gleich, ob du aus Fleisch und Blut bist oder aus Wein und Brot – wer du auch seist …, jetzt bringst du mich nach Archangelsk, wie wir es abgemacht haben, oder ich schleudere deine Eingeweide über die sibirische Tundra. Und wenn ich selbst dabei draufginge. Denn ich sterbe niemals. Ich habe einen Sohn in Polozk!'

Das schrie ich, und der Jäger saß unbeweglich da und stierte vor sich hin, viel Weiß in den Augen. Die Rentiere gaben einen kreischenden Laut von sich und stürzten in steiler Kurve nach rechts auf das Flußbett des Pinega zu. Die Pulka begann so stark zu wackeln, daß sie sich von meinen Händen losriß und auf die Erde fiel und ich mich an den Seitenwänden mit aller Kraft festhalten mußte. Die Rentiere glitten dicht über dem eiskalten Wasser dahin und folgten dem Flußlauf wie ein Zug den Gleisen. Und so gehorchten sie mir oder dem Jäger und flogen den Fluß entlang bis nach Archangelsk und stiegen dann wieder über der Stadt auf. Dort zogen sie zweimal einen Bogen gegen die Uhrzeigerrichtung und ließen sich auf den Hof der Stadtgendarmerie hinunter, wo sie stehenblieben und in aller Ruhe anfingen, das für die Pferde bestimmte Stroh zu fressen. ‚Ich hatte recht, es sind Wiederkäuer, und sie haben gespaltene Klauen und keine Hufe‘, konnte ich gerade noch denken, als zwei bewaffnete Gendarmen quer über den Hof kamen und sich auf mich stürzten. Dann legten sie mir Handschellen an. In Handschellen wurde ich in den Kreis Tobolsk zurückgebracht. Ein Jahr saß ich dort im Gefängnis, ein Jahr saß ich an Jekaterinas Grab, ein Jahr lag ich im Krankenhaus. Dann …“

„Aber dann bist du freigekommen, Vater, und jetzt bist du hier bei uns, und wir sorgen für dich“, sagte Benno beschwichtigend.

„Ja, ja, ich bin natürlich schrecklich dankbar, aber du brauchst nicht immerzu so ein Trara darum zu machen!“ Salman hustete. „Ich bin jetzt hier, weil ich jetzt nicht woanders bin. So einfach ist das.“

Der Kornett zieht in den Krieg

Genau nach zehn Jahren, als Benno meine Großmutter geheiratet hatte, brach der erste Weltkrieg aus – von allen Kriegen vielleicht der sinnloseste. Die ursächlichen Beziehungen zwischen diesen beiden Phänomenen sind meines Erachtens nicht ausreichend erforscht worden. Ich habe meine eigene Ansicht über diese Kausalbeziehung, aber ich könnte nur eine Reihe von Hypothesen aufstellen, die, so interessant sie an sich sein mögen, unbewiesen bleiben würden. So viel wage ich zu behaupten, daß ein ursächlicher Zusammenhang bestanden hat und gewissermaßen noch besteht, es hängt nur davon ab, von welchem Standpunkt aus man die Sache betrachtet. Aber was für ein Zusammenhang das ist, in welche Richtung er weist, wie bedeutend er ist, das bleibe unausgesprochen. Ich stelle nur fest, daß die Eheschließung zwischen Großvater und Großmutter für die Kinder (und wenn die Zeit heran ist, für die Kindeskinder) gewissermaßen dasselbe bedeutete wie für die Menschheit der Übergang von einer matriarchalischen zu einer patriarchalischen Periode. Mutterliebe ist bedingungslos, sie beschützt alles, gestattet jegliches Wachstum, und da sie bedingungslos ist, kann man sie nicht überwachen. In patriarchalischen Zeiten (denken wir nur an Kaiser Wilhelm oder den Zaren Nikolai den Zweiten und an das Jahr 1914) ist die Mutter vom Podest gestoßen, und der Vater ist das höchste Wesen in der Religion wie in der Gesellschaft. Der Vater? Ich würde sagen: zu diesem höchsten Wesen wurde das Vaterland. Es gehört zur Natur der Vaterlandsliebe, daß das Vaterland Forderungen erhebt und Regeln aufstellt, daß seine Liebe zu seinen Söhnen davon abhängt, wieweit diese seine Erwartungen erfüllen. In diesem Licht ist es wohl berechtigt zu behaupten, daß die erwähnte Maßnahme Bennos – seine Eheschließung – für den Ausbruch des Weltkrieges von ebenso großer Bedeutung war wie die Auswirkungen der Schüsse von Sarajewo auf die Entwicklung von Bennos Kindern und Kindeskindern.

Ich zitiere aus dem Geschichtsbuch: „Am 28. Juni 1914 ermordete in Sarajewo ein bosnischer Revolutionär, der dem mit Wissen serbischer Behörden tätigen Geheimbund ‚Die schwarze Hand' angehörte, den Habsburgischen Kronprinzen Franz Ferdinand auf der Straße." Die Welt war arg erschüttert, es kam zu Börsenstürzen und so weiter. Was danach geschah, machte auch Benno sprachlos: Österreich-Ungarn erklärte Serbien den Krieg, Deutschland erklärte Rußland den Krieg und, überzeugt davon, daß Frankreich in jedem Falle auf Seiten Rußlands in den Krieg eintreten würde, beeilte es sich, auch Frankreich den Krieg zu erklären; England zögerte vor der Wahl, erklärte dann aber Deutschland den Krieg, denn dabei sein mußte es im Krieg, koste es, was es wolle; die Türkei schlug England und Frankreich Krieg vor, Rumänien zog den kürzeren und setzte daraufhin Bulgarien von seiner tiefsten Verachtung in Kenntnis, das seinerseits kehrte strikt Griechenland den Rücken, das noch von früher mit der Türkei ein Hühnchen zu rupfen hatte …

Das Großfürstentum Finnland blieb von diesem Krieg verschont, ausgenommen einige Gruppen von Minderheiten, unter ihnen die männlichen finnischen Juden, von denen die meisten im Dienste der Zarenarmee standen oder gestanden hatten und die die russische Staatsbürgerschaft hatten, allerdings nur deswegen, weil der finnische Reichstag ihnen die finnische Staatsbürgerschaft nicht einräumte.

Großvater Benno verabschiedete sich auf dem Helsinkier Bahnhof von Großmutter und seinen drei Kindern und versprach, spätestens im Jahre 5675 (jüdischer Zeitrechnung) zurückzukehren.

„Oi Gewalt, erst nächstes Jahr!" rief Großmutter Wera und schlug die Hände zusammen. „Wie wird es uns ergehen? Wie sollen wir zurechtkommen, drei Kinder, das vierte schon unterwegs?"

„Wieso das vierte?" fragte Benno schnell.

„Das vierte, denn drei sind ja schon da, khm, khm …"

„Das habe ich nicht gewußt", verteidigte sich Benno.

„Glaubst du, ich lüge? Du glaubst wohl, ich will mir freie Hand lassen! Oder?" Großmutter geriet in Fahrt.

„So habe ich das nicht gemeint. Es tut mir leid."

„Zu spät", ranzte ihn Wera an. „Warum bist du nicht nach Amerika gegangen wie Wulf Blonder, für kurze Zeit?"

„Welchen Nutzen hätte das gehabt?" fragte Benno. „Ich frage nur. Der Krieg wäre trotzdem ausgebrochen. Das Kind kommt trotzdem. Der Tod holt sich, wen er will. Der Mensch ist ein verrücktes Wesen. Ich denke immer an das polnische Sprichwort, das besagter Blonder immer lallte, wenn er betrunken war: ,Dziecko jest nie tylko niskie lecz również małe.' Und trotzdem ist er selbst als erster …"

„Was bedeutet das?" fragte Wera gleichgültig.

„Weiß ich nicht. Aber liebe ich den Zaren? Wie konnte das jemand annehmen?"

„Hat es sich denn jemand vorgestellt?" wunderte sich Wera.

„Na, es sieht wenigstens so aus. Schau dich doch um. Hier stehe ich und breche mit allen anderen Idioten auf. Aber den Zaren liebe ich nicht. Ich habe die Pogrome von Kischinjow nicht vergessen. War Rußland uns günstig gesinnt? Darauf ist leicht zu antworten. Rußland war uns nicht günstig gesinnt. Es hat uns unterdrückt, seit Urzeiten. Aber ich bin jedenfalls Kavallerist und Kornettbläser der zaristischen Armee …"

„Rundschädlig und O-beinig", ergänzte Wera.

„Was hat das damit zu tun!" knurrte Benno. „Sei es, wie es will. Ich reiße nicht aus. Das ist nicht meine Art."

„Komm wieder, Vater!" rief Arje, mein zukünftiger Vater, und verzog sein Gesicht zum Weinen.

„Ich bin ja noch gar nicht weg, kleiner Mann", beruhigte ihn Benno und strich Arje über den Scheitel, wandte sich zu Wera und sagte: „Daß du nicht ohne mich zurechtkommen würdest, was das angeht, so glaubst du ja selbst nicht daran.

Spielst mit den Weibern Karten wie früher, schickst die Kinder morgens in die Schule, schickst mir Pakete, du verlierst schon nicht die Nerven. Wenn du Geldsorgen hast, verpfändest du das Klavier. Hast du übrigens daran gedacht, mein Kornett einzupacken?"

Wera versicherte, sie habe das Kornett blank geputzt und es in den Tornister gepackt, aber Benno wollte Gewißheit und fing an, im Tornister zu wühlen, nach einer Weile fand er das Kornett unter den Wollstrümpfen. „Da bist du ja, braver Freund aus dem Russisch-Japanischen Krieg …"

„Du warst ja gar nicht dabei", erinnerte ihn Wera.

„Braver Freund aus den Zeiten des Russisch-Japanischen Krieges", murmelte Benno und putzte das Kornett mit dem Ärmel. Dann verspürte er das Verlangen, das Instrument zu probieren, er setzte es an die Lippen und fummelte an ihm herum … Einige gequälte Töne tröpfelten auf den Bahnsteig, aber dann erhielten sie Farbe und Fülle, sie schwollen an und schwangen sich hoch auf … Benno blies in seiner Begeisterung eine Fanfare. Die Offiziere auf der anderen Seite des Bahnsteigs hielten sie für das Abfahrtssignal und sammelten eilig ihre Leute. Wirre Kommandorufe schallten von Bahnsteig zu Bahnsteig, die Männer rannten hierhin und dahin, die Mütter und Frauen hingen ihnen am Hals, und in das Fluchen der Männer mengten sich das Weinen der Kinder und Frauen und das Wiehern der Pferde.

„Halt! Anhalten! Es ist noch nicht soweit! Das habe ich nicht gewollt!" rief Benno, als er seinen Irrtum bemerkte, und versuchte zwei Korporale aufzuhalten, aber sie stießen ihn zur Seite, und gleichzeitig begann die Kapelle den Kaiserwalzer zu spielen, und Benno, der seine jüngste Tochter Tanja küssen wollte, wurde fortgerissen – das Kornett hatte er in der Hand – und auf das Trittbrett des letzten Wagens gehoben, als der Zug schon anfuhr.

„Mein Tornister, meinen Tornister!" rief Benno. „Wera, verdammt nochmal, stier nicht so! Den Tornister her!" Wera riß den Tornister von der Erde und lief bis an den letzten

Wagen heran und konnte Benno den Tornister noch zuwerfen; der griff mit beiden Händen danach, ließ dabei aber sein Kornett auf den Bahnsteig fallen. Wera hob auch das auf und wollte es ganz automatisch mit ihrem Rockzipfel abputzen. Dabei schaute sie dem entschwindenden Zug und Bennos wütendem Gesicht nach, das immer kleiner wurde. Wera kamen die Tränen. Sie schüttelte den Kopf und seufzte. „Herr Gott, dieser Mann!"

Benno war unterwegs zur blutigen Ostfront des Weltkrieges. Er, der kleine Mann.

War denn Benno wirklich so klein? Er starb, als ich vier Jahre alt war, und ich kann mich nur noch erinnern, daß er damals wesentlich länger war als ich. Ich sah einmal ein zerfledertes Foto von Großvaters Einheit: dreizehn Kavalleristen in drei Reihen saßen, standen, lehnten aneinander, offenbar in irgendeinem Fotoatelier. Das konnte man an dem typischen Hintergrund sehen – wolkenverhangene Berggipfel, gefährlich kühn sich in tiefe Täler schlängelnder Fußpfad, der auf der anderen Seite des Tales bei einer düsteren gotischen Burg endete. Mitten in der Männergruppe stand aus irgendeinem Grund ein mannshoher Baumstumpf, aus dem zwei traurige Äste herausragten. Der prächtigste Mann in der mittleren Reihe lehnte sich mit arroganter Miene an den Baumstumpf.

„Ist das Großvater?" fragte ich meine Mutter, aber die schüttelte den Kopf und zeigte auf einen kleinen schwarzen Mann, der mit wehleidigem Gesicht seitlich im Vordergund lag, er lehnte sich an die Schulter eines ebenso kleinen Kameraden, so daß sie zusammen vor den Heroen der Einheit ein symmetrisches, oben abgeplattetes A bildeten. Sie erinnerten an das traurige Cherubspaar zu Füßen der hehren Engelschar. Großvater Benno fingerte an seinem Säbel, der zweifellos zu lang war. Seine Hände waren klein und fleischig. Der Körper war, soweit man es in der halb liegenden Stellung überhaupt erkennen konnte, wohlproportioniert und kräftig. Der Kopf war breit und rund, wenn der brachyzephale Eindruck auch durch die hohe Stirn und die schmale gerade Nase gemildert wurde. Das Haar war pechschwarz, scheitellos nach hinten und zur Seite gekämmt; eine dunkle Locke bedeckte die rechte obere Ecke der Stirn, wie es bei den Franzosen Mode war.

Meine Mutter behauptete, ich sei über Großvaters kleinen Wuchs enttäuscht gewesen. Das ist schwer zu glauben, wenn ich auch vielleicht etwas anderes erwartet hatte. Seine Augen jedoch waren faszinierend: sanfte, durchdringende, traurige, offene, kindliche, kluge braune Augen und darüber geschwungene, fast weibliche Augenbrauen. Ich weiß nicht, ob das Bild vor oder nach dem Krieg gemacht worden war. Etwas in Bennos Augen ließ mich denken, er habe schon alles gesehen, was ein kleiner und empfindsamer, wenngleich – im Verhältnis gesehen – fast athletischer Großvater aushalten kann. Am Säbel sah man jedoch keine Blutspuren.

Das Eisenbahnabteil war voller qualmender und heftig diskutierender russischer Soldaten. Benno zwängte sich mit seinem Tornister in den Gang und merkte bald, daß alle Plätze besetzt waren. Ihn ärgerte der Verlust des Kornetts. Er setzte sich im Gang auf seinen Tornister, holte eine dicke Zigarre aus seiner Tasche, biß die Spitze ab und spuckte sie einem am äußersten Ende der Bank sitzenden bärtigen Soldaten ins Auge. Der hob abwehrend die Hand, blinzelte heftig, bat um Entschuldigung und entfernte sich zum Abort, um sich die Tabakkrümel aus dem Auge zu wischen. Benno setzte sich derweil auf den Platz des Soldaten. Er machte einige Lungenzüge, um das stechende Gefühl im Bauch loszuwerden. Sein Nebenmann sah ihn wütend an und brummelte etwas von Gasmasken, die schon vor der Abreise hätten verteilt werden sollen. Jemand wußte zu berichten, es sei irgendein tödliches Gas erfunden worden.

„Uns bringt das nicht um", lachte ein anderer. „Wir sind Gas gewohnt."

„Wir machen die Deutschen fertig", eiferte sich ein junger Soldat. „Die halten nicht lange durch, die verrückten …

Ist doch klar, wenn man gleichzeitig an zwei Fronten Krieg führt! Wir machen sie fertig …"

„Was haben wir davon?" fragte ein älterer Mann.

„Wer bekam von Japan eins auf'n Dez?" bemerkte jemand schadenfroh.

„Bei der Belagerung von Port Arthur habe ich die Geduld verloren", gestand der ältere Mann ein.

„Ich habe eine Blechschmiede und vier Kinder zurückgelassen … und die Frau", sagte Bennos Nebenmann düster. „Ich bin Blechschmied. In dieser Gesellschaft kann sich der arme Mann zu Tode schuften und trotzdem am Hungertuch nagen, aber wenn die hohen Herren alles auf der Welt durcheinandergebracht haben und der Krieg ausbricht, dann wird von Volk und Vaterland und Ehre gesprochen …"

„So ist es", stimme Benno zu. „Ade, ihr heimatlichen Gefilde, lange, lange, bis zum Überdruß habe ich euch angeschaut, jetzt ruft uns der Hörner Klang, das Vaterland zu verteidigen …"

„… das den anderen gehört", brummte der Blechschmied, „und Blut zu vergießen …"

„… das uns gehört", fuhr Benno fort. „So ist es, so ist es immer gewesen."

„Ich habe eine Blechschmiede zurückgelassen", wiederholte der Blechschmied und starrte Benno an, „eine gutgehende Blechschmiede in Järvenpää."

‚Was habe ich zurückgelassen?' dachte Benno. ‚Wera, Arje, Golde, Tanja und das vierte. – Wie soll es heißen? – Die habe ich zurückgelassen. Und was noch? Was habe ich gemacht, das ich jetzt nicht mehr machen kann? Ich habe das Kornett geblasen und habe die Oper besucht. Auf der Esplanade hat man mich spazierengehen sehen, die Hände auf dem Rücken, mit einem braunen Spazierstock in der Hand, vielleicht mit einer Zigarre im Mund.' – „Ich habe das Kornett zurückgelassen", sagte er laut, seine Stimme erstickte fast vor Trauer. „Wo ist es denn?" erkundigte sich neugierig der Blechschmied.

„Es ist auf den Bahnsteig gefallen", fauchte Benno und verschluckte Tabak.

„Sei nicht traurig, Kamerad", tröstete der Blechschmidt. „Es hätte noch schlechter kommen können. Ein Kornett! Ich kann dir ein neues machen, und billig."

„Du könntest ein Kornett anfertigen?" zweifelte Benno.

„Gewiß doch. Ich bin doch Klempner, Blechschmied. Meine Werkstatt ist zwar in Järvenpää geblieben, aber sowie der Krieg aus ist und wir nach Hause zurückkommen, hämmere ich dir ein Kornett. Was machst du im Zivilleben?"

„Meine Frau verkauft auf dem Trödelmarkt alte Kleider."

„Aha. Da bist du wohl recht wohlhabend, rauchst Zigarren?" – „Die sind von den billigen. Wir sind eher arm."

„Was für eine Arbeit hast du?" fragte der Klempner aufs neue.

„Meine Frau verkauft auf dem Trödelmarkt alte Kleider. Ich selbst bin ein schlechter Kaufmann, wahrscheinlich der schlechteste in ganz Helsinki", erläuterte Benno. „Es hat gar keinen Sinn, daß ich überhaupt erst versuche, jemandem etwas zu verkaufen. Meine Frau verkauft, arbeitet Tag und Nacht und ist trotzdem immer guter Laune. Manchmal versuche ich ihr zu helfen, aber daraus wird nichts. Wenn ein armer Kunde – und zu uns kommen nur arme – einen Mantel kaufen will und einen passenden findet, dann aber klagt, daß der Preis dafür zu hoch sei, dann kann ich nicht widersprechen. Da sag ich nur, daß der Kunde völlig recht habe, und häng den Mantel wieder hin. Wenn der Kunde trotzdem interessiert ist, aber feilschen will, frag ich, wieviel er dafür bezahlen kann, wobei er berücksichtigen soll, daß der Brotpreis gestiegen ist und es überhaupt unsichere Zeiten sind. Er nennt einen Preis, ich akzeptiere ihn ohne Umschweife, meine Frau hört das und fängt an zu zetern, das sei unter dem Einkaufspreis, was auch stimmt, und dann brülle ich sie an: ‚Na und? Wer bestimmt hier?'"

„Ich bestimme hier!" rief Hauptmann Kassulkin, der gerade in diesem Moment puterrot durch die Waggontür trat.

„Maul halten! Wer redet da noch?" Kassulkin blickte wie ein Stier um sich. „Soldaten! Ich bin Hauptmann Kassulkin", brüllte er und zog ein zerknittertes Papier aus der Tasche. „Ich verlese euch jetzt den Tagesbefehl Seiner Kaiserlichen Hoheit des Russischen Zaren, Nikolais des Zweiten. Und jeder hört zu! Das sollte eigentlich auf dem Helsinkier Bahnhof vor allen Truppenteilen verlesen werden, aber irgendein Idiot hat zu früh die Abfahrtsfanfare geblasen, und jetzt muß ich von Waggon zu Waggon laufen und das vorlesen, diese Schei…"

„Herr Hauptmann, es war nicht meine Absicht …", unterbrach Benno.

„Schnauze, Mann! Haben Sie den Verstand verloren? Hört zu: ‚Soldaten! Es ist nicht Unsere Schuld, daß die Teutonen, die Allobroger, die Zimbern, die Äduer, die Usipeter und die Tenkterer ihre vereinigten Armeen von über zwei Millionen Mann über unsere Grenzen in Marsch gesetzt haben in der unverkennbaren Absicht, Unser friedliebendes und auf Ordnung haltendes Kaiserreich anzugreifen. Der Gesandte ihres Kaisers hat ein dreistes Ultimatum gestellt, dessen Wortlaut so beleidigend ist, daß allein er schon ein Kriegsgrund wäre. Der Inhalt des Ultimatums ist folgender: Wenn Wir die moralische und politische Hilfeleistung für die dem Angriff der Treverer, Nervier und Senonen ausgesetzten Serben und Slowenen nicht einstellen und wenn Wir nicht mit einer direkten Erklärung versprechen, diesen keine militärische Hilfe zu leisten, werden die Genannten – wie hießen sie doch gleich? – daraus ihre Schlußfolgerungen ziehen und Maßnahmen ergreifen, angeblich zum Schutze ihrer Interessen. Soldaten! Unser Kaiserreich, das Heilige Russische Reich, kann sich den von frech gewordenen Feinden diktierten Bedingungen nicht unterwerfen. Unser Kaiserreich steht als stolzer äußerster Vorposten des Ostens gegen den barbarischen Westen. Soldaten! Der Feind hat den Krieg erklärt. Wir werden kämpfen! Wir kämpfen! Wir siegen! Gott ist auf unserer Seite. Außerdem Frankreich und England!' Hurra!"

Hauptmann Kassulkins Hurra hallte heiser im Waggon wider.

Die Soldaten waren todernst. In einigen Gesichtern spiegelte sich Verwunderung wider. Kassulkin blickte streitsüchtig um sich, aber niemand wagte auch nur zu lächeln. Enttäuscht entfernte sich Hauptmann Kassulkin in den nächsten Waggon.

„Die Äduer, Usipeter? Tenkterer! – Nie gehört, so ein Zeug!" murmelte der ältere Soldat. „Da ist einer übergeschnappt."

„Kommt mir bekannt vor, kommt mir irgendwie bekannt vor ..." brummelte Benno vor sich hin.

„Gegen wen kämpfen wir eigentlich?" fragte der junge begeisterte Soldat hysterisch. „Von den Deutschen hat er nichts gesagt! Warum nicht? Kann mir jemand sagen, gegen wen wir kämpfen sollen?"

„Was, zum Teufel, liegt uns daran!" schnauzte der ältere Soldat.

„Was geht dich das an!" sagte der Blechschmied.

„Ich weiß, jetzt erinnere ich mich", rief Benno. „,Der Gallische Krieg' von Julius Caesar! Sonnenklare Sache! Irgendein Idiot hat den Tagesbefehl und Caesars ,Gallischen Krieg' durcheinandergebracht."

„Was quatschst du da?" fauchte der Blechschmied. „Hier ist schon genug durcheinander. Was willst du nun noch durcheinanderbringen?"

„Nein: jemand hat sie verwechselt, den ,Gallischen Krieg' und den Tagesbefehl", widersprach Benno. „So muß es sein."

„Wer sollte das getan haben?" fragte der ingermanländische Korporal.

„Ich weiß nicht. Vielleicht der Hauptmann ... Kassulkin ... oder – der Zar?"

„Na! Sollte der schon so verrückt sein?" Der ältere Soldat lachte.

Über diese Möglichkeit unterhielten sich die Soldaten lange. Einige begannen in ihren Tornistern zu kramen und packten Butterbrote und Spielkarten aus, einige fanden auch Branntwein. Die Flaschen machten die Runde. Jemand spielte Harmonika. Einige sangen. Alle schwitzten. Im Waggon war es unerträglich heiß. Der bärtige demütige Soldat hatte nicht alle Tabakkrümel aus seinen Augen herausbekommen und fand nicht mehr zu seinem Platz zurück, sondern irrte blinzelnd von Waggon zu Waggon.

Auf dem Bahnhof Viipuri hielt der Zug für einen Augenblick. Halb mit Gewalt wurden einige Männer in den Zug gestoßen. Einer von ihnen geriet in Bennos Waggon; er kämpfte sich durch das Gedränge im Gang und fluchte böse: „Laßt mich durch, verdammt nochmal! Macht Platz! Laßt mich vorbei! Du Pißkopp! Den Tornister auch! Verrückter Hund! Versucht noch einmal mir auf die Füße zu treten …"

Benno erkannte sofort Wulf Blonder und rief ihm schon von weitem zu: „Blonder! Was machst du denn hier? Du bist doch in Amerika!"

„In Amerika. Denkste!" sagte Blonder bitter und zwängte sich auf einen Platz neben Bruno. Eines seiner Augen war schwarz, und die Nase war ihm schief geschlagen. „Ich bin in Göteborg schon wieder umgekehrt. Ich bekam Heimweh nach meiner Familie."

„Das kann ich verstehen", gab Benno zu. „Du hast's bereut und dich freiwillig gemeldet."

„Ja, Scheiße! Ich hatte einen Plan. Ich dachte, wenn ich den Tauben spiele, dann werd ich vom Kriegsdienst befreit, wenigstens vom Frontdienst. Dachte ich. Man sollte nicht denken."

„Das ist also nicht gelungen", schlußfolgerte Benno.

„Was hast du gesagt?"

„Ich sehe, daß der Plan mißlungen ist", wiederholte Benno.

„Was nörgelst du? Ich habe versucht, was ich konnte! Die Musterungsoffiziere haben mir abwechselnd was ins Ohr geflüstert und geschrien, aber ich habe keine Miene verzogen. Der Arzt hat mein Ohr untersucht, hat mit Haken darin herumgefummelt und mit einer Lampe hineingeleuchtet, aber ich bin fest geblieben. Schließlich haben sie einen Zettel ausgeschrieben, der besagte, daß ich praktisch taub und für den Kriegsdienst untauglich sei."

„Aber ...?"

„Ich weiß, was du sagen willst. Du willst fragen, weshalb in aller Welt ich dann hier bin, nicht wahr?"

„Ja, weswegen?"

„Was?"

„Wie kommt es, daß du jetzt hier bist?"

„Sie hatten Leib Finkelstein gekauft."

„Was meinst du damit?"

„Leib Finkelstein hat sich verkauft. Wie ich fröhlich aus dem Musterungsbüro herauskomme und die Torkelstraße entlang nach Hause gehe, da höre ich aus dem Treppenflur eine bekannte Stimme, die flüstert: ‚He, Wulf, he, kum aher abissele.' Das war Finkelsteins Stimme. Ich erkannte sie sofort. Finkelstein hatte bei mir Schulden, und ich ging natürlich zu ihm in den Treppenflur. Ich lief direkt in die Falle. Zwei garstige Gendarmen stürzten von der anderen Straßenseite auf mich zu und brachten mich zum Musterungsbüro zurück. Dort bekam ich eins in die Fresse, und nach vier Stunden schickte man mich auf die Reise. Und da bin ich nun."

Großvater, Blonder und der Blechschmied verfielen in tiefes Nachdenken. Eine Weile waren sie still, dann steckte Benno sich eine neue Zigarre an und fragte Blonder: „Wulf, erinnerst du dich noch an das Sprichwort ..."

„Was, Benno, was?" schrie Blonder erschrocken.

„So ein polnisches Sprichwort, du erinnerst dich doch. Wie hieß es noch gleich?"

„Was ist damit?" fragte Blonder beruhigt.

„Meine Frau hat gefragt, was es bedeutet. Ich wußte es nicht mehr. Ich fürchte, sie wird keinen Schlaf finden, wenn ich ihr nicht schreibe, was es bedeutet."

„Du fürchtest? Fürchte dich nicht, Benno. Glaubst du, ich fürchte mich nicht? Jeder hat Angst, wenn er in Gefahr ist. Nur Dumme haben keine Angst ..."

„Darum geht es mir nicht. Es geht um das Sprichwort. Was bedeutet es?“

„Wie lautet es?“

„Wie? Entsinnst du dich nicht? Es ist sicher das einzige, das du kannst. Warte mal: ‚Dziecko jest nie tylko niskie …‘ oder so ähnlich.“ – „Ah ja: ‚Nielko dziest malko wzjonstze?‘“

„Nein, sondern: ‚Dziecko jest nie tylko …‘“

„‚… tylko niskie lecz równiez małe.‘ Das?“

„Ja, das“, sagte Benno begeistert.

„Was ist damit?“ fragte Blonder gleichgültig.

„Was es bedeutet!“ schrie Benno, hochrot im Gesicht.

„Woher, zum Teufel, soll ich das wissen?“ schrie Blonder böse. „Du brauchst mich nicht so anzuschreien.“

„Aber du hörst ja nicht. Wie hast du überhaupt das Flüstern von dem Finkelstein gehört, wenn du nicht hörst, was ich sage?“

„Was? Was? Nuschle nicht! Sprich deutlich!“

„Ich hab gefragt, wie Finkelstein dich in die Falle locken konnte, wo du doch nichts hörst?“ schrie Benno Blonder ins Ohr.

„Damals hab ich ja noch hören können, gut sogar, aber dann haben sie mich ins Musterungsbüro zurückgeschleppt und lustig Ohrfeigen verteilt. Sie schlugen mir mit der Faust auf Augen und Ohren, schlugen so schlimm, die verdammten Hunde, daß ich jetzt nicht mehr richtig hören kann und nur noch auf einem Auge sehe. Ich bin also halbtaub und halbblind und praktisch für den Kriegsdienst untauglich!“

„Warum sagst du denen das nicht?“

„Was hast du gesagt?“

„Warum reichst du keine Beschwerde ein?“ brüllte Benno. „Warum verlangst du nicht eine neue Untersuchung?“

„Ich bin doch nicht ganz und gar verrückt! Die würden mir auch noch das andere Auge blind schlagen und mir mein Gehör völlig zerstören, und dann würden sie mich in die vordersten Linien schicken und mir auch noch eine Kompanie zu kommandieren geben. Nein, zum Teufel, ich sage nichts!“

Benno wurde später in Galizien verwundet. Blonder bekam Lungenentzündung und starb in Vilnius.

Eine Fanfare
Baruch Schtrugetz zum Gedenken

Der Sieg in der Schlacht von Lemberg begeisterte den russischen Generalstab außerordentlich, und die zaristische Armee begann an jedem Frontabschnitt anzugreifen, verlor aber fast jede Schlacht. Allein im Jahr 1915 fielen den Russen über eine Million Soldaten.

Großvater Benno gehörte nicht zu ihnen. Er hatte die Schlacht von Lemberg mit heiler Haut überstanden, aber von seinem Regiment waren nur klägliche Reste übriggeblieben. Mit ihnen wurden verschiedene Kompanien aufgefüllt. Benno kam in denselben Truppenteil wie der russische Blechschmied aus Järvenpää, und gemeinsam zogen sie sich flink ins finsterste Wolynien, ins Land zwischen Styr und Bug, zurück. Dort machten sie Halt und quartierten sich in einer kleinen Stadt ein, die innerhalb kurzer Zeit schon dreimal den Besitzer gewechselt hatte. Jetzt war sie den Russen in die Hände gefallen, aber die Österreicher hatten sie sich so sehr in den Kopf gesetzt, daß sie beschlossen, sie – gleich um welchen Preis – in ihre Hände zu bekommen und am Stadtrand, hinter grünen Hügeln, ihre Truppen zu konzentrieren.

Benno spazierte durch die Straßen der kleinen Stadt und spähte durch die Türen in die Häuser. Er suchte in der Stadt nach Juden, bei denen er etwas Zusätzliches zu essen kaufen könnte. Aber die Stadt war fast leer, es fanden sich ebensowenig Juden und Polen wie Ruthenen, ausgenommen einige zitternde Greise; die Einwohner waren geflohen, jeder vor einem anderen Feind.

Als Benno die kleine Stadt durchwandert hatte, gelangte er an ein Eisentor, das zwei Davidsterne zierten. Er stieß an den einen Torflügel, der fiel lärmend zu Boden. Benno betrat über das gestürzte Tor hinweg den jüdischen Friedhof.

Der Friedhof war klein, und die Grabsteine standen so dicht und durcheinander, daß schwer zwischen ihnen durchzukommen war.

‚Was mache ich denn hier?‘ dachte Benno. ‚Habe ich nicht schon genug vom Tod gesehen?‘ Und er wollte schon umkehren, da bemerkte er einen alten bärtigen Juden, der an einem Grab hockte. Der Greis ordnete Tannenzweige auf dem Grab und stellte ein hölzernes Grabmal auf, das noch ganz neu aussah. Benno ging zu dem Alten hin und begrüßte ihn: „Guten Tag, Großvater. Wos macht a Jid?“

„Was kann man da noch machen?“ antwortete der Alte. „Es ist zu spät, hier noch etwas zu machen. Man kann höchstens ein paar Tannenzweige aufs Grab legen und das Unkraut jäten. Damals, seinerzeit, hätte …“, murmelte der Alte verbittert.

„Ist es ein Angehöriger, einer aus der Familie oder aus der Verwandtschaft, der hier liegt?“ fragte Benno und las auf der Grabtafel den Namen Baruch Schtrugetz, geboren 1893, gestorben 1913 …

„Der Sohn meines Sohnes“, antwortete der Alte. „Ein schüchterner und begabter Junge … Aber schwach, so schwach – charakterlich. Man hätte ihn nicht sollen … aber hat man auf mich gehört? Nein. Ebensogut hätte ich zur Wand reden können. Habe ich vielleicht auch getan. Ich habe allen gesagt, seinem Vater, seiner Mutter, dem Lehrer und dem alten Furman … Was habe ich ihnen doch noch gesagt?“

Der Alte überlegte einen Augenblick und kratzte sich mit einem Tannenzweig im Nacken. „Ich habe gesagt, man soll den Jungen nicht allein in die große Stadt schicken, auch wenn er begabt und musikalisch ist. Man soll ihn nicht allein nach Minsk schicken, denn er ist schüchtern und still, sehr empfindsam und – unter uns gesagt – ein bißchen verrückt, er hat abstehende Ohren. Aber sie haben ihn geschickt! Aufs Minsker Konservatorium. Er war ein Genie. Er blies auf dem Kornett wie der Engel Gabriel!“

„Kornett?“ stutzte Benno.

„Kornett, ja, Trompete, Flügelhorn, Jagdhorn und Kornett, aber auf dem Kornett am allerliebsten." Der Alte seufzte tief; Baruch Schrugetz' Leben und Tod:

Baruchs musikalische Begabung kam früh zum Vorschein. Schon als kleiner Junge begleitete er trällernd die komplizierte Figuration des Rezitativs des Kantors und schmückte sie mit eigenen Einfällen aus. Mit achtzehn Jahren entwendete er aus dem Zimmer des Rabbiners einen schönen gebogenen Schofar – das Horn, mit dem man zur Rosch haschschanah das neue Jahr einbläst. Baruch versteckte ihn in seiner Hose und humpelte mit steifem Bein zum nahegelegenen Hof, wo er darauf zu blasen begann und die alten Männer und Weiber arg erschreckte, aber dann tutete er einen so behenden Oberek, daß die Alten sich auf dem Hof sammelten und zuhörten; einige wagten sogar ein Tänzchen. Der Pförtner der Synagoge unterbrach das Konzert, und Baruch bezog gehörig Prügel.

Aber seine musikalische Begabung konnte niemand leugnen. So wurde er unter großen Opfern aufs Minsker Konservatorium geschickt, wo er das Kornett blasen und komponieren lernen sollte. Die Familie kaufte Baruch ein altes versilbertes Kornett, das in der Militärkapelle ausgedient hatte, und einen neuen Anzug und schickte ihn nach Minsk. Den Grundlehrgang des Minsker Konservatoriums bestand er mühelos und erhielt ein Stipendium zur Fortsetzung seiner Studien am Minsker Konservatorium. Auch in Minsk machte er ausgezeichnete Fortschritte. Er wuchs zum Jüngling heran und ging mit Riesenschritten einer lichten Zukunft entgegen.

Aber ein halbes Jahr vor dem Abschlußexamen erlebte Baruch Schtrugetz eine religiöse Erweckung und schloß sich einer chassidistischen Truppe an, die musizierend, tanzend und predigend von Dorf zu Dorf zog. Baruch wanderte zur Rettung seiner Seele mit den Chassidisten umher und blies auf Bauernhochzeiten und in Betstunden das Kornett, wobei sich die Chassidisten wie die Derwische in Ekstase tanzten. Er spielte und betete und sang ein Jahr und ein zweites, bis er des ganzen Chassidismus überdrüssig wurde und zu trinken begann. Dann spielte er abends in Restaurants und Cafés, und in der arbeitsfreien Zeit trank er kräftig. Er wanderte kreuz und quer durch Rußland, in der Bukowina verliebte er sich in ein Zigeunermädchen, schloß sich den Zigeunern an, zog mit ihnen bis ins Moldaugebiet. Dort kaufte er sich eine Violine und lernte schnell mit ihr nach Zigeunerart umzugehen, aber in dem Zigeunermädchen ist keine Liebe zu ihm erblüht.

Die übrigen Romanen sahen ihn allmählich scheel an.

„Was will er eigentlich von uns? … Wer ist er eigentlich? … Warum trottet er dauernd hinter uns her …?"

Und sie sahen einander an und wunderten sich, wieso sich dieses Wesen überhaupt ihnen zugesellen konnte. Der Romane Dudu hatte Baruch für Leles Neffen zweiten Grades aus der Dobrudscha gehalten, und der Romane Lele hatte ihn für Dudus slowakischen Schwager gehalten und so weiter … Die Zigeuner sprachen die Angelegenheit durch und stellten fest, daß Baruch niemandes Verwandter oder Freund war, verabreichten ihm eine Tracht Prügel und trieben ihn aus dem Lager – vor den Augen seines geliebten Zigeunermädchens mit dem großen Kinn, und diese Augen schauten der Szene gleichgültig zu.

Baruch schleppte sich in ein kleines Hotel und trauerte eine Woche lang. Dann verkaufte er seine Violine und vertrank das Geld. Und eines schönen Sommermorgens blies er auf seinem Kornett den letzten Triller und warf es dann mit aller Kraft an die Wand des schmuddeligen Hotelzimmers. Dann jagte er sich eine Kugel in den Schädel, mit einer Pistole, die er vom Bulabasch der Zigeuner noch gerade hatte stehlen können.

„Und aus diesem schäbigen Hotelzimmer holten wir dann seine Leiche und das beschädigte Kornett", erzählte der alte

Jude. „Und jetzt liegt er hier … Und nun ist es zu spät, darüber zu grübeln, was da verkorkst worden ist …"

„Ich möchte das Kornett gern kaufen, wenn es noch existiert", sagte Benno.

„Darauf kann man nicht blasen", sagte der Alte. „Das hat arge Beulen bekommen, als Baruch es an die Wand warf. Woher mag er bloß die Kraft dazu genommen haben, der schmächtige Junge?"

„Ich würde es trotzdem kaufen", sagte Benno. „Und wenn's nur als Andenken wäre."

Und Benno kaufte dem alten Juden das unbrauchbare Kornett des Enkels ab, als Ersatz für sein eigenes, das in dem Abfahrtswirrwarr auf dem Helsinkier Bahnhof auf den Bahnsteig gefallen war, kaufte es für wenige Rubel, und der alte Jude bekam ein schlechtes Gewissen, denn er glaubte, Benno sei ein wenig verrückt, dachte aber, immerhin habe er ihn gewarnt. So wechselte das Kornett seinen Besitzer, und der Alte segnete Benno und Bennos ganze Eskadron.

Benno zeigte das Kornett seinem Freund, dem Blechschmied. Der beklopfte es und untersuchte es von allen Seiten und meinte, aber sicher doch, da werde noch was draus. Er machte sich daran, das Kornett geradezubiegen, schob Holzkeile hinein, erhitzte es über dem offenen Feuer und klopfte mit einem Holzhammer die Beulen glatt und die Ecken gerade, und die Bruchstellen vergoß er mit Zinn und hatte die Arbeit fast fertig, da wurde Alarm gegeben, und alle liefen hin und her, suchten ihren Truppenteil und Tornister und Waffen … Als die Abteilungen beieinander waren, wurden sie an den Stadtrand zu den grünen Hügeln in Marsch gesetzt, wo sie in den schon fertig ausgehobenen Laufgräben die dort wartenden Kompanien verstärken sollten. Bennos Abteilung ging in einem dichten Buchenwald am Nordhang eines Hügels in Stellung; da gruben sie sich in die Erde ein und warteten auf den Gegenangriff der Österreicher.

„Wieso Gegenangriff?" wunderte sich Benno. „Wir haben ja noch gar nicht angegriffen!"

„Sie machen einen Gegenangriff, weil sie *gegen* uns angreifen", erklärte Bennos Nebenmann, als hätte er ein Kind vor sich.

Im Buchenwald war es dunkel; einige Männer tranken aus ihren Feldflaschen, andere erzählten sich Geschichten aus dem Leben, gegen Morgen wurde es allen kühl, und in den Stellungen des Westabschnitts der Österreicher registrierte man Bewegung. Vielleicht schoben die Österreicher drei leichte Feldhaubitzen in die Stellungen zwischen zwei Maschinengewehrnester auf dem befestigten Hügel? Man bekam keine Klarheit, weil es noch so finster war.

„Da sind wir jetzt", murmelte Benno seinem Nachbarn zu und zündete sich eine Zigarette an. „Im dunklen Wald in einem fremden Land, die Seele voller Kummer."

„Warum Kummer, warum?" fragte der Nachbar; es war ein sozialdemokratischer Arbeiter. „Was haben die da drüben uns denn getan?"

„Nichts. Deswegen sitzt im Herzen düstrer Kummer", flüsterte Benno.

„Mach dich frei von Mord und Rache und schieß auch du in die Luft, Kamerad!" forderte der Nebenmann flüsternd Benno auf. „Lade nicht den Tod junger Arbeiter und Sozialdemokraten auf dein Gewissen!"

„Ich und auf sie schießen?" wunderte sich Benno. „Obwohl: sie waren ja selbst sehr erpicht darauf, in den Krieg zu ziehen ..." – „Wer?"

„Die Sozialdemokraten, die sind so gern in den Krieg gezogen. Überall. In allen Ländern. Waren mächtig begeistert, Proletarier aller Länder ..."

„Die Führer haben uns betrogen", sagte der Nebenmann lauter.

Ein Sergeant, der in einiger Entfernung im Laufgraben stand, blickte zu ihnen hin und sah bei Benno eine Zigarette glimmen. „Machen Sie die Zigarette aus, verdammt nochmal!" zischte er dem verdutzten Infanteristen neben sich zu.

„Aber ich rauch doch gar ..." stammelte der Infanterist.

„Geben Sie's weiter, Idiot! Oder: lassen Sie es weitergehen!"

Und der Befehl machte die Runde ...

„Machen Sie die Zigarette aus, verdammt nochmal ..."

„Die Führer haben die Arbeiterklasse betrogen", wiederholte Bennos Nebenmann bitter, „und die, die standhaft geblieben sind und sich diesem kapitalistischen Krieg widersetzten und die Arbeiter aufforderten, ihn nicht mitzumachen, die sitzen jetzt im Gefängnis, und Jean Jaurès wurde in Frankreich ermordet ..."

„Ich erinnere mich, daß ich es in der Zeitung gelesen habe", sagte Benno und machte seine Zigarette aus. „Es ist ein rohes Spiel ..."

„Und was lernen wir daraus?" fragte der Nebenmann und hob seinen Zeigefinger.

„Daß die Sozialdemokraten mit Pauken und Trompeten in den Krieg zogen ..."

„Machen Sie die Zigarette aus, verdammt nochmal!" brüllte der sozialistische Genosse Benno ins Ohr, denn der Befehl war bis zu ihm gelangt.

Benno wandte sich verwundert um und schaute ihn an. „Ich hab sie doch schon ausgemacht."

„Das soll weitergegeben werden. Gib's weiter!"

„Machen Sie ..." begann Benno, flüsterte dann aber dem bärtigen Weißrussen auf der anderen Seite ins Ohr: „‚Du sollst dir Quasten machen an den vier Zipfeln deines Mantels, mit dem du dich bedeckst.' Weitergeben!"

„Was für Zeug? Was denn für Quasten?" wunderte sich der bärtige Krieger.

„Wundere nicht so viel!" ranzte Benno ihn an. „Fünftes Buch Mose 22,12. Gib's weiter, oder du kommst vors Kriegsgericht."

Die Stunden vergingen, aber die Österreicher griffen nicht an. Die Sonne ging auf, die Morgenröte schimmerte durch den dichten Buchenwald und wärmte die Gemüter. Aber der bärtige Weißrusse klapperte mit den Zähnen.

„Frierst du noch?" fragte Benno.

„Ich friere und habe Angst, und mir ist verdammt schlecht", murmelte der Mann.

„Ich verstehe das", stimmte Benno zu. „Wer von uns fürchtet sich nicht?"

„Warum greifen diese Österreicher nicht an?" beklagte sich der Weißrusse. „Es gäbe wahrhaftig was anderes zu tun als hier zu warten, bis es denen einfällt anzugreifen ... Wenn sie jetzt nur angriffen, dann wäre auch diese Pein bald vorbei ... Es tut mir nur leid ums Weib und um die Kinder ..."

„Was fehlt ihnen?"

„Na, wenn ich sterbe ..."

„Wer wird denn hier sterben? Früher ist auch Krieg geführt worden, und ..."

„Alle sterben", unterbrach der Weißrusse und begann zu zittern.

„Die Frauen werden schon irgendwie zurechtkommen, auch ohne uns", tröstete Benno.

„Fürst Kurski, der am Kriegszug Peters des Großen im Baltikum teilnahm, war auch einmal zwei Jahre fort", erzählte der verbitterte Sozialdemokrat. „Aber einmal konnte er es doch so einrichten, daß er schnell mal nach Hause kam, um seine Frau zu herzen. Was meinst du, wie die Frau sich freute. Das geschah zu einer Zeit, da die Frau davon nicht schwanger werden konnte, obwohl Fürst Kurski das nicht wußte, und die Frau wußte, daß Kurski es nicht wußte. Kurski ging in den Krieg zurück, und die Frau nutzte die Stippvisite ihres Mannes aus, um so manchen Kadetten und junge Pelzhändler zu verführen. War doch eine mögliche Schwangerschaft schon legalisiert. Die Frau glaubte also, sie hätte ein Alibi. Was sie aber nicht wußte, war, daß dem Fürsten Kurski in einer Schlacht gegen Karl XII. in Livland sein Werkzeug erfroren war und daß er demzufolge keine Kinder zeugen konnte. Anders ausgedrückt: den Beischlaf ausüben konnte er wohl, aber keine Kinder machen. Der Frau hätte es schlecht ergehen können, wenn einer der Kadetten oder Pelzhändler sie geschwängert hätte. Zum Glück ist es nicht so gekommen. Fürst Kurski hat nie etwas erfahren. Und seine Frau hat nie begriffen, in welcher Gefahr sie geschwebt hat. Im Grunde genommen hat keiner von der ganzen Geschichte je etwas erzählt, und es ist sehr fraglich, woher die Geschichte überhaupt stammt", endete der Genosse etwas verlegen.

„O weh, Heimatdorf meiner Kindheit, mein trautes Heim!" klagte der Bärtige. „Mütterchen, Vater und Tante Franta … Was ist von allem noch übrig? Nur Tante Franta!"

„Wohin ist denn das Dorf verschwunden?" fragte Benno.

„Die Österreicher haben es niedergebrannt. Auch unser Haus ist verbrannt. Es war ein prächtiges Haus, unmittelbar an der polnischen Grenze, ich meine die alte Grenze. Sie verlief tatsächlich genau durch unseren Hof, so daß ich in Rußland wohnte, aber wenn ich scheißen gehen mußte, mußte ich über die Grenze, denn das Häuschen dafür lag in Polen. O! Das war eine Zeit. Haus meiner Kindheit … Wir aßen, wir tranken, wir tanzten … Jüdische Musikanten spielten auf … Auf Tante Frantas Hochzeit war ich zum erstenmal betrunken und fiel ins Hochzeitsbett, aus dem Franta und ihr Bräutigam mich auf den Fußboden stießen …

Da lag ich, als der Bräutigam Tante Franta nackt auszog und sie sich von hinten vorknöpfte, wobei er ab und zu sich selbst Ermunterungen zurief, zum Beispiel ‚Bogdan Chielmnitzky!' und ‚Jesus Maria!' und ähnliches, und die Tante stöhnte und jammerte … Ich setzte mich auf, um besser sehen zu können, und starrte Tante Franta ins rote Gesicht, und da dreht sie sich zu ihrem Bräutigam um, der ihr von hinten zusetzt, und schreit, und sagt ihm auf polnisch, denn der Bräutigam ist ein Pole: ‚Dziecko jest nie tylko nieskie lecs rovniez male …'"

„Das habe ich schon mal gehört", sagte Benno nachdenklich. „Was bedeutet das wohl?" – „Das bedeutet: ‚Das Kind ist nicht nur kurz, sondern auch klein.'"

„Das ist doch idiotisch. Das hat doch überhaupt keinen Sinn! Das Kind ist nicht nur kurz …"

„Das bedeutet nichts. Soll es auch nicht. Das ist ein Sprichwort, ein polnisches Sprichwort ..."

„Merkwürdiges Volk, diese Polen", sagte der Sozialdemokrat.

„Sie sind katholisch", gab der Weißrusse zu bedenken.

Da schob sich jemand im Schützengraben am Weißrussen vorbei und ging zu Benno. Es war der Blechschmied aus Järvenpää.

„Da hast du", sagte er und hielt Benno Baruchs Kornett hin. „Es ist jetzt repariert, das letzte habe ich mit dem Bajonett gemacht ... Jetzt müßte es dicht sein."

„Was ist das?" fragte der Sozialdemokrat.

„Das ist das Kornett eines toten Mannes", sagte Benno, „die einzige Hinterlassenschaft eines toten jüdischen Genies."

„Funktioniert es denn?" fragte der Weißrusse.

„Probieren wir's", sagte Benno und hielt das Kornett an die Lippen. Er holte Luft und blies aus voller Lunge, aber das Kornett gab keinen Laut von sich. „Es ist verstopft", sagte er, drehte das Kornett um und blinzelte ins Rohr. „Da ist was dringeblieben", sagte er und fuhrwerkte mit dem Bajonett im Kornett herum. „Es ist ein Holzpfropfen", sagte er und stieß ihn heraus, dann holte er wieder Luft und hielt das Kornett an den Mund. Er probierte ein paar Töne ... „Funktioniert", stellte er zufrieden fest und blies im gleichen Atemzug eine ganze Fanfare ...

Ein höllischer Lärm erscholl im Buchenwald; die russische Artillerie begann zu schießen. Die Offiziere schrien: „Angriff! Marsch, marsch!" Die Soldaten brüllten aus voller Kehle: „Hurra!" und kletterten über den Schützengraben, und so begann der Angriff auf die verdutzten Österreicher ...

Benno erinnerte sich an den Abfahrtstag auf dem Helsinkier Bahnhof und biß sich auf die Lippen, aber er versuchte gar nicht erst, die Angriffswelle aufzuhalten, denn jetzt war er klüger als in Helsinki. Die voranstürmenden Soldaten rissen Benno mit sich, und er lief im Kugelregen durch Qualm-

und Staubwolken. Er sah nichts, denn der Rauch biß in die Augen. An seiner Seite hörte er jemanden keuchen, und eine Strecke lief er neben der Stimme her, bis er merkte, daß es der Weißrusse war, der sich immer wieder zurief: „Jetzt geht's los …, jetzt geht's los …", dann sah er den Weißrussen nicht mehr, denn überall knallte und bumste es, und Benno begann Hurra zu schreien, weil er anderes gar nicht tun konnte. Dann sah er den Sozialdemokraten, der finster dreinschauend vorwärts trottete, das Gewehr über der Schulter, und er rief ihm grinsend zu: „Dies ist nun der Gegenangriff gegen den Gegenangriff!" Und gleichzeitig schlug ihn etwas mit fürchterlicher Macht zu Boden.

Upal ...

Mein verwundeter Großvater Benno lag auf der Trage und drückte sein Kornett fest an die Brust. Er verfluchte den Zaren, Kaiser Wilhelm und Franz Josef, die Großkapitalisten und die zwei Sanitäter, die eine Zigarettenpause einlegten; so bereiteten sie sich darauf vor, ihn hinter die Linien zu transportieren. Der karminrote Himmel senkte sich langsam auf den Rokitno-Sumpf, ein unangenehm feuchtes Lüftchen stieg vom Bug auf, kroch auf Benno zu, glitt seinen Körper entlang, kniff ihn ins Ohrläppchen und flüsterte: ‚Warum bist du mitgegangen, warum bist du mitgegangen, wolltest wohl den Helden spielen, du kleiner Mann ...‘

Die Nachricht von Großvaters Verwundung drang natürlich allmählich auch zu den Verwandten. Aber als sie ankam, erhielt sie nicht seine Frau Wera, denn die war gerade im Dorf und spielte, nichts Böses ahnend, bei ihren Freundinnen Karten. Das Telegramm nahm mein damals zehnjähriger Vater Arje entgegen, der mit seinen Schwestern allein zu Hause war, sofern man allein sein kann, wenn man mit seinen Schwestern zusammen ist ...

Arja lag bäuchlings auf dem Buchara unter dem schwarzen Eichentisch und ärgerte die fette gescheckte Katze. Er tat so, als ob er mit ihr spielte, aber in Wirklichkeit piesackte er sie, wie es nur ein Zehnjähriger kann; er drehte die Katze auf den Rücken und streichelte ihr den Bauch, was die Katzen im allgemeinen sehr gern haben, aber diese Katze, mit dem Namen Sarah, haßte das aus tiefster Seele. Sie fauchte und spuckte und kratzte Arjes Hand, ohne ihm allerdings, alt, wie sie war, auch nur eine anständige Narbe beibringen zu können.

Vaters zwei jüngere Schwestern saßen auf dem Sofa und sahen seinem Treiben zu. Die ältere, Golde, die blondes, bis an die Taille reichendes glattes Haar und eine ungewöhnlich lange Oberlippe hatte, bewunderte alles, was Vater machte, und klatschte begeistert in die Hände. Arje ließ die Katze laufen. Die fette Katze miaute lächerlich, sprang über den Stuhl auf das schwarze eichene Büfett und machte einen angeekelten Buckel.

Vaters jüngere Schwester hieß Tanja. Sie hatte krauses, pechschwarzes Haar und eine olivenfarbige Haut. Die Zigeuner zählten beunruhigt ihre Kinder, wenn sie mit Tanja auf der Straße spielten. Tanja war sanftmütig und neigte zur Melancholie. Als Tante liebte sie mich oberflächlich, denn sie hatte selber keine Kinder.

Sie sah Vater tadelnd an und fragte: „Mußt du denn die Katze immer quälen, Arje?"

Arje schämte sich ein bißchen, kratzte sich das Knie unter der halblangen Hose und sagte nachdenklich: „Eigentlich quäle ich die Katze gar nicht. Tierquälerei ist mir im Grunde fremd; ich habe zum Beispiel noch nie einer Fliege Flügel oder Beine ausgerissen …"

„Aber ich", erklärte Golde roh. „Flügel, Beine und auch Köpfe! Alle gescheiten Kinder reißen den Insekten was aus."

Tanja widersprach heftig. Ihrer Meinung nach zerpflückten nur sehr dumme Kinder Insekten.

„Wie Pawlow, nicht?" warf Golde ein.

„Wie Pawlow, genau", sagte Tanja und nickte nachdrücklich mit dem Kopf.

„Was meinst du damit, du dumme Liese?" fragte Golde und wurde blaß vor Wut.

Vater Arje erzählte dann, um seine Geschwister zu beruhigen, daß die Katze Sarah – praktisch und relativ gesehen – ebenso alt sei wie die Großmutter, also über achtzig Jahre. Außerdem sei ihr der Eierstock herausgeschnitten. Darum sei sie so fett. „Das war so", erklärte Arje, „sie wurde narkotisiert, und in die Seite wurde ein Loch gemacht. Der Arzt steckte seinen Finger in das Loch, machte dann in einen Metallfaden einen Knoten und riß damit den … Eierstock entzwei, alle Eier, wenn ich richtig verstanden habe, und es ist nicht eins nachgeblieben. Was sagt ihr dazu?"

„Oma hat meines Wissens früher auch keine Eier gelegt", sagte Golde kühl.

„Oma, Oma, Omas Eier ..." klagte die immer leicht sentimentale Tanja und brach in Weinen aus.

Arje kam nicht dazu, das Mißverständnis aufzuklären, weil an der Tür geläutet wurde.

Arje ging öffnen.

„Ein Telegramm für euch. Ist Vater zu Hause oder Mutter?"

„Ich nehme es", sagte Arje bestimmt.

Der junge Bote reichte Arje das Telegramm und hielt dann die offene Hand hin. Arje schaute auf das kaiserliche Adlersiegel auf dem Telegrammumschlag und schlug dem jungen Mann die Tür vor der Nase zu. Dann lief er ins Badezimmer, um das Telegramm zu lesen.

Mit gerunzelter Stirn kam er aus dem Badezimmer zurück. Die Schwestern spielten vierhändig den Flohwalzer, was Arje in Wut brachte. Sein Gesicht lief rot an, er scheuchte die Mädchen vom Klavierstuhl und brüllte mit der hysterischen Autorität eines pedantischen großen Bruders: „Ihr habt euch wieder nicht die Hände gewaschen. Mit schmutzige Hände wird das Klavier nicht angefaßt. Das Klavier ist heilig. Ihr habt das Klavier geschändet, Ihr, mit eure dreckige Hände!"

Er gab beiden eine schallende Ohrfeige. Die Schwestern heulten und liefen, das rote Mal einer Handfläche auf der Wange, in das Kinderzimmer. Golde machte Arje heulend auf die grammatischen Fehler aufmerksam, die ihm immer unterliefen, wenn er heftig wurde.

Und Arje war wirklich böse, aber weniger wegen des Flohwalzers als vielmehr wegen des Telegramms. Er begriff, daß etwas mit seinem Vater geschehen war, aber er war sich nicht sicher, was, denn das Telegramm war in russischer Sprache, und Arjes Russischkenntnisse waren dünn. Außerdem machte es ihm zu schaffen, wie er der Mutter die Sache mitteilen sollte, die mit ihren Freundinnen bei Ljuba Hamburger Karten spielte.

Arje dachte einen Augenblick nach und ging dann ans Telefon. Es meldete sich Frau Hamburger. Arje bat, seine Mutter sprechen zu dürfen.

„Kannst du einen Augenblick warten, mein Junge, deine Mutter muß gerade ausspielen", sagte die Frau. „Deine Mutter ist dran, auszuspielen. Wir spielen Karten."

„Aber ich habe etwas Wichtiges …"

„Nur einen Moment, da kommt sie schon …"

Arje hörte, wie Frau Hamburger ins Zimmer rief: „Seid doch etwas leiser, Mädchen!" Frau Hamburger nannte ihre Freundinnen, die doch schon ein gewisses Alter überschritten hatten, immer Mädchen, und ich entsinne mich, daß sie diese Bezeichnung auch noch verwendete, als sie selbst schon achtzig Jahre alt war. So konnte sie sagen: „Die Mädchen kommen am Sonntag zum Bridgespielen, wenn schönes Wetter ist", und meinte zittrige Greisinnen.

Dann erschien Wera am anderen Ende und begann zu plappern: „Liebling, sei nur ruhig, ich komme gleich … ich bleibe nicht mehr lange. Ich habe so viel Glück gehabt … habe die ganze Zeit hindurch gewonnen. Am Sabbat essen wir dann gefüllten Hecht, gehackten Hering, gehackte Leber, Blini und in Osterwein gedünstetes Huhn, das jemand mit Pflaumen gefüllt hat …"

Sie sprach noch zwei Minuten, bevor sie auf die Idee kam, Arje zu fragen, weswegen er anrufe.

„Mutter", begann Arje vorsichtig, „erinnerst du dich an Benno, mit dem du dich vor etwa elf Jahren verheiratet hast? So einen kleinen, schwarzen, eigentlich sogar ganz hübschen Mann. An den, der mein Vater ist! Erinnerst du dich daran, daß er im Herbst 1914 mit dem Zug vom Helsinkier Bahnhof abfuhr? Er versprach, vor seiner Abreise zurückzukommen."

„Aber das ist doch unmöglich. Das weißt du genausogut wie ich. Wie kann einer vor seiner Abreise zurückkehren? Das kann nicht einmal mein Mann Benno. Ja, und was ist mit ihm?"

„Er kommt gar nicht zurück", sagte Arje ruhig.

„Was sagst du da, Junge?" schnauzte Wera ungeduldig.

„Was fehlt dir? Schon als du noch ganz klein warst, warst du etwas sonderbar. Als Baby hast du so merkwürdig gelallt ..."

„Es ist ein Telegramm gekommen", unterbrach er die Reminiszenzen seiner Mutter.

„Von Benno?"

„Von einer Behörde. Dem Kriegsministerium. Oder irgendwoher. Er kommt nicht. Es hat ihn erwischt."

Im Gespräch entstand eine Pause. Dann hörte Arje ein dumpfes Geräusch, wie es entsteht, wenn einer hochbusigen und stattlichen Kriegswitwe schwindlig wird ... Dann war Frauengekreisch und Turbulenz und ängstliches Ach und Weh zu hören. Nach einer Weile fragte Wera mit unnatürlich ruhiger, fast eisiger Stimme am Telefon: „Wo?"

„Im Weltkrieg natürlich. An der Ostfront, da liegt doch wohl Wolynien ...", antwortete Arje und drehte das Telegramm hin und her.

„Ich meine: an welcher Stelle", erläuterte Wera ungeduldig.

„An der Stirn. Oder am Bauch. Ich werde nicht recht schlau daraus. Es ist russisch. Jedenfalls bedauern sie außerordentlich ..."

„Zur Hölle mit den zaristischen antisemitischen Bemitleidigungen", explodierte Wera. „Ich schlag sie tot, steche ihnen die Augen aus, das lange Fischmesser jage ich irgendeinem Offizier in die Augen." Plötzlich aber beherrschte sie sich und fuhr mit tiefer Stimme fort: „Versuch dich zu beruhigen. Mein Junge, zeige, daß du ein Mann bist."

„*Ich* bin ganz ruhig", antwortete Arje kühl.

„Ja, ja, lies das ganze Telegramm noch einmal. Wie heißt es darin? Ist dein Vater Benno sofort und auf der Stelle gestorben oder mußte er sich lange quälen?"

„Wollen mal sehen, ich lese vor", sagte Arje. „K naschemu glubokomu priskorbiju ... Zu unserem großen Bedauern oder so ... hm ... Unsere traurige Pflicht ..., byl ranen ..., heißt das nicht: wurde verwundet ... Dann steht da ‚upal' ...

‚ist gefallen' oder? Nein: ‚hingefallen' ..., er ist irgendwohin gefallen ... oder etwas ist auf ihn raufgefallen, eins von beidem, ich werde nicht schlau daraus. ‚Ihr heldenhafter Mann' steht da, ‚Wasch geroiski mush'. Sagt man es so nicht den Kriegswitwen? Oder wer weiß, vielleicht ist er bloß verwundet ..."

„Ich werde noch verrückt mit dir", schrie Wera böse ins Telefon. „Da siehst du, wie's einem geht, wenn man in der Schule nicht ordentlich Russisch lernt. Du bringst mich auf kleiner Flamme zum Kochen. Warte nur, wenn ich nach Hause komme!"

Als Wera nach Hause kam, hatte ihre Erregung schon nachgelassen, und sie las das Telegramm ganz ruhig. Nur ein leichtes Zittern ihrer Hand verriet, wie gespannt sie war. Es stellte sich heraus, daß Großvater Benno nur recht leicht verwundet war. Ein Hundertzwanzig-Millimeter-Ulan ungarischen Fabrikats hatte ihn in den Bauch getroffen. Benno hatte eine Rechnung aufgemacht: seine Schläfe war aufgeplatzt, zwei Rippen auf jeder Seite waren gebrochen, und die Mittelfüße hatten sich merklich gesenkt. Zum Glück war der Ulan ein Debrecener Schuster gewesen. Großvater wurde im Spital der Heiligen Anna in Smolensk gepflegt. Dort lag er jetzt still, aber er fluchte laut. Seine Zigarren waren ihm ausgegangen.

Der Heldenkornett

Leena Bulatowski hatte einen dicken braunen Zopf, der bis zwischen ihre kleinen Brüste reichte. Dort trug sie ihn oft, wie einige Frauen ein überdimensionales Kreuz zwischen ihren Brüsten tragen, damit diese auch recht zur Geltung kommen. Wenn sie Klavier spielte, legte sie den Zopf als Kranz um den Kopf, wie es die deutschen Frauen machen. Sie hatte Klavier am Weimarer Konservatorium studiert. Meine Großmutter verkaufte auf dem Helsinkier Trödelmarkt alte Kleider.

Als Leena das dritte Jahr in Weimar studierte, begannen ihre Finger steif zu werden, und der Arzt sagte, hier handele es sich um ein leichtes Gelenkrheuma. ‚Leicht' bedeutete, daß Leena nicht mehr Pianistin werden könne, daß aber ihre Finger gar nicht so krumm würden. Leena kehrte aus Weimar heim nach Helsinki.

„So ist es mir ergangen", erzählte Leena traurig Wera, die im Ärmel einer alten Polizeimeisteruniform ein Loch stopfte und auf ihrem Verkaufstisch auf dem Trödelmarkt saß.

„Gut, daß es nicht schlimmer gekommen ist", tröstete sie Leena.

„Was hätte dabei noch schlimmer kommen können?" wunderte sich Leena.

„Alles mögliche. Du hättest an einer Lebensmittelvergiftung sterben können."

„Aber ich bin doch schrecklich penibel mit dem Essen. Ich esse nicht alles so ohne weiteres."

„Ja, das soll man auch nicht. Du erinnerst dich vielleicht, daß Benno recht mäklig im Essen war. Wenn die Kohlsuppe nicht ganz so war, wie er sie mochte, wenn zuviel Essig und zu wenig Zucker darin war oder umgekehrt, dann hat er sie nicht gegessen! Schließlich wurde ich böse: ‚Koch dir deine Suppe selber', hab ich zu ihm gesagt. Und das hat er auch gemacht. Er kochte einen großen Kessel voll, der für drei Tage reichen sollte. Und die Suppe war wirklich gut. Aber sie hat nie für drei Tage gereicht, nicht einmal für zwei. Wir haben sie an einem Tag aufgegessen, und wenn sie nicht anders alle wurde, dann aß Benno nachts den Kessel leer und setzte am nächsten Morgen eine schuldbewußte Miene auf."

Wera seufzte. „Was er jetzt wohl zu essen bekommt, dort in Smolensk? Man weiß ja, was für ein Essen es im allgemeinen in Krankenhäusern gibt, und nun erst im Krieg in einem Lazarett! Es bricht mir schier das Herz, wenn ich daran denke …"

Wera kamen die Tränen, und sie legte das Polizeimeisterjackett auf den Tisch. Leena schaute lange auf ihre Hände. Dann hellte sich ihr Gesicht auf, und sie schlug Wera impulsiv vor: „Hör mal, holen wir Benno nach Hause!"

„Nach Hause? Wir?"

„Ja, ja, wir holen ihn von da fort!" ereiferte sich Leena. „Du hast doch selbst gesagt, wenn er bald wieder gesund wird, dann schicken sie ihn zurück an die Front."

„Ja, das hab ich gesagt", gab Wera zu.

„Wir müssen uns beeilen, damit sie gar nicht erst dazu kommen, ihn irgendwohin zu schicken."

„Aber wer kümmert sich dann um die Kinder?" fragte Wera.

„Na, die Verwandten …, die Gemeinde … Jemand wird schon für sie sorgen."

„Und der Markt? Ich sollte meinen Laden zumachen?" Wera wurde ängstlich.

„Ist das etwa eine Goldgrube? Werdet ihr davon reich?"

„Nein, aber irgendeine Einnahmequelle …", versuchte sich Wera behaupten.

„Ihr könnt ja auch von diesem Trödelladen nicht leben", hielt Leena ihr entgegen.

„Nein, das können wir nicht …"

Und Leena kaufte Eisenbahnbilletts erster Klasse nach Petersburg, und sie gingen auf die Reise.

Der Zug fuhr über die Grenze des Großfürstentums, und Leena bürstete ihre langen Haare und murmelte vor sich hin.

„Was murmelst du da?" fragte Wera.

„Ich zähle, wieviel Haare mir ausfallen. Ich verliere im Durchschnitt sieben Haare bei jedem Bürstenstrich …"

„Vielleicht solltest du vorsichtiger bürsten", schlug Wera vor.

Sie lauschten dem Pfeifen des Zuges. „Hast du jemals daran gedacht, daß das Cembalo im Grunde genommen ein Zupfinstrument ist, ähnlich wie die Zither oder Laute?"

Wera blickte Leena verdutzt an, und Leena beeilte sich zu erklären: „Ja, sieh mal, der Laut entsteht doch so, daß beim Anschlagen der Taste der waagerechte, aus dem Kiel einer Rabenfeder oder aus Leder gemachte Zupfer, der aus dem senkrechten Holzstück am anderen Tastenende hervorspringt, hochgeht und die Saite in Schwingung versetzt. Oder nicht?"

„Du sagst es!" stimmte Wera eifrig zu. „Einmal an einem Winterabend im Trödelladen, das Feuer brannte im Kamin, ich hängte Kleider auf Bügel, Benno saß auf dem Ladentisch und rauchte eine Hirschsprung, die mittelgroße, die für zwanzig Kopeken das Stück, wir hatten fünf Minuten lang nichts gesagt, waren jeder in Gedanken versunken, da nimmt Benno langsam die Zigarre aus dem Mund, als ob er etwas sagen wollte, ich beiße auch auf meine Unterlippe, bevor ich etwas sage, dann wenden wir uns einander zu, und gleichzeitig, wie aus einem Munde, sagen wir, vielleicht lauter als sonst: ‚Das Cembalo ist im Grunde genommen doch ein Zupfinstrument' oder ‚Das Cembalo wird doch eigentlich gezupft' – ich entsinne mich jetzt nicht mehr genau –, jedenfalls brachen wir beide in schallendes Gelächter aus, drückten die Daumen zusammen, zwinkerten uns zu, und Benno sagte: ‚Das war ja ein Zusammentreffen! Das müßte eigentlich gefeiert werden!', und er ging auf einen Wodka ins Hotel ‚Kämp'. Als er zwei Tage später wiederkam, lachte er immer noch aus vollem Halse, wenn auch etwas unsicherer."

Sie waren eine Weile still und dachten an Benno.

„Ja, ja, Benno", sagte Leena endlich. „Jetzt wird dein Benno wohl keine Hirschsprung rauchen. Ob er wenigstens Machorka bekommt, der arme Mann? Wer weiß, ob er überhaupt rauchen darf …"

„Sag nur geradeheraus: ob er überhaupt noch am Leben ist …", meinte Wera trübsinnig.

In Petersburg herrschte eine hysterische Stimmung. Überall suchte man nach deutschen Spionen, auch unter den Rökken der Kinderfräulein in den Parks. Wera und Leena wurden dreimal im Büro des Kommandanten der Zivilabteilung für Militärangelegenheiten des Gouvernements Petersburg verhört, zunächst an der Tür, dann in der Vorhalle, danach im Warteraum des Kommandanten, aber die Frauen antworteten auf alle Fragen aufrichtig und verheimlichten nichts, und so wurden sie schließlich bei dem Kommandanten vorgelassen. Wera entwarf ein ergreifendes Bild von Benno als gutem Vater und Ehemann, der sein Blut für das heilige Rußland vergossen habe: „Und deswegen, Herr Kommandant, müssen wir eine Reisegenehmigung nach Smolensk erhalten, wo mein Mann jetzt verwundet herumliegt. Wer weiß, ob er noch lebt oder schon tot ist. Wir müßten also entweder ihn oder seine Leiche holen." Der Kommandant war ein beleibter Mann, der leicht in Rührung zu bringen war … Wera kamen die Worte in den Sinn: ‚Und sie ergriffen Jeremia und warfen ihn in Malchias, des Königssohnes Brunnen, der voller Schlamm war …' Und Wera wunderte sich, was in dem Kommandanten … Aber der Kommandant schneuzte sich und sagte: „Madame! Ich bin gerührt. Unser Vaterland braucht solche Frauen. Unser Zar …" Und bei sich dachte er: ‚Was rede ich da für dummes Zeug?' Aber er konnte nicht so einfach Schluß machen. Er wandte sich zu Leena und fragte: „Und Sie, liebes Fräulein, sind sicherlich die Schwester unseres möglicherweise verwundeten Verstorbenen?"

„Ganz und gar nicht", antwortete Leena scharf.

„Aha. Großartig! Es ist nicht der Bruder. Ich bewundere Sie."

Er schwieg, trommelte mit den Fingern an seine Schläfen und sagte dann gequält: „Es ist unmöglich. Was, meinen Sie, würde geschehen, wenn alle Ehefrauen, Mütter, Schwestern und Omas mitten in die Kriegshandlungen hineinrennen wollten, um ihre verwundeten Angehörigen abzuholen und zu trösten?"

„Ich glaube", sagte Leena bereitwillig, „es würde ein fürchterliches Chaos entstehen; die Frauen, Mütter und Kinder würden ohne Sinn und Verstand im Land umherreisen, würden in die Kasernen und Lazarette eindringen, die Quartier- und Verpflegungsorganisation würde völlig durcheinandergeraten, die Züge würden nicht fahren, die Lastautos würden die Fracht nicht ans Ziel bringen. Die Kriegshandlungen würden gestört, wenn nicht ganz behindert. Wahrscheinlich würden wir den Krieg verlieren. Wenn es nicht auf der feindlichen Seite ebenso zuginge. Und dann würden ja alle Kriege unmöglich werden!"

„Genau! So würde es kommen", bestätigte der Kommandant, dann schwieg er und dachte nach. „Hören Sie, was sagen *Sie*?"

Wera stieß Leena an den Knöchel und platzte los: „Wir sind völlig Ihrer Meinung. Aber Sie verstehen doch wohl, Herr Kommandant, daß dies ein sogenannter Ausnahmefall ist."

„Freilich, doch", gab der Kommandant zu. „Wieso?"

„Na, weil *mein* Mann verwundet im Lazarett liegt", erklärte Wera geduldig.

„Es tut mir leid", sagte der Kommandant, und man sah es ihm an. „Sehen Sie, Smolensk liegt zu dicht an der Front. Zivilisten werden nicht dorthin gelassen. Es wäre besser, Sie reisten nach Tula, das ist in der Gegend die nächste Stadt, die außerhalb des Kriegsschauplatzes liegt. Und von dort könnten Sie Verbindung zum Smolensker Lazarett bekommen. Auch nach Tula kommt man allerdings nicht so leicht", fügte er nachdenklich hinzu.

„Wie leicht?" fragte Wera.

„Wieso *wie leicht*?" fragte der Kommandant beleidigt. „Überhaupt nicht leicht. Im Grunde ist es sehr schwer, dahin zu kommen. Sie müßten mit dem Zug von Moskau nach Tula fahren, aber wenn sie auf dem Moskauer Bahnhof Karten nach Tula lösen, werden Sie auf der Stelle für Spione gehalten."

„Aber wir sind doch schon viele Male hier in Petersburg kontrolliert worden, und es wurde festgestellt, daß wir keine Spione sind", sagte Leena.

„Das ist etwas anderes." Der Kommandant lachte los. „Aber nach Tula fahren nun einmal keine anderen Leute als Spione und Tulaer. Und, um die Wahrheit zu sagen, Sie sehen mehr nach Spionen als nach Tulaern aus", fügte er höflich hinzu.

„Sie sind zu freundlich", riefen Wera und Leena zugleich, und Leena machte einen Knicks.

„Aber …, ich erkühne mich, einen Plan vorzuschlagen", fuhr der Kommandant fort, „den Sie – wie ich hoffe – geheimhalten werden, damit ich nicht in eine unangenehme Situation gerate."

Der Kommandant schwieg und betrachtete seine Hände. ‚Blöder Ausdruck!' dachte er für sich. ‚Wer sich den bloß ausgedacht hat?' Und so weiter, und er konnte sich durchaus nicht mehr erinnern, wovon er gerade zu den beiden Frauen gesprochen hatte. Das Zimmer versank in Schweigen, die Anwesenheit der Frauen wirkte einschläfernd auf den Kommandanten … Er stellte zu seiner Qual fest, daß seine Hände dünn und weiß, die Nägel seiner Stupsfinger hellrot waren. Er mochte seine Hände nicht. Von draußen waren Geräusche zu hören, Gewieher und Rufe … Dann entfernten sich die Geräusche.

Der Kommandant fuhr auf. „Ja, hm … Wovon sprachen wir doch noch? – Sie kaufen also in Moskau Fahrkarten, aber beileibe nicht nach Tula, sondern bis Kursk. Warum? Darum, weil man dorthin fahren kann, ohne Aufsehen zu erregen. Nach Kursk fahren auch andere als Kursker und Verwandte von Kurskern. Nach Kursk kommen Leute von Orjol,

Woronesh, sogar von Charkow. Ich weiß nicht, warum, dort gibt es eigentlich nichts Besonderes. Das muß ich mal in Erfahrung bringen", sagte der Kommandant und wollte sich eine Notiz darüber machen. Er nahm auch einen Stift in die Hand, hielt aber inne und starrte in die Luft.

Wera hustete.

„Sie sitzen also im Zug. Wenn der Schaffner pfeifend in Ihr Abteil kommt, Sie anschaut, die Fahrkarten betrachtet, dann wieder Sie studiert und sagt: ‚Ach, die Damen fahren nach Kursk?', dann lächeln Sie, nicken und, während der Schaffner Ihre Karten locht, trällern Sie zusammen: ‚Tula tullallaa', und so weiter, zwinkern dem Schaffner zu und schieben ihm zwei Zehn-Rubel-Scheine in die Hand. Wenn der Zug in Tula hält, schlagen Sie die Hände zusammen, aber jede einzeln, und rufen: ‚O, wir sind in Tula? Wir *müssen* Vater so ein Tulaer Feuerzug als Souvenir kaufen, koste es, was es wolle!' oder so was. Dann steigen Sie aus dem Zug, laufen zum Bahnhofskiosk, bleiben aber nicht davor stehen, sondern laufen daran vorbei und verstecken sich hinter dem Magazin."

„Aber wie bekommen wir …", versuchte Wera dazwischenzureden.

„Inzwischen stellt der Schaffner Ihr Gepäck auf der anderen Seite des Zuges ab", fuhr der Kommandant fort, ohne sich um Wera zu scheren, „und dort nimmt es ein einäugiger Ruthene, der zum Beispiel Petja heißt, in Empfang. Wenn der Zug abgefahren ist, schleichen Sie dem Petko hinterher …"

„Welchem Petko?" unterbrach Leena.

„Dem Ruthenen!" schrie der Kommandant. „Und wenn Sie Glück haben, holen Sie ihn ein. Für zehn Rubel willigt er ein, ihnen das Gepäck zurückzugeben, vielleicht trägt er es auch bis ins Hotel, wenn er gute Laune hat. Man kennt ja die Ruthenen", fügte er hinzu. Und nun ereiferte er sich. „Natürlich kann es auch passieren", fuhr er fort, „daß der Schaffner blöd ist, unmusikalisch oder taub oder alles zusammen und die Tula-Geschichte nicht begreift oder nicht begreifen will, sondern annimmt, Sie möchten ihn bestechen, um ein fahrendes Bordell zwischen Moskau und Kursk aufzumachen ..."

„Aber hören Sie mal, Herr Kommandant!" rief Wera betroffen.

„Ich sagte doch: wenn der Schaffner blöd ist", unterbrach der Kommandant aufgebracht. „Er kann dann zwei betrunkene dicke finnische Geschäftsleute in Ihr Abteil bringen, die unterwegs sind, um die Inneneinrichtung für ein neues Hotel in Kiew zu verkaufen. – Was dann geschieht?" Der Kommandant stand auf. „Woher soll ich das wissen? Warum fragen Sie *mich* das? Eigentlich täten Sie besser daran, direkt zur Krim zu reisen und dort das Ende des Krieges abzuwarten, statt hier herumzukrauchen und mir zur Last zu fallen!"

Und schwer atmend kritzelte der Kommandant etwas auf zwei Zettel und haute auf jeden drei Stempel, daß es nur so krachte.

„Hier ist Ihre Reiseerlaubnis!" schnaufte er und verbeugte sich vor den Frauen. „Und jetzt trollen Sie sich von dannen, meine Damen, und danken Sie Ihrem Schöpfer, daß ich heute guter Laune bin." Und er gab ein heiseres Lachen von sich, das in Husten überging, als die Frauen die Tür hinter sich schlossen.

Wera und Leena ruhten sich zwei Tage lang in einem Petersburger Hotel aus, machten Einkäufe, gingen in die Oper und wollten einen Verwandten von Leena besuchen, der leider inzwischen ... Dann atmeten sie einmal tief durch und fuhren mit einer Droschke zum Bahnhof.

Dort war großes Gedränge, und die Frauen mußten sich durch das Gewühl zwängen, um zum Moskauer Schnellzug zu kommen, der von Gleis zwei abfahren sollte, den sie aber auf Gleis sechs fanden. Als sie sich bis in die Waggontür vorgekämpft hatten, wurden sie und die übrigen Reisenden gezwungen, wieder auszusteigen, und der Zug wurde nach langem Hin und Her auf Bahnsteig drei geschoben. Als sie in das Gedränge auf Bahnsteig drei kamen und erschöpft auf ihren Koffern saßen, stolperten zwei Offiziere über sie, ein Oberleutnant und ein Hauptmann. Die Damen lächelten, und einer der Offiziere sagte, sie wären glücklich, wenn die Damen sich bereit fänden, in *ihrem* Abteil zu reisen. Sie fanden sich bereit.

„Satan Nikitin, bringen Sie das Gepäck der Damen ins Abteil!" befahl der Oberleutnant einem Soldaten.

„Oho!" sagte der Soldat und legte die Hand aufs Herz. Sie setzten sich mit den Offizieren in ein bequemes Abteil, der Zug fuhr ab, und die Offiziere begannen zu rauchen. Sie unterhielten sich über den Krieg.

„Dieser Krieg geht gut voran, meine Damen", sagte Oberleutnant Rakitis. „Den werden wir gewinnen! Den Deutschen fehlt es an Phantasie. Mit Österreich steht es ganz faul. Darf es etwas Schokolade sein?"

„Danke", sagte Wera. „Njaa, wenn man bedenkt, wie es damals gegen Japan ausging ... Ich habe da das eine und andere gehört."

„Das ist etwas ganz anderes", behauptete Rakitis. „Die beiden Kriege kann man ja überhaupt nicht miteinander vergleichen ..."

„Warum kann man sie nicht vergleichen?" fragte Leena. „Natürlich ist es möglich, Vergleiche zu ziehen. Beides sind Kriege!"

„Völlig verschiedene! Bedenken Sie doch ..."

„Warum haben denn die Japaner gesiegt? Können Sie das erklären?" stichelte Leena.

Hauptmann Galkin prustete los und stieß seinen Freund in die Seite: „Na, du Walroß, versuch's zu erklären, warum wir damals eins aufs Maul bekommen haben."

„Sehen Sie, die Sache ist die", erläuterte der Oberleutnant verzweifelt, „daß General Kuropatkin zur Verteidigung von Port Arthur nur fünfzigtausend Mann gestellt hatte. Als jetzt die ostsibirische Scharfschützendivision an einer epidemischen Diarrhöe erkrankte und als dann noch die Erste Festungsartilleriekompanie unter Oberst Ismarnow aus Versehen drei eigene Panzerkreuzer versenkte, die Gromoboi, die Bajan und die Dmitri Donskoi ..."

„Verzeihung", sagte Wera schüchtern, „könnte ich wohl noch ein Stückchen Schokolade bekommen? Ich erwarte ein Kind und ..."

„Natürlich", rief Rakitis. „Bitte sehr. Entschuldigen Sie meine Unaufmerksamkeit." Und er reichte Wera die Pralinenschachtel.

„Man sieht es vielleicht noch gar nicht", sagte Wera und stopfte sich zwei Pralinen in den Mund. „Nicht einmal mein eigener Mann hat es gemerkt. Und als ich es ihm erzählte, glaubte er es nicht."

Oberleutnant Rakitis fuhr nervös fort: „... und als sich zur selben Zeit die von den Generalen Fukushima und Nakayama geführte japanische südliche Armee, 84 Infanteriebataillone, 360 Kanonen und 25 Perpetua mobilia, näherte, alle die feierliche Hymne singend – Sie können es sich nicht vorstellen ..."

„Wir müssen", sagte Leena. „Wir waren ja nicht dabei."

„Ich freilich auch nicht ...", gestand Rakitis. „Aber ..."

„Aber ich", sagte Hauptmann Galkin, „ich war dabei, und wir haben Prügel bezogen damals, und Sie können mir glauben, wir werden in diesem Krieg wieder welche beziehen, daß es nur so knallt. Solange es in diesem Land einen Zaren gibt, bekommen wir immer eins auf die Nase ... Gott segne und behüte den Zaren – und uns vor ihm, wie die Juden sagen. Er war so durcheinander, daß er in seinen Tagesbefehl Textstellen aus Julius Caesar gemengt hatte, und die Soldaten waren verwirrt und wußten nicht, gegen wen sie kämpfen sollten. Sowas ist nicht gut für die Kriegsmoral. Obwohl: was soll ich mir Sorgen darum machen?"

Und der Hauptmann begann in seinem Tornister herumzukramen, nahm zwei Flaschen und Blechbecher heraus. „Rußland?" sagte er und zog die Augenbrauen hoch und schaute die Damen abwechselnd an. „Rußland ist verfault. Das ganze System ist faul. Der Zar ist verrückt. Ich habe schon daran gedacht, das Land ganz zu verlassen. Ich habe in Pernambuco einen Vetter, irgendwo in Brasilien, er hat dort eine Autoreparaturwerkstatt. Einmal im Monat schreibt er und bittet mich, zu ihm zu kommen und sein Kompagnon zu werden, weil er von Autos nichts versteht. Ich habe mir die Sache schon durch den Kopf gehen lassen, aber ich habe zu lange überlegt. Jetzt ist es zu spät."

„Wie kannst du so vor finnischen Frauen daherreden?" tadelte ihn der Oberleutnant verletzt.

„Es ist zu spät, gib zu, daß *ich's* gesagt hab", antwortete Galkin und füllte aus beiden Flaschen die Becher voll, vermischte die Flüssigkeiten mit dem Finger und leckte ihn ab.

„Was um Himmels willen machen Sie da, Hauptmann Galkin?" fragte Wera.

„Sehen Sie das nicht? Ich mixe Wodka mit Joghurt und trinke das aus dem Becher. Sehen Sie, ich mag nämlich keinen Joghurt. Diese Art habe ich von den Irkutsker Burjaten während des Japanischen Krieges gelernt."

„Auch die Finnen mixen ihren Schnaps mit den wunderlichsten Flüssigkeiten", wußte Leena zu erzählen. „Ich kannte einen Schriftsteller, der ..."

„Die Burjaten mischen den Wodka vor allem mit Ziegenmilch. Das soll gesund sein. Von der Mischung wird man leicht betrunken. Gegorene Ziegenmilch enthält Alkohol, und wenn der dann noch mit Wodka vermischt wird ... Wollen Sie mal kosten?"

„Seien Sie vorsichtig, Madame, bedenken Sie, daß Sie schwanger sind!" erinnerte der Oberleutnant Wera, die eifrig von der Mixtur in dem Becher probierte.

„Trinken Sie, trinken Sie, das kräftigt die Knochen", beruhigte Galkin sie. „Haben Sie jemals eine betrunkene Ziege gesehen?"

„Wie meinen Sie das?" fragte Wera beleidigt.

„Das ist vielleicht ein Anblick!" sagte Galkin. „Ich habe im Elbrus einmal eine Gemse gesehen, die von ihrer eigenen Milch völlig betrunken war."

80

„Aber wie kann die denn ihre eigene Milch trinken?"

„Sie hatte sie nicht getrunken, Sie müssen es mir schon glauben … Ihre Milch hatte zu gären begonnen und war irgendwie aus den Milchdrüsen direkt ins Blut gewandert. Sie war glänzender Laune und versuchte wie die spanischen Pferde in Wien zu laufen – die Füße ganz gestreckt –, das sieht übrigens albern aus, wie Sie sich wohl vorstellen können. Na, natürlich schaffte sie das nicht, sondern fiel auf den Rücken und keuchte und spaddelte mit den Beinen in der Luft. Dann versuchte sie von Felsen zu Felsen zu springen, was für Gemsen gewöhnlich eine ganz einfache Sache ist, aber sie war so schlapp, daß sie von der Felsspitze abglitt und in den Fluß fiel, der unten vorbeifloß. Wie aber Betrunkenen im allgemeinen, passierte auch ihr nichts, sie schwamm ein bißchen hierhin, ein bißchen dahin und zappelte im Wasser wie ein Idiot …"

„Genau wie Benno", sagte Wera traurig.

„Welcher Benno?" erkundigte sich Rakitis.

„Mein Mann. Mein Mann Benno. Er ist in diesem Krieg verwundet worden."

„Das tut mir aufrichtig leid. Hat es ihn schlimm erwischt?" fragte Galkin.

„Ich weiß nicht recht. Es kam ein Telegramm, in dem es uns mit schönen Worten mitgeteilt wurde. Nun werden Sie mal aus solchen feingedrechselten Formulierungen klug! Jetzt liegt er im Smolensker Lazarett, und ich bin unterwegs, um ihn nach Hause zu holen."

„Darf ich fragen, in welcher Waffengattung Ihr Mann dient?" fragte Rakitis.

„Aber bitte sehr."

„Aber wo ist Ihr Mann Offizier?"

„Er ist Kornettist. Auf den Schulterstücken ein Stern …, wenn ich mich recht erinnere, auf beiden Schulterstücken."

„Dann ist er Kornett. Sie meinen sicher ‚Kornett'?"

„Freilich hatte er in seinem Tornister das Kornett", versicherte Wera.

„Meine liebe Dame, Sie haben mich etwas falsch verstanden", sagte Rakitis höflich und begann zu dozieren: „Das Wort Kornett stammt aus Spanien, ‚corneta' – ursprünglich verstand man darunter die Fahne einer Kavalleriekompanie, später war es die Bezeichnung für den jüngsten Offizier der Kompanie oder der Eskadron, der die Fahne zu tragen hatte. Er ist also nicht Kornettist, meine Dame, sondern Kornett."

„Ich selbst habe es in seinen Tornister gepackt", widersprach Wera. „Zwar hatte er das Pech, daß es ihm in dem Abfahrtstrubel auf den Bahnsteig fiel, und ich weiß wirklich nicht, wie er ohne sein Kornett auskommt ... Kommt er wohl auch nicht", fügte Wera hinzu, „denn er wurde ja verwundet."

„Was wiederum bedeutet ‚das Kornett'?" dozierte Rakitis. „‚Das Kornett' dagegen ist ein grellklingendes Kupferinstrument, das sich aus dem Posthorn entwickelt hat; der Name kommt vom italienischen Wort ‚cornetto', was ‚kleines Horn' bedeutet."

„Dieser Mann ist ein Schaf ohne Augen im Kopf!" rief Hauptmann Galkin amüsiert. „Er wird es noch weit bringen."

Sie kamen in Moskau an. Und in Moskau mogelten sie sich in das Auto eines Obersten, und der Oberst fraß Leena mit den Augen und hätte wohl den Jahressold eines Sergeanten bezahlt, um sie in sein Bett zu bekommen. Aber so eine war Leena nicht, daß sie sich den Offizieren hingab. Für sie waren die Offiziere Schweine, und wenn sie sich noch so vornehm gaben.

Nur Hauptmann Galkin machte eine Ausnahme, er benahm sich nicht fein, war aber ein edler Mensch. „Das ist wirklich ein feiner Mann, er hat Herzensbildung", sagte Leena nachdenklich.

Der Oberst setzte sie im Dorf Wjasma ab, das auf halbem Wege nach Smolensk lag. Wera und Leena versuchten von den Bauern des Dorfes Pferd und Wagen zu leihen, aber die hohen Herren hatten fast alle Pferde beschlagnahmt, und die übriggebliebenen waren überanstrengt und unterernährt, und die Bauern hätten sie sowieso nicht vermietet oder gar ausgeliehen.

Da ließen die Frauen ihr Gepäck in dem Dorf, ausgenommen die notwendigsten Sachen, die sie in zwei Bündel knüpften, nahmen ihre Schuhe in die Hand und machten sich auf den Weg. Sie gingen einige Kilometer auf der Landstraße, dann setzten sie sich an den Straßenrand.

„Schön ist es hier", sagte Leena und atmete tief ein. „Die Luft ist rein, die Vögel singen. Als ob es gar keinen Krieg gäbe. Und keinen Zaren … Herrlich, so barfuß zu gehen …"

„Es ist nicht mehr lange herrlich, wenn uns nicht bald einer mitnimmt. Bis Smolensk sind es noch über fünfzig Kilometer", sagte Wera und rieb ihre Füße. „Obwohl: schön ist es hier schon", sagte sie und sah sich um.

„Gehen wir in den Wald", sagte Leena. „Da mag es Pilze geben."

Wera dachte wieder an Benno, und sie rief Leena zurück, aber Leena wollte noch im Wald bleiben. Sie setzten sich mitten auf einer Schneise auf einen Grashügel und schauten sich um.

„Dies erinnert mich an einen Ort östlich von Weimar, nahe den Bergen." Leena kamen Erinnerungen. „Einmal war ich dort Gänseblumen pflücken. Die Sonne schien, die Vögel sangen. Die Grillen zirpten träumerisch. Aus dem Weizenfeld hinter mir kam plötzlich ein Soldat. Er hatte eine Pfeife im Mund, eine Gänseblume an der Mütze, seine Uniform war zerknautscht. Und er schwankte über die Wiese auf mich zu. Die Kühe muhten dösig, es war Mittag. Der Mann bemerkte mich nicht, denn ich hatte mich in die Wiesenblumen geduckt. Dann erblickte er mich und lächelte. Er war nicht mehr jung, er hatte auffallend lange Zähne. Er nahm die Pfeife aus dem Mund, als ob er etwas sagen wollte, sagte aber doch nichts. Er zeigte mit der Hand zu den Bergen hin, lächelte und nickte. Ich schüttelte den Kopf, er lächelte immer noch und nickte erneut, ich schüttelte wieder den Kopf, er nickte hartnäckig, und endlich nickte auch ich. Dann winkte er freundlich mit der Hand und ging fort. – Was sinnierst du?"

„*Den* deutschen Soldaten möchte ich sehen, der zerknautschte Sachen anhat", sagte Wera und stand auf. „Komm weiter!"

Als sie dann wieder ein paar Kilometer gegangen waren, hörten sie das Gepolter eines näherkommenden Bauernwagens. „Sieh mal, was da kommt", sagte Wera. „Pferd und Wagen."

„Hat der Kerl einen Bart! Und eine Pelzmütze, bei der Hitze!"

„Da ist ein Rabbiner", flüsterte Leena, als der Wagen fast heran war. Der Wagen hielt an.

„Was ist denn, Mädchen? Schaust so traurig drein, obwohl die Sonne scheint", sagte der Rabbiner, und seine Mongolenaugen blinzelten.

„Na, wo wir nach Smolensk müssen und nicht hinkommen können."

„Was wollt ihr denn da?" fragte der Rabbiner. „Ich war vorige Woche dort, und jetzt fahre ich wieder hin. Nach meiner Gemeinde schauen, versteht ihr? Aber es gibt gar keine Gemeinde. Alle sind aus Smolensk weggezogen, keiner weiß, wohin. Es hat mich ordentlich froh gemacht, als ich feststellte, daß keiner mehr da ist. Ich meine die Gemeinde. Nur Soldaten und schlechte Frauen. Da röcheln nur Verwundete."

„Verwundete?" sagte Wera. „Einen Verwundeten wollen wir ja gerade holen. Sie sind doch nicht etwa im Lazarett der Heiligen Anna gewesen?"

„Da war ich und habe sterbende jüdische Soldaten gesegnet."

Wera wurde unruhig. „Haben Sie da so einen kleinen traurigen und bösen Soldaten gesehen? Einen Kornettisten?" fragte sie mit unsicherer Stimme.

„Bedaure", sagte der Rabbiner. „Habe ich nicht gesehen. So einer war jedenfalls nicht auf der Sterbestation. Bedaure zutiefst. Aber Kornettblasen habe ich gehört. Jemand blies sogar sehr schön, gefühlvoll. Ich bedaure, meine Töchter. Dann wurde er offenbar mitten im Spiel zum Schweigen gebracht, weil die Musik so plötzlich abbrach."

Wera griff aufgeregt nach Leenas Händen und rief: „Das war sicherlich *er*! Wer anders könnte … Natürlich, das war er. *Benno* war das!"

„Sicher war er es, der Benno", stimmte der Rabbiner eifrig zu, „wenn Sie nun einmal so froh darüber sind. Springt auf, fahren wir nach Smolensk und holen ihn ab!"

Die Frauen kletterten hinter den Rabbiner auf den Wagen, der schnalzte mit den Lippen, und der alte Gaul zog an.

„So ist's recht, Mädchen, nicht den Kopf hängen lassen! Der weise Rabbi Hilel hat gesagt: ‚Wer sich selbst erniedrigt, der werde erniedrigt.' Warum? fragt ihr mich; ich antworte euch: Ich bin mir nicht ganz im klaren darüber, was er damit zu meinen geruhte. Ich habe darüber nachgedacht und möchte annehmen, daß es *so* ist: In der Schrift heißt es: ‚Wer sich selbst erniedrigt, soll erhöht werden.' Aber daraus folgt, daß wer sich selbst erniedrigt, sich erniedrigt, damit er erhöht werde, d. h. er erhöht sich selbst. Und wer sich selbst erhöht, der werde erniedrigt. Also muß er erhöht werden! Nein …, was habe ich gesagt?" korrigierte sich der Rabbiner. „Er muß erniedrigt werden! Unbedingt. Hab ich das so gesagt? Wer …"

Der Rabbiner brabbelte die ganze Fahrt über, und als sie in Smolensk ankamen, war er so heiser, daß man nichts mehr verstand. Er fuhr direkt vors Lazarett der Heiligen Anna …

Dreißig Bettenpaare zu beiden Seiten des langen Ganges. Wera ging langsam. Sie wagte kaum einen Blick auf die Patienten zu werfen, die verstummten und ihr mit den Blicken folgten. Bett Nummer 6 … 8 … 13 … 5 … 2 … 27 … rechts 3 … 9 … 4 … 13 …

‚Was kümmern mich eigentlich diese Nummern!' wunderte sich Wera im stillen. ‚Die gehen ja nicht einmal der Reihe nach.' Und sie wußte nicht, in welchem Bett Benno lag, *wenn* er in einem lag. Und sie wagte nicht ihren Blick zu heben und den ganzen Saal zu übersehen.

Als sie an das dreißigste Bett gekommen war, blickte sie auf den darin liegenden Patienten, in das bartlose Gesicht eines jungen Kosaken, und sie bemerkte, daß dem Jungen die Tränen in den Augen standen. Wera schaute sich um und sah, daß alle Männer Tränen in den Augen hatten und daß alle sie anschauten. Nur einer rauchte finster dreinschauend eine Papirossa im Bett, was natürlich verboten war, und beachtete Wera überhaupt nicht. Das war Benno! Er kauerte in dem Bett, das in der äußersten rechten Ecke stand, und blies provokatorisch Rauchschwaden an die Decke.

„Benno! Du lebst!" rief Wera und lief zu Benno und legte ihm ihren Arm um den Hals.

„Du großer Gott!" rief Benno. „Du bist das? Bist du das? Wo bist du denn gewesen? Meine Frau Wera? Das ist meine Frau Wera aus Finnland", erklärte er seinem Bettnachbarn. „Ich hielt dich für irgendeine Matuschka ... Deine Kleider sind ganz verstaubt. Wo sind deine Schuhe? Hast du keine anderen Kleider? Drück nicht so ... Weißt du nicht, daß ich verwundet bin? Frau, hat man es dir nicht geschrieben?"

Weras Tränen löschten seine Papirossa aus. Der Held spürte einen Kloß im Hals und flüsterte mit gedämpfter Stimme: „Nimm mich avek fun danet. Meine einzige Frau. Gut, ich sage es: meine geliebte Frau. Bist du nun zufrieden? Bring mich hier fort!"

2

Die Zähne

Irgendwann während des „Fortsetzungskrieges" wurde die Familie nach Norden evakuiert. Meine Familie, mein Großvater Benno und meine Großmutter Wera. Wir kamen in ein kleines schwedisches Dorf irgendwo zwischen Vaasa und Kokkola; ich verstand nicht, warum gerade dorthin, und wie hätte ich das auch verstehen können, ich war ja noch ganz klein, nur ein paar Jahre alt. Später wurde es mir dann klar. Das Dorf liegt an der Küste. Dort hatten es irgendwelche Leute wer weiß wann gegründet, und so findet man es heute noch, im Land zwischen Ufer und Vergessen.

Wir kamen im Sommer dorthin. Großvater sah sich verwundert um und atmete tief die Luft ein, die nach Meer roch. Die Dorfbewohner beäugten uns durch die Gardinen. Als sie sich später herauswagten, umkreisten sie uns von fern, machten einen Bogen um uns und sahen uns scheel an; jemand hustete. Zwei alte Männer wagten es, sich mit Benno in ihrem schwierigen Dialekt zu unterhalten; sie befingerten ungläubig Bennos Jacke, Benno bot ihnen Schnupftabak an, und bald teilten die Alten einmütig mit, daß sie von den Wikingern abstammten. Das wiederholten sie jedesmal, wenn wir ihnen auf dem Dorfweg begegneten, so daß uns nichts anderes übrigblieb, als es zu glauben. Wir glaubten es. Sie stammten von den Wikingern ab.

Es war ein merkwürdiges Dorf, ebenso hinterwäldlerisch wie ein Wildmarkdorf in Kainuu, wenn auch anders. Jemand könnte sagen: hinterwäldlerisch ist hinterwäldlerisch. Das stimmt. Aber ein Wildmarkdorf in Kainuu ist arm und deswegen hinterwäldlerisch. Unser Dorf ist ziemlich wohlhabend, aber trotzdem hinterwäldlerisch. Die Ursache dafür sehe ich nicht darin, daß sich in dem Dorf keine christliche Seele und auch kein Heide fand, der Finnisch konnte, denn die Beherrschung der finnischen Sprache zeugt noch nicht von Bildung. Aber es hatte den Anschein, als hätten die letzten Hexenverfolgungen hier zu Ostern des Vorjahres stattgefunden.

Die Dörfler waren zu uns allerdings ziemlich freundlich. Und als meine Mutter, ein gutherziger Mensch, einmal in einem für sie selten garstigen Ton feststellte, daß sich dieses Dorf als Wikingerdorf wahrlich echt und originell ausnehme, weil sich, seitdem sich die Wikinger hier niedergelassen hätten, auch keine Entwicklung vollzogen habe, erröteten die Dorfeinwohner vor Wohlgefallen und lobten Mutter sehr für die schönen Worte. Sie versicherten stolz, in diesem Dorf sei wirklich alles noch genauso wie vor tausend Jahren. Mutter wurde schrecklich verlegen, aber die Dorfeinwohner konnten uns seither gut leiden.

Wir durften einmal in der Woche die einzige und kollektive Sauna des Dorfes benutzen, was sehr notwendig war, denn die Wikinger hatten wohl, als sie hierherkamen, eine zählebige, hartnäckige Flohsorte mitgebracht. Damit will ich nicht behaupten, daß es nicht auch in finnischen Dörfern Flöhe gäbe, hier und da. In unserem Dorf aber waren nun jedenfalls welche, und die starben auch nicht in der Hitze der Sauna. Die Sauna war fast das einzige Anzeichen dafür, daß man sich auch hier nicht völlig dem Einfluß der umliegenden finnischen Dörfer hatte entziehen können, obwohl die Einwohner energisch versucht hatten, Ohren, Augen und Herzen vor der Außenwelt zu verschließen. Auch darauf waren sie sehr stolz und wunderten sich darüber, daß wir sowohl Schwedisch als auch Finnisch sprachen und auch noch ein paar Wörter ihres Dialekts verstanden.

„Int ere te ha viri nå me here toko dära finner, int vasa?" zischte eine alte zahnlose Frau von einer Pritsche der Dorfsauna herab und beugte sich zu meiner nackten Mutter, als diese mit gebeugtem Rücken nachdenklich dasaß; da schüttete jemand juchzend Wasser auf den Ofen. Mutter schnappte nach Luft und konnte der Alten nicht antworten. Und sie hatte die Alte auch gar nicht verstanden. „Ere, va? int ere here te ha viri, vasa?" widersprach die Alte, und Mutter schüttelte nachdenklich den Kopf und wunderte sich, wovon eigentlich die Rede war. Dann goß sie mir Wasser über den Rücken, denn ich beklagte mich über die Hitze. Die Alte peitschte kräftig ihre dünnen Lenden mit den Birkenzweigen. Der Luftzug brannte auf der Haut, und ich brach in Weinen aus.

Wir wohnten in einem kleinen Landhaus in Pohjanmaa. Auf der Kommode stand der Samowar, in der Ecke eine Nähmaschine, die Großmutter Wera aus Helsinki hatte heranschaffen lassen. Die Dorfbewohner kamen, den Samowar zu bewundern, und Benno mußte literweise Tee kochen, bevor sie glaubten, daß das Ding zum Teekochen und nicht etwa zum Schnapsbrennen war.

Unser Wirt war Fischer. Er wohnte in einer kleinen Hütte ein paar Kilometer von uns entfernt, am Ufer. Im Dorf wurde er der Kukkus-Wilhelm genannt, obwohl sein Vorname Holger war. Den Nachnamen habe ich vergessen. Wir nannten ihn höflich Herrn Holger, aber dann glaubte er immer, wir redeten von jemand anderem. Er brachte uns oft frischen Fisch und was sich sonst in seinem Netz verfangen hatte, nahm dann seine Pfeife hervor und setzte sich schwerfällig in den grünen Schaukelstuhl. Er erzählte, was im Dorf und in den umliegenden Städten so geredet wurde, und von seinem Sohn, der an der Front war. Während er erzählte, warf er prüfende Blicke auf seine efeugrünen Möbel, die er vor zwanzig Jahren in Vasa aus einem Nachlaß gekauft hatte und auf die er sehr stolz war. Er hatte einen scharfen Blick und bemerkte sofort jede neue Schramme an ihnen. Über die Schrammen verlor er nie ein Wort, er stand nur vom Schaukelstuhl auf, ging zu dem Möbelstück hin und tastete mit seinen borkigen Fingern die neue Schramme ab, schob einen Fingernagel hinein und fuhr damit einige Mal in ihr hin und her; dabei sprach er die ganze Zeit von anderen Dingen. Meine Mutter wurde jedesmal rot, wenn er das tat, und holte dann eilig die Zigarren und den Pfeifentabak ihres Schwiegervaters hervor, die eigentlich für ihren Mann bestimmt waren, der auch an der Front war, und bot Kukkus-Wilhelm davon an. Der steckte sich eine Zigarre hinters Ohr, setzte sich wieder hin und fragte angelegentlich, was man von meinem Vater höre oder ob man überhaupt etwas von ihm höre. Meine Mutter seufzte tief und sagte: „Er ist noch an der Front, nach letzten Meldungen."

Und Kukkus-Wilhelm nickte und sagte, es sei so unmöglich nicht, daß aus dem Krieg doch noch jemand wieder heil zurückkomme.

Am selben Tag, als ich im Vorbau vom Drank gekostet, vom Schweinefutter also, in dem Kartoffelschalen und Fischköpfe schwammen, und mir völlig zu Recht von Mutter die erste anständige Backpfeife eingehandelt hatte (wenn die Kinder in den Ghettos und den Konzentrationslagern und in den bombardierten Städten Europas so nahrhaftes Essen wie dieses Schweinefutter bekommen hätten, dessentwegen ich einen Denkzettel bekam, dann wären sie viel pummliger gewesen, als sie starben, und das hatte meine Mutter nicht bedacht, oder vielleicht dachte sie gerade daran!), am selben Tag brachte Kukkus-Wilhelm uns wieder Heringe, befingerte seine Möbel und fragte nach dem Neuesten von meinem Vater, und meine Mutter antwortete freudig: „Heute kommt er auf Urlaub." Sie unterbrach sich und warf einen fragenden Blick auf Kukkus-Wilhelm. „Er hat geschrieben, daß er heute kommt …"

„Warum sollte der Leutnant nicht mehr am Leben sein, der stattliche Kerl!" sagte Kukkus-Wilhelm, sich für die Zigarren bedankend, die Großmutter Wera ihm zugesteckt hatte, und erhob sich, um aufzubrechen.

„Nun gehen Sie doch nicht schon wieder", sagte meine Mutter und begleitete Wilhelm zur Tür. „Kommen Sie ruhig mal wieder vorbei!" Und als der Fischer gegangen war, sagte sie müde zu ihrer Schwiegermutter: „Ich kann den Anblick dieser entsetzlichen Möbel nicht mehr ertragen! Wie kann man sich vorsehen, wenn Kinder im Haus sind; und immer sind sie im Weg, die Möbel. Außerdem bin ich sicher, daß dieses Grün giftig ist. Es enthält Arsen, und das dringt in unseren Organismus ein, allmählich und in kleinen Dosen, und wir werden alle sterben, hier hinter Gottes Rücken, und bestimmt am selben Tag, da der Krieg aus ist und Frieden wird und alle Menschen sich freuen."

„Was sagst du da?" Wera bekam es mit der Angst zu tun und spürte in ihrem Körper sofort Anzeichen einer Vergiftung. Ihr wurde schwindlig, und sie stützte sich auf die grüne Kommode, bemerkte es und rückte ängstlich von ihr ab. „Glaubst du wirklich? Ich finde auch, die Dinger sind schrecklich. Wir sollten sie auf den Boden oder auf den Hof oder irgendwohin räumen, wir müssen den Fischer zwingen, sie zurückzunehmen. Wir könnten dafür aus Helsinki unsere schwarzen Eichenmöbel kommen lassen."

„Sie ist verrückt geworden", erklärte Benno, der von einem Spaziergang zurückkehrte, in der Hand den Spazierstock, der einen schönen silbernen Knauf hatte, so schwer, daß man damit leicht das Haupt eines Mannes hätte zerschmettern können. „Sie möchte die Eichenmöbel aus Helsinki herschleppen! Mitten im Krieg!"

„Diese Möbel hier sind vergiftet ... giftig", erklärte Wera bestimmt. „Sie müssen sofort hier raus!"

„Wir dachten, ihre Farbe könnte Arsen enthalten." Mit diesen Worten versuchte meine Mutter verschämt, Großvater die Sache etwas verständlicher zu machen.

„So ist es auch, und das Gift ist sicher schon in die Tapeten und in die Fußbodenritzen und in uns eingedrungen", sagte Wera und setzte sich und atmete schwer.

„In dem Fall ist es zu spät, überhaupt noch etwas zu unternehmen", sagte Benno finster, nahm mich auf den Schoß, hob mit dem Daumen nacheinander meine beiden Lider und sah mir von dichtem in die Augen. „Ahnte ich es doch", sagte er und wandte sich den Frauen zu. „Zu spät. An den Augen erkennt man's zuerst – den Vergiftungszustand. Die Augen des Jungen sind grün!"

„Was!" schrien Mutter und Wera zugleich und rannten herbei, um nachzusehen; sie sahen nach und entsannen sich, daß ich schon immer grünliche Augen gehabt hatte. Wera wurde böse auf Benno, setzte sich ans Fenster, verharrte dort und sah wütend hinaus. Mutter legte mich erleichtert ins Nebenzimmer schlafen. Ihr tat die Ohrfeige leid, die ich mir verdient hatte, und sie ließ die Tür einen Spalt offen, als ich darum bat. Ich war nicht müde. Wir warteten, daß Vater nach Hause kommen sollte.

Großmutter Wera wartete am Fenster. Sie schaute halsstarrig auf den Weg hinaus und sah die Sonne langsam im Bottnischen Meerbusen versinken, zwischen Finnland und Schweden. Sie konzentrierte sich aufs Warten und trällerte ein jiddisches Lied, von dem sie glaubte, daß sie es als Kind von ihrer Mutter oder von irgend jemandem gehört habe, das sie sich aber wahrscheinlich selbst ausgedacht hatte. Es war ein Wiegenlied; darin wurde das Kind aufgefordert zu schlafen. Es erzählte von einem Vater, der von der Front nach Hause kommt und sich auf seinen neuen Freund stützt, denn er ist erblindet. Und der neue Freund hat weiße Zähne, und der neue Freund ist kein anderer als Malach Hamaavet, der Todesengel. Großmutter Weras Wiegenlieder waren alle trostlos, einige zudem schockierend, und ich habe viele Alpträume gehabt wegen dieser Wiegenlieder, die sie mit ihrer zarten Stimme sang. Ich habe manchmal wegen der drei unglücklichen Wölfe geweint, denen es so schlecht erging. Einer war blind, der andere taub (und stumm), und der dritte war blind, taub und außerdem lahm. Sie zogen hungrig des Wegs, und niemand erbarmte sich ihrer. Da beschlossen der blinde und der taube Wolf, den blinden, tauben und lahmen Wolf zu fressen, da sie sich keinen anderen Rat wußten. Sie fraßen ihn auf und zogen hungrig weiter. Dann fraß der taube den blinden und zog hungrig weiter. Er wanderte nicht lange, da traf ihn schon die Kugel des Jägers, weil er – taub, wie er war – den Knall der Büchse nicht hören konnte, und wahrscheinlich war auch seine Witterung schon schwach ...

Mutter deckte den Tisch und rannte zwischendurch in die Küche. Benno durchstöberte die Kommodenschubladen. Großmutter schaute auf den Weg und sang mit ihrer zarten, etwas ausdruckslosen Stimme:

> *„Schluf mein Kind, schluf mein Sin*
> *Tate kummt fum Front ahin*
> *kummt er ober nit alein*
> *leint sach an a guter Freind …"*

„Zum Teufel, das versteh ich nicht", sagte Benno. „Wo sind alle meine Zigarren?"

Und er kramte weiter in den Schubladen herum und rückte die Kommode zur Seite und sah nach, ob sie zwischen Wand und Schrank gefallen waren.

> *„Schluf mein Sin, schluf mein Kind*
> *Tate is geworn blind*
> *und sein Freind mit weissen Zeiner*
> *ister Toidesengel seiner …"*

„Hör doch mit deinen gräßlichen Zaubersprüchen auf!" rief Benno und wandte sich mit rotem Gesicht Wera zu. „Hat ein Todesengel weiße Zähne? Wer ist erblindet? Mal doch nicht den Teufel an die Wand. Ich finde meine Zigarren nicht."

Wera am Fenster preßte die Lippen aufeinander.

„Hast du sie versteckt?" fragte der argwöhnische Benno.

„Warum sollte ich sie versteckt haben?" fragte Wera ruhig.

„Weil der Arzt mir das Rauchen verboten hat."

„Warum rauchst du dann?" fragte Wera, ohne sich umzudrehen.

„Ich habe ab und zu Lust darauf. Hast du etwas dagegen?"

„Natürlich, aber würdest du dir etwas daraus machen?"

„Du hast sie also versteckt?"

„Nein, ich hab sie Kukkus-Wilhelm gegeben."

„Was? Alle?"

„Es waren nicht viele da."

„Du hast meine teuersten Zigarren Kukkus-Wilhelm gegeben? Meine Hirschsprung!" rief Benno und schlug sich an die Stirn.

„Schrei nicht, ich kenne mich in Zigarren nicht aus. Das kannst du auch nicht von mir verlangen. Ich rauche nicht einmal Zigaretten. Ich hab sie ihm gegeben. Es lohnt sich, sich gut mit ihm zu stehen."

„Und ich muß darunter leiden?" fragte Benno. „Hat er dir vielleicht seine besten Fische geschenkt? Wie? Oder hat er dir vielleicht Heringe gebracht? Ich hab auf dem Küchentisch Heringe gesehen."

„Vielleicht brauchst du nicht zu essen, vielleicht lebst du von deinen Zigarren, aber die Familie braucht Essen", sagte Wera ungerührt.

Benno war still. Er betrachtete nachdenklich Weras Rükken, drehte sich um, äugte mit gerunzelter Stirn im Zimmer umher und seufzte: „Wenn ich wenigstens eine Zigarre hätte!"

Meeri, meine Mutter, kam aus der Küche, einen Stapel Geschirr im Arm, und sagte unbesorgt: „Ich habe unter dem Sofa eine Zigarre gefunden. Ich hab sie in die Vase dort gesteckt." Und sie nickte mit dem Kopf zur Vase hin.

„Warum in die Vase? Meinst du, die wächst darin?" fragte Benno, ging zur Vase und holte eine mittelgroße Zigarre hervor. Er beschnupperte und untersuchte sie von allen Seiten. „Sie ist noch ganz heil", bemerkte er zufriedener. Er leckte an der Zigarre, biß das Ende ab und sagte: „In einer Zeit wie dieser (er steckte die Zigarre in den Mund), da überall Kriege wüten (er suchte Zündhölzer), da der Mensch auf hundert verschiedene Arten stirbt (er steckte die Zigarre an), da Kinder tot geboren werden und ungeboren sterben, in solcher Zeit ist das Gebot des Arztes für einen alten Mann völliger Stuß."

Langsam wandte Wera sich um. „Was hast du gesagt?"

„In solcher Zeit redet ein junger Arzt zu einem alten Knacker Stuß", sagte Benno und blies eine dicke Rauchwolke in die Luft. „Verbietet einem das Rauchen!"

„Warum bist du überhaupt beim Arzt gewesen?" fragte Wera.

Meeri unterbrach das Tischdecken und sah unruhig zu Benno.

„Na, nur mal so", sagte Benno schnell und wie nebenbei. „Es war ein junger Arzt, gerade fertig geworden …, redete was von Kehlkopfkrebsgefahr. Drehte sich und machte und brabbelte, so daß ich nicht sicher bin, ob er überhaupt von *mir*, von meiner Kehle, von meinen Zigarren gesprochen hat. Aber die Rechnung hat er auf meinen Namen ausgestellt."

„Dann rauch in Gottes Namen nicht!" sagte Wera.

„Na, eine Zigarre oder keine … Das macht doch den Kohl nicht fett … Hm, in den Graben schmeißen!" brummelte Benno besänftigend.

Wera wurde böse. „Du bringst mich noch um, Benno … Wir sind jetzt vierzig Jahre verheiratet", sagte sie.

„Und lebst immer noch", bemerkte Benno.

Wera drehte sich zum Fenster um.

„Das war ein äußerst weichherziger junger Arzt. Empfindsam, weißt du", sagte Benno. „So einer, der sich ein schwarzes Hemd überzieht und schreit ‚Tod den Schweden und Russen!' und ‚Juden raus!' – Aber zu mir, einem alten Kornett der russischen Armee, wagte er nicht offen zu sprechen, sondern er räusperte sich und hustete und starrte ängstlich nach dem Ural. Aber er hatte ja damals auch einen weißen Mantel an."

Wera hörte nicht hin. Sie starrte noch immer aus dem Fenster und sagte nachdenklich: „Du erinnerst dich sicher an den Sommer 1915. Das kannst du nicht vergessen haben", fügte sie mit einer leisen Drohung in der Stimme hinzu.

„Ich erinnere mich. Aber natürlich erinnere ich mich. Ich war verwundet. Ich lag im Smolensker Lazarett."

„Ich bin mitten im Krieg nach Smolensk gereist und hab dich durch Feuer und Wasser nach Hause, nach Finnland gebracht, damit du wieder gesund werden konntest", bemerkte Wera.

„Ich habe dir viele Male für diese Heldentat gedankt. Zuletzt habe ich dir vor drei Jahren eine Walzerkantate komponiert, die ich ,Dankeswalzer' nannte, und in Klammern: ,Smolensk, neunzehnhundertfünfzehn'", sagte Benno und sang schrill: „Dem Tode die Stirn bietend kam Wera, in den Augen eine Träne, nach Smolensk, glaubte, Benno, der Held sei gefallen; an seinem Bette weinte sie so."

„Ich kann dieses schwachsinnige Lied nicht hören", rief Wera und hielt sich die Ohren zu, aber Benno fuhr fort: „Aber zu einem Lächeln formte sich des Helden Lippe, Benno nahm seine Wera in die Arme. Es lebte der Mann, den tot sie glaubte. Heimwärts führte sie den Helden."

Wera stampfte wütend mit dem Fuß auf und schrie: „Ich habe meinen Mann nicht mitten im Krieg aus Rußland geholt, damit er sich aus reiner Dummheit zu Tode räuchert."

„Das hätte noch gefehlt!" schrie Benno zurück.

„Wieso?"

„Das hätte noch gefehlt", sagte Benno, „daß du beim Kartenspielen zu den alten Tanten sagtest: ,Mädchen, ich bin 1915 nach Smolensk gefahren und habe meinen Mann geholt, damit er sich zu Tode räuchert.'"

„Idiot!" schrie Wera. „Mit dir kann man nicht reden. Ich rede nicht mir dir." Nach einer Weile fügte sie hinzu: „Wenn es dir schlecht geht, wenn du Krebs bekommst, kannst du dir selbst die Schuld geben."

„Brauche ich nicht", sagte Benno. „Es reicht, wenn du mir die Schuld gibst."

Da verlor Wera die Geduld und schrie: „Erstick doch an dem Qualm, Mensch, und verschling die ganze stinkende Zigarre!" Meeri bekam einen solchen Schreck, daß sie einen Teller fallen ließ. Er zerbrach in viele kleine Stücke.

„Mutter zerdeppert immer die Teller", rief ich zufrieden aus dem Schlafzimmer.

„Kopf in die Kissen und Augen zu!" rief die Mutter zurück.

„Mazeltow!" sagte Benno. „Scherben bringen Glück."

„Davon wird keiner glücklich, wenn das alte Petersburger Service meiner Mutter in Scherben auf dem Fußboden liegt", sagte Wera hart.

„Oh, es tut mir leid", sagte meine Mutter. „Wie konnte der mir nur so aus den Händen rutschen?"

„Macht nichts", beruhigte sie Benno. „Ein Wunder, daß überhaupt noch einer von den Tellern heil ist. Denn ich mußte sie ja für Wera im proppvollen Zug von Helsinki herschaffen. Das war auch so eine Idee!"

Meeri begann die Tellerscherben vom Fußboden aufzulesen. Wera verteidigte ihren Standpunkt: „Wir waren es gewohnt, am Sabbat von diesem Geschirr zu essen – falls du dich nicht mehr entsinnen solltest. Meines Erachtens soll man nicht von den alten Sitten lassen, nur weil Krieg ist. Im Gegenteil. Meiner Meinung nach muß man, soweit es irgend geht, an den alten Sitten festhalten, gerade und besonders im Krieg."

„Ich habe dein altes Geschirr so gut festgehalten, wie ich es irgend vermochte", sagte Benno. „Ich hab von Helsinki das ganze Osterservice und das Sabbatsgeschirr und Pfannen und Töpfe und allen möglichen Krimskrams hergeschleppt. Da hatte ich aufzupassen und zu halten und zu asten und zu schleppen! Aber das war nicht leicht. Auf dem Bahnhof in Vaasa … Habe ich erzählt, was auf dem Bahnhof in Vaasa passiert ist?"

„Hast du", sagte Wera, Überdruß in der Stimme.

„Auf dem Bahnhof in Vaasa", fuhr Benno fort, „löste sich von einem Karton der Boden, und die Pfannen und Töpfe fielen mit entsetzlichem Getöse auf den Bahnsteig und rollten in alle Himmelsrichtungen. Ich los, um sie wieder einzusammeln. Und da stehen etwas weiter weg Deutsche und lachen über mich. Deutsche Offiziere. Lachen gutwillig, und einer von ihnen – es war ein Leutnant mit einem schmalen Christusgesicht – half mir, deine jüdischen Ostertöpfe wieder von der Erde aufzusammeln. Er wußte freilich nicht, was das für Dinger waren. Er machte sich an einer Pfanne die Hände rußig; er aber lächelte nur und legte seine rußige Hand zum Gruß an die Mütze. Ratet mal, was ich da gemacht habe."

„Wir wissen es inzwischen", sagte Wera müde.

„Ich habe ihm mit zusammengekniffenen Zähnen gedankt, auf jiddisch. Der Christus-Leutnant wischte sich die
Hände am Taschentuch ab, das mit kleinen Hakenkreuzen
verziert war, und lächelte nur. Ich habe ihm auf jiddisch gedankt. Dann fragte er, ob ich in Bayern oder in Tirol zu Hause sei, weil ich ein so merkwürdiges Deutsch spräche, aber
doch so erstaunlich flüssig. Ha, ein merkwürdiges Deutsch!"

„Ich kann immer noch nicht begreifen, daß der Leutnant
es dir nicht am Gesicht angesehen hat, welcher Abstammung
du bist", sagte Meeri.

„Er hat's eben nicht gesehen", sagte Benno. „Er kannte
sich noch nicht aus, war noch ein junger Mann. Aber ich
habe ihm die Wahrheit direkt ins Gesicht gesagt, wie es
meine Art ist. Ich hab nach meinem Spazierstock gegriffen
und gedacht, wenn der Mann Schwierigkeiten macht, dann
hab ich immer noch meinen Stock mit dem silbernen Knauf,
und Kraft genug hab ich auch noch. Dann hab ich mich aufgerichtet und freiweg zu ihm gesagt: ‚Ich bin Jude, wissen
Sie.' Aber während ich das sagte, pfiff eine Lokomotive, und
der Deutsche hörte nicht, was ich sagte. Ich sagte es noch
einmal, lauter, aber die verdammte Lok pfiff wieder, und der
Leutnant wurde aus meinen Worten nicht schlau. Er hob die
Hand wieder an die Mütze und ging zu den anderen Deutschen zurück."

„Na, was hätte er denn anderes tun können?" fragte Meeri.

„Na, ich alter Mann werde doch so einem Bengel nichts
vorlügen."

„Mußtest du überhaupt etwas sagen?" fragte Wera. „Du
bringst uns alle nur in Schwierigkeiten mit solchen Dumm-
heiten. Und wenn nun der Leutnant sehr wohl gehört hat,
was du gesagt hast? Wenn er nur so getan hat, als hätte er
nichts gehört? Was würde er sich wohl aus den Reden eines
solchen alten Knackers machen?"

„Ach, nur so getan …" Benno wurde böse. „Meeri, du bist
die Lokomotive, und Wera ist der Leutnant!" kommandierte
er. „Ich bin ich …"

„Oje! Nicht schon wieder! Ich glaub's ja", jammerte Wera.

„Du glaubst es doch nicht", sagte Benno.

„Schwiegermutter, daß du auch nicht ein bißchen überlegst, was du sagst", schalt meine Mutter.

„Ich beweise es dir, Alte, weil du's mit weniger Aufwand ja doch nicht glaubst. Meeri, wenn ich meinen Mund auftu, um was zu sagen, pfeifst du. Du kannst laut pfeifen. Wera, du fragst!"

„Ich hätte anderes zu tun", sagte Mutter mürrisch.

Benno aber scherte sich nicht drum, sondern sagte kurz: „Der Sabbat kann warten. Ich gebe den Einsatz. Fertig: Finger in den Mund!" Er hob die Hand. Mutter steckte zwei Finger in den Mund und atmete ein. Und Benno öffnete seinen Mund und krächzte: „Ich bin a Jid." Dabei winkte er mit der Hand, und Mutter pfiff lang und schneidend – ein Pfiff, der schließlich in eine verkorkste Terz zerbrach. Als diese verklungen war, sagte Wera griesgrämig: „Was sagen Sie?" Aber das ließ Benno nicht gelten: „Du mußt sagen: ‚Wie bitte?‘"

„Wie bitte?" fragte Wera gehorsam.

„Ich sage: A Jid bin ich!" schrie Benno lauter, während Mutter noch lauter pfiff, aber nicht so laut, daß Bennos heiseres Krächzen nicht zu hören gewesen wäre.

„Dann führte er die Hand an die Mütze, der Nazileutnant, und ging zu den anderen", erklärte Benno. „Glaubst du's jetzt?"

„Was bleibt mir anderes übrig, als es zu glauben", sagte Wera erschöpft.

Da steckte meine große Schwester Hanna ihren Kopf durch den Türspalt und fragte: „Was macht ihr da für einen Lärm? Streitet ihr euch?"

„Nein", sagte Mutter etwas verwundert. „Ich habe nur gepfiffen."

„Ich habe gehört, daß jemand gepfiffen hat. Warum hast du gepfiffen?"

„Nun, wir …, Großvater wollte einmal ausprobieren …", bemühte sich Mutter.

„Beweisen! Ich wollte es beweisen! Und das habe ich auch getan", erklärte Benno triumphierend.

„Er wollte etwas beweisen", wiederholte Mutter.

„Weil man in diesem Hause meinen Worten keinen Glauben mehr schenkt", erklärte Benno.

„Während er sprach, habe ich gepfiffen", verdeutlichte es Mutter.

„Das habe ich gehört", sagte Hanna. „Aber was hat er gesagt?"

„Das habe ich nicht gehört", sagte Mutter. „Ich habe ja gepfiffen."

„Na bitte! Was habe ich gesagt!" sagte Großvater mit glänzenden Augen.

„Ich habe doch gesagt, daß ich nichts gehört habe", wiederholte Mutter.

„Aus euch werd einer schlau", murrte meine Schwester Hanna. „Das ist ja eine merkwürdige Art, auf Vater zu warten, wenn er auf Urlaub nach Hause kommt."

Das war bei uns *eine* Art, auf Vaters Heimaturlaub zu warten. Mutter hatte fertig gedeckt, saß am Tisch und versuchte ungeschickt, sich eine Zigarette zu drehen. Benno hatte ein Blatt Karten hervorgeholt und mischte. Wera saß am Fenster und summte das Lied vom Todesengel. Ich schlief immer noch nicht. Benno fielen aus Nervosität einige Karten auf den Fußboden.

„Du trällerst unaufhörlich bloß von dem mit den weißen Zähnen. Sitzt da und schmollst vor dich hin und machst die andern ganz konfus. Komm da weg. Spielen wir etwas! Spielen wir ein paar Runden Mariage vor dem Abendbrot. Meeri, du auch!"

„Ich habe keine Zeit", sagte Meeri und mühte sich mit ihrer Selbstgedrehten ab. „Hier wird nichts draus", sagte sie, als die Tabakkrümel aus der Zigarettendrehmaschine flogen.

„Versuch, versuch's nur", redete ihr Benno zu. „Stopf nicht zu fest. Und feuchte das Papier dann ordentlich an. Wera! Eine Partie Mariage!"

„Ich bin mehr für Bridge", sagte Wera.

„Das ist ein Spiel für alte Weiber", sagte Benno verächt-
lich. „Meeri?"

„Ich habe keine Zeit. Wenn ihr nämlich warm essen
wollt …"

„Sicher wollen wir … Wera, komm dort vom Fenster weg.
Machen wir jetzt eine Partie Mariage!"

„Bridge!" forderte Wera.

„Gut, gut. Also spielen wir Bridge. Ich gebe. Wieviel Karten bekam da noch jeder?" fragte Benno und bereitete sich
aufs Austeilen vor.

„Zwölf", sagte Wera, und Benno teilte aus. „Mir keine!"
wehrte Wera ab. „Ich spiele nicht am Sabbat."

Benno warf den Stapel Karten auf den Tisch und fluchte:
„Herr du meine Güte! Das ist doch … Was schert's dich
dann, was gespielt wird, wenn du sowieso nicht spielst?"

„Das schert mich wohl", sagte Wera unerschüttert. „Du
rauchst ja auch Zigarren!"

„Was zum Teufel hat das hiermit zu tun?" fragte Benno
verwundert.

„Natürlich hat das was damit zu tun! Du weißt sehr gut,
daß man am Sabbat nicht rauchen dürfte. Na, und ich spiele
am Sabbat keine Karten."

„Da steckt doch überhaupt kein Sinn drin!" rief Benno.
„Ich rauche doch auch am Sabbat."

„Eben", sagte Wera finster. „Und wenn es dir schlecht ergehen wird, dann ist es deine eigene Schuld. Es ist dann eine
Art Strafe."

„Strafe wofür?"

„Kenne ich etwa alle deine Sünden?"

„Herr mein Gott, du bist aber auch …", stöhnte Benno.
„Meeri, dann spielen wir jetzt. Dieses Warten geht einem auf
die Nerven."

„Wenn du solchen Hunger hast, daß du nicht warten
kannst, bis das Essen fertig ist, dann geh in die Küche und
mach dir ein Butterbrot", sagte meine Mutter Meeri.

„Ich habe keinen Hunger", versicherte Benno.

Meeri hatte genug von der Zigarettenmaschine, warf sie auf den Tisch, stand auf und wanderte hin und her. „So ist das Leben in der Fremde", klagte sie.

„Was ist denn nun schon wieder mit dir?" fragte Benno.

„Das Essen wäre ja schon fertig, wenn der Herr Schwiegerpapa ein besseres Huhn beschafft hätte. Dies Huhn ist uralt. Ich koche es schon drei Stunden lang. Es ist noch immer hart wie Porzellan."

„Ich bin ehemaliger Kornett der Armee des Zaren und kein Federviehaufkäufer. Außerdem ging es eben nicht ums Huhn. Das Huhn ist, wie es ist. Die besten Hühner sind an der Front. Jetzt ist Krieg. Aber pfeif auf das Huhn! Ich kann aufs Abendessen warten. Was schert mich Huhn und Mittag und Sabbat", sagte Benno und begann sich eine Patience zu legen. „Jetzt warte ich darauf, daß mein Sohn Arje auf Urlaub nach Hause kommt. Wir warten alle auf ihn. Das Warten geht einem auf die Nerven. Und noch nervöser macht es einen, wenn die Frau wie festgenagelt am Fenster steht und mit glasigen Mutteraugen auf die Landstraße starrt. So was würde ja jeden vergraulen. Komm jetzt da weg, Wera! Wird nicht an irgendeiner Stelle in der Thora der Mutter verboten, hysterisch auf ihren auf Urlaub kommenden Sohn zu lauern? Und das noch am Sabbat!"

„Es wird nicht verboten. Und ich bin nicht hysterisch. Du bist hysterisch. Warum soll ich nicht auf den Weg sehen dürfen? Was sollte ich mir denn ansehen, dich?" fragte Wera ironisch und sah Benno an. „Dich habe ich schon fünfzig Jahre angesehen."

Benno legte ergeben seine Patience. Die Patience breitete sich über den Tisch aus. Benno schob Teller und Gläser und Eßbestecke weiter, um Platz für die Patience zu schaffen. „Schau mich nur an", sagte er. „Davon werde ich nicht mehr häßlicher."

Wera überlegte einen Augenblick und drehte sich dann zum Fenster. „Ich schau trotzdem lieber auf die Landstraße.

– Weißt du noch, Benno", fuhr sie nach einer Weile fort, „was vor zwei Jahren passierte, im Herbst einundvierzig?"

„Gewiß doch. So etwas vergißt man doch nicht. Das war damals, als die Finnen vollends durcheinander gerieten und ein Einfall hatten, die Ingermanländer, die Russisch-Karelier, die Syrjänen, die Tscheremissen, die Ostjaken, die Wogulen zu befreien ..." Und jedesmal, wenn er ein Volk nannte, schlug er eine Karte auf den Tisch, um seinen Worten Nachdruck zu verleihen.

„Das meinte ich nicht", sagte Wera. „Sondern, was an dem Abend geschah, als ich so ein felsenfestes Gefühl hatte, daß Arje auf Urlaub kommt. Ich habe stundenlang aus dem Fenster auf den Weg gesehen. Vor meinen Augen flimmerte es schon, und als ich jemanden dort in der Ferne hinter der Kurve auftauchen sah, da wußte ich, wer es war, obwohl ich nur eine dunkle und graue Gestalt sah!" Wera kam in Fahrt und hob die Stimme: „Ich wußte, wer es war, und obwohl ich ihn erst erkannte, als er so nahe war, daß er mich hinter dem Fenster sah und zum Gruß winkte." Wera schwieg einen Augenblick. „Bevor er am Haus vorbeiging und hinter dem Hügel verschwand, so wußte ich doch schon ..., wer ... es ... war ..."

„Ich weiß auch, wer es war", sagte Benno ruhig und sammelte die Spielkarten ein. „Es war Björn, Kukkus-Wilhelms Sohn ..."

„Gewiß, das hab ich doch gesehen", gab Wera niedergeschlagen zu. „Der Sohn von Kukkus-Wilhelm kam da, das war schon gut so, schließlich freute sich doch auch jemand über seine Ankunft, auf jeden Fall sein alter Vater. Aber ich war so enttäuscht, daß mir die Tränen kamen. Aber dann, ein paar Tage später, als niemand ans Warten dachte, da kam Arje wirklich auf Urlaub", fuhr Wera wieder voller Hoffnung fort. „Also red du nur, Benno, ich stehe hier am Fenster ..."

„Dann steh da und verfaule", brummte Benno und legte die Karten weg.

Aber meine Mutter Meeri brachte den gefüllten Fisch auf den Tisch, und es wurde beschlossen, mit der Mahlzeit zu beginnen. Man kann auch beim Essen warten. Auch Wera kam endlich vom Fenster weg und setzte sich widerwillig an den Tisch. Die Meerrettichsoße war stark und trieb Wera Tränen in die Augen.

„Nimm's nicht so schwer", sagte Benno zu ihr.

„Wer nimmt hier etwas schwer?" sagte Wera und wischte sich die Tränen ab.

„Sehr guter Fisch", lobte Benno.

„Warum ißt du dann nicht?" fragte Meeri.

„Eß ich nicht? Ich esse!" behauptete Benno. Er steckte einen Bissen in den Mund, begann aber zu husten, spuckte den Bissen auf die Gabel, führte die Serviette zum Mund und hustete lange.

Wera und Meeri blickten einander an.

„Sommerhusten", lachte Benno los und schob den Teller beiseite.

„Ach, Husten?" wunderte sich Wera. „Schmeckt der Fisch nicht?"

„Ich hab doch gesagt, er ist gut", brummte Benno ärgerlich. „Bring die Hühnersuppe auf den Tisch und schwatz kein dummes Zeug!"

„So streng?" fragte Wera.

Die Hühnersuppe wurde aufgetragen, darin schwammen Pelmeni und Mehlklöße.

„Mir keine Pelmeni und keine Kneidlachs, danke", sagte Benno. „Nur klare Suppe."

„Aber du magst doch Pelmeni", bemerkte Wera.

„Ich mag Pelmeni sehr gern, und ich wünschte inniglich, ich hätte statt deiner einen Kloß geheiratet", sagte Benno bitter.

„Es ist noch nicht zu spät", sagte Wera beleidigt. „Ich dachte nur, weil du doch früher immer …"

„Meeri, diese Frau verdirbt mir den Appetit", beschwerte sich Benno.

„Mit deinem Appetit scheint es nicht weit her zu sein."

„Sie verdirbt mir auch noch den letzten Rest meines Appetits. Ich möchte nur Suppe." Benno aß die Hälfte der Hühnersuppe, Wera öffnete schon ihren Mund, aber Benno warf ihr einen warnenden Blick zu, und Wera steckte sich einen Mehlkloß in den Mund.

„Zur Zeit Judas' – Sohn des Jodam und Enkel des Ussia – zogen Resin, König von Aram, und Pekah, Sohn des Remalja und König von Israel, aus, um gegen Jerusalem Krieg zu führen, aber sie konnten es nicht erobern", behauptete Benno.

„Was für Dinger? Warum konnten sie es nicht erobern?" fragte meine Schwester Hanna.

„Dafür gibt es viele Erklärungen", sagte Benno. „Das war zu der Zeit, als Merodak-Baladan, Sohn des Baladan und König von Babel, einen Brief und Geschenke an König Hiskia sandte, da er gehört hatte, daß selbiger krank gewesen sei und sein Zustand sich gebessert habe."

„Hat er sich gefreut?" fragte Hanna.

„Natürlich, gewiß. Wie sollte er nicht?"

„Und was wurde dann mit Jerusalem?" erkundigte sich Hanna.

„Ich könnte dir die ganze Geschichte erzählen", sagte Benno. Er versuchte noch ein paar Löffel Suppe zu essen. „Du würdest daraus entnehmen, daß die Hand des Herrn nicht zu kurz ist zu helfen und sein Ohr nicht taub zu hören; er hat nur etwas anderes zu tun."

„Was hat er zu tun?" fragte Hanna.

„Er wirft mit glühenden Kohlen nach den Menschen ..."

„Soll ich das Huhn schon bringen, oder müssen wir uns das Geplapper noch lange anhören?"

„Bring nur das Huhn ..."

Wera stand auf, um in die Küche zu gehen. Da öffnete sich die Tür, und mein Vater Arje trat ein, den Tornister auf dem Rücken.

„Arje!" rief Wera triumphierend. „Vater!" rief Hanna, und ich sprang aus dem Bett. „Sieh an, der Leutnant", sagte Benno, und seine Augen strahlten. „Gruß euch hier zu Hause", sagte Arje und nahm den Tornister vom Rücken. „Guten Appetit!" Er warf den Tornister in die Ecke und sah Meeri an, die vor Freude errötete. Da war ich schon an seinem Hals und kletterte an ihm empor, um mich auf seinen Kopf zu setzen. „Woher kommst du denn, mein Eichhörnchen?"

„Aber wer kommt da noch?" wunderte sich Wera und sah zur Tür. Ich wandte meinen Kopf und sah im Türrahmen eine lange magere Gestalt, die familiär mit der Hand winkte. Ein alter Mann trat ins Zimmer und sagte: „Gut Schabes, Sabbat!" Er verzog seinen Mund zu einem Lächeln, und ich sah strahlend weiße Zähne, große, gleichmäßige, lückenlose Zahnreihen im Mund eines alten Mannes; der Alte hatte volles, locker gebürstetes Haar wie ein Schuljunge.

„Pilka Tartak", artikulierte Wera. „Woher kommst denn du, und was …"

„Ich habe Pilka auf dem Bahnhof getroffen, er ißt bei uns", sagte Vater.

„Das ist ja schön, willkommen", sagte Wera. „Aber wieso siehst du so fremd aus? Du hast etwas Fremdes an dir."

„Ich habe neue Zähne", sagte der Schmuggler und klapperte mit seiner Zahnprothese. „Mir sind nach dem letzten Jom kippur alle Milchzähne ausgefallen, weil ich so streng gefastet habe, und daraufhin sind mir diese gewachsen."

„Willkommen, Pilka!" sagte Benno mit heiserer Stimme.

Von Libna zogen sie aus

In das gottverlassene Wikingerdorf, dort zwischen Vaasa und Kokkola – zum Teufel, ich kann mich nicht erinnern, wo genau, und ich habe mir auch gar nicht die Mühe gemacht, es herauszubekommen, denn in dem Dorf lebten wir während des Krieges viele Jahre als Evakuierte –, dorthin kam mein Vater, der Leutnant, hin und wieder auf Urlaub und hinterließ, wenn er wieder abfuhr, Traurigkeit, die einen blutigen Geschmack hatte, den zu empfinden ich zu klein war.

Einmal brachte er Pilka Tartak mit, den Schmuggler, der eine neue Zahnprothese hatte. Auch die hatte er geschmuggelt, aus Luulaja oder Uumaja. Und Großvater Benno begriff damals, daß er bald sterben würde, oder jedenfalls früher oder später, und weil er nicht in Trübsal verfallen wollte, schlug er vor, Pilka solle in die Stadt gehen und Branntwein holen.

„Pilka", sagte Benno, „du verstehst: wenn der Panther von Sinai auf Urlaub gekommen ist, dann ist das eine Feier wert. Iß und trink, kau dieses zähe Kriegshuhn mit deinen neuen Zähnen, ein so zähes Huhn bekommst du nicht alle Tage. Und wenn du uns dann noch Schnaps besorgst, dann segne ich dich dreimal und lohne es dir mit offenen Händen. Du kennst mich."

Nach der Mahlzeit nahm Pilka die Zähne aus dem Mund, spülte sie sorgfältig ab und trocknete sie mit dem Tischtuch.

„Waschbiettddndrjude?" brabbelte er und schaute Benno mit seinen blauen Augen an. „Was?" fragte Benno.

Pilka steckte die Zähne in den Mund. „Was bietet denn der Jude?"

„Warum fragt der Jude? Über den Preis werden wir uns schon einig. Bring, was du kannst, ich werd schon bezahlen", sagte Benno.

„Es sind schwere Zeiten", sagte Pilka und hielt die Hand hin.

Benno zog einige Scheine aus seinem Portemonnaie und klatschte sie Pilka in die Hand. „Verrückt, die Katze im Sack zu kaufen", klagte er.

„Der jüdische Schmuggler handelt nicht mit Katzen", sagte Pilka und ging in die Stadt.

Als Pilka gegangen war, holte Arje aus seinem Tornister eine Nagan und sagte zu Benno: „Mitbringsel." Und Benno sagte, das sei die häßlichste Waffe, die er in seinem Leben gesehen habe, und er habe in seinem Leben schon einige gesehen. Arje zerlegte die Waffe, setzte sie wieder zusammen und wunderte sich selbst, warum er das tat. „Es ist schwer, bei einer Armee zu sein, die auf deutscher Seite gegen die Sowjetunion kämpft", bemerkte er.

„Das kann ich mir denken", sagte Benno. „Hat dir das Huhn geschmeckt?"

„Es war besser als gar kein Huhn. Wenn ich in meinem Leben nicht schon ein besseres Huhn gegessen hätte, dann würde ich wahrscheinlich dieses Huhn für das beste Huhn halten, das ich je gegessen habe ..."

Schon seit einer Weile hatte mein Vater die Angewohnheit, von der Front irgendeine Waffe als Andenken mitzubringen. Ein Rätsel ist geblieben, wie er sie beschaffte, ob er sie kaufte oder stahl, aber in unseren Schränken lagen hier und da Handfeuerwaffen. Mir fiel einmal ein Browning auf den Kopf, als ich die Schranktür öffnete, um Gebäck zu mausen. Sie ging nicht los, aber ich bekam eine Beule.

Vater machte sich Sorgen um uns. Er befand sich an der Front und gab vereinzelt Schüsse in östlicher Richtung ab, aber es konnte geschehen, daß seine Familie, wenn er das nächste Mal auf Urlaub nach Hause fahren würde, in alle Himmelsrichtungen zerstreut oder in irgendein Lager in Finnland oder anderswo gebracht worden war. Er hielt das nicht für wahrscheinlich, aber die Möglichkeit bestand, und er machte sich Sorgen.

Vater hatte nicht erfahren, daß zwanzig jüdische Jungen von der Insel Suursaari nach Katajanokka auf ein deutsches Schiff gebracht worden waren. Auf Befehl der Staatspolizei waren die jüdischen Flüchtlinge auf Suursaari interniert, und auf Befehl desselben Anthon wurden die zwanzig von ihnen abgesondert und auf die „Hohenhörn" gebracht.

„Wir sind finnische Staatsbürger", sagten die finnischen Juden. „So etwas kann uns nicht passieren."

‚Und die Kommunisten?' dachte Vater für sich. ‚Die Kommunisten und die anderen Kriegsgegner in diesem Land, wo sind die: im Wald, im Gefängnis, in Lagern oder im Grab ...'

„Wir sind Bürgerliche", sagten die finnischen Juden. „Uns kann so etwas nicht passieren."

‚Ich wünsche das von ganzem Herzen', dachte Vater. ‚Wir sollten jedoch nicht vergessen, daß uns ohne die Unterstützung der Arbeiterschaft nicht die finnische Staatsbürgerschaft zuerkannt worden wäre.'

„Wir haben das schon vergessen", sagten die finnischen Juden. „Finnen sind wir nicht, Finnen wollen wir werden, seien wir also richtige Bürgerliche!" Und sie hängten ein Bild von Mannerheim in ihrem Haus auf, obwohl in der Bibel Götzenkult verboten wird.

Als im Juli 1942 der Chef der deutschen Staatspolizei Himmler zu einem Besuch in Finnland eintraf, versuchte Vater ein Schnelladegewehr mit Magazin im Besenschrank zu verstecken, aber Mutter warf es wieder hinaus und befahl Vater, es dorthin zu bringen, woher es gekommen sei. Heinrich Himmler war ein Mann, der schräge, kurzsichtige Triefaugen und überhaupt kein Kinn hatte. Er erinnerte ebensowenig an das Idealbild von einem arischen Mann wie Minister Tanner an die Königin von Saba, den Schnurrbart vielleicht ausgenommen. Dieser krankhafte Grottenolm und Neurastheniker – damit meine ich Himmler – besuchte als erstes das Nationalmuseum und bewunderte unsere historische Vergangenheit. Himmler war an der Geschichte interessiert und bildete sich ein, die neue Inkarnation Heinrichs des Voglers zu sein ... Und derweil wühlten die unhöflichen Finnen in seiner Aktentasche herum und fotografierten seine Papiere. Unter diesen fand sich ein vollständiger Katalog der finnischen Juden, nahezu zweitausend Namen. „Da stand auch dein Name, Benjamin, mein Name, der der Mutter, Meeris und die Namen unserer Kinder – die Namen von allen unseresgleichen", berichtete der Vater Benno.

Was war das für ein Katalog? Wollte uns die Gestapo amerikanische Care-Pakete als kleines Geschenk senden? Oder führte jemand eine soziologische Untersuchung zur gesellschaftlichen Struktur der jüdischen Bevölkerung Finnlands? Ich bezweifle es.

Vater konnte auch nicht wissen, daß im Januar 1942 in Berlin Pläne zur „Endlösung der Judenfrage" aufgestellt worden waren. Hitler wünschte, daß die finnischen Juden ins Konzentrationslager Majdanek nach Polen transportiert werden würden. Finnland sollte ihm seine Juden überlassen und dafür von Deutschland eine Lieferung von dreißigtausend Tonnen Getreide erhalten.

„Was halten Sie davon?" fragte Himmler die finnischen Herren, und die Herren kratzten sich den Kopf. Die einen waren erschüttert und beleidigt, die anderen standen arge Qualen aus. Schließlich beschloß man, dem Gast die Funktion der finnischen Demokratie zu erläutern.

„Sehen Sie, verehrter Herr Polizeichef, die Sache ist doch die, daß wir hier einen Reichstag haben, der über so etwas beschließt ... Und der tritt erst wieder im November zusammen."

„Berufen Sie eine außerordentliche Sitzung ein", schlug Himmler vor.

„Sehen Sie, verehrter ... Das wäre gerade im Moment gefährlich und könnte Streitigkeiten zwischen den Parteien verursachen, gerade jetzt, da es notwendig ist, daß die Regierung geschlossen dasteht und der Reichstag hinter ihr, und hinter dem wieder das Volk ..." – „Warum sollte das jetzt notwendig sein?" zischte Himmler. – „Ja, das ist bei uns nur eine Redensart, das gehört wesentlich zum Bild der finnischen Demokratie … Jedenfalls würde die Regierung gerade zu diesem Zeitpunkt nicht gern etwas unternehmen, das in irgendeiner Weise die vertrauensvollen und engen Beziehungen zwischen Finnland und Deutschland gefährden … erschweren könnte. Sie verstehen, der Finnische Reichstag … Wir verhalten uns natürlich positiv zu Ihrem Vorschlag, aber die praktischen …"

„Ich habe manchmal so ein beunruhigendes Gefühl, man könnte euch eines Tages einfach so abholen …", sagte Vater.

„Mich holt man nicht ‚einfach so' ab", widersprach Benno.

„Ich meine nur, wie leicht das wäre: die Polizei käme und teilte mit, daß die Familie ‚aus Gründen der eigenen Sicherheit' oder so irgendwohin gebracht werden müsse … Die Nachbarn würden die ganze Sache kaum bemerken, und auch wenn sie es bemerkten und wie sehr sie auch ihre jüdischen Nachbarn liebten, so würden sie eine solche ‚Internierung' so ernst nicht nehmen. Sie können sich nicht vorstellen, daß den Juden etwas Schlimmes passiert, wenigstens nichts Unziemliches, nichts Unmenschliches, nichts, was die Juden nicht verdient hätten. Die Juden glauben es ja selbst nicht einmal. Und so könnte man an einem Tag alle Juden Finnlands sammeln und internieren und sie meinetwegen an den Polarkreis schicken; im Krieg wundert sich keiner darüber, daß der Nachbar verschwunden ist. Vielleicht würde sich nach dem Krieg jemand wundern: Wo sind die eigentlich? Wo sind die eigentlich geblieben, der kleine Mann, der immer die starken Zigarren rauchte und so oft in die Oper ging, und seine große blonde Frau und ihr stolzer Sohn und die kleinen drallen Enkel …"

„Hm", sagte Benno. „Andererseits: Himmler kam und Himmler ging, aber uns ist nichts passiert."

„Ja", gab Vater zu.

Vater und Benno unterhielten sich eine Stunde und noch eine, spielten Karten, hantelten, tranken in Gesellschaft der Frauen den Abendtee, küßten sie und die Kinder und schickten sie schlafen, lösten gemeinsam Kreuzworträtsel, tranken wieder Tee, warteten sehnsüchtig auf Pilka Tartak und das, was er bringen würde.

„Hast du bemerkt, ob mehr Deutsche im Land sind als früher?"

„Schwer zu sagen", sagte Benno, erzählte aber Arje von den deutschen Offizieren, die er auf dem Bahnhof in Seinäjoki getroffen hatte. „Aber ich würde das nicht für so besorgniserregend halten", fügte er hinzu. „Irgendwo müssen sie sich ja aufhalten."

„Nicht in unserer Nachbarschaft", sagte Vater. „Vielleicht wäre es das klügste, wenn ihr in den nächsten Tagen nach Schweden gehen würdet. Was meinst du?"

Vater hatte unseren Wirt, den Fischer Kukkus-Wilhelm, ganz offen gefragt, ob er einverstanden wäre, die Familie mit seinem Boot nach Schweden zu bringen, und der Fischer hatte ganz offen geantwortet: wenn man sich über den Preis einig werde …

„Ich meine, das könnte etwas übereilt sein. Man sollte nicht immer vor den Ereignissen herlaufen", sagte Benno.

„Das ist manchmal allerdings das einzige Mittel", sagte Vater.

„‚Ein Geduldiger ist besser denn ein Starker, und der seines Mutes Herr ist, denn der Städte gewinnt', sagt König Salomo."

„So, hat er das gesagt, der alte Knacker!" Benno grübelte nach mehr Sprichwörtern, fand aber kein weiteres passendes. Wenn Arje es nun so beschlossen hatte …, Arje war ja nicht dumm, ein bißchen verrückt zwar …

„Ich jedenfalls gehe nicht fort", verkündete Benno.

„Warum nicht?"

„Was soll ich in Schweden? Schicken wir die Frauen und die Kinder, ich bleibe hier, um ihre Abfahrt zu sichern. Waffen sind ja hier, falls ich welche brauche. Was soll ich in Schweden?"

„Nun geh schon mit, Vater; du kannst hier nicht …"

Aber Benno teilte mit, *er* gehe nirgendwohin. Er mochte keine Seereisen. Darüber debattierten sie dann, Benno und Vater, so lange, bis Pilka Tartak von seiner Reise zurückkam.

„Es ist schon so, daß der Verrückte die Züchtigung seines Vaters für gering erachtet, aber wer eine Zurechtweisung befolgt, gescheit wird", sagte Pilka Tartak und trat ins Zimmer, „gescheit und redegewandt. Andererseits heißt es: ,Ein gezüchtigter Mann, der aufsässig bleibt, wird schnell zertreten', da hilft nichts … Und: ,Es begegne dem Manne ein Bär, dem die Jungen genommen wurden!' "

„Da bist du ja, Pilka …"

„Ich bringe euch Schnaps und Gurken."

„Es ist dir also gelungen, Pilka!" sagte Benno zufrieden.

„Mir gelingt alles", sagte Pilka. „In kleinen Dingen habe ich immer Glück. Wenn ich mich mit kleinen Dingen zufrieden gegeben hätte, wäre ich wohl schon Millionär."

„Was für ein Glück wäre das schon?"

„Ich wollte Millionär werden", erklärte Pilka. „Ich hab mich mit den Großen in Geschäfte eingelassen, und deswegen gehe ich jetzt in Lumpen."

„Übertreib nicht", sagte Benno. „Du würdest in Lumpen gehen, auch wenn du Millionär wärst. Gib's nur zu."

„Ich würde in Lumpen gehen, auch wenn ich Millionär wäre", gab Pilka zu.

„Nicht weil du geizig bist", erklärte Benno.

„Geizig bin ich nicht."

„Du bist nun einmal so. Du machst dir nichts draus."

„So bin ich", beteuerte Pilka bescheiden.

„Was für Schnaps hast du mitgebracht, Pilka?" erkundigte sich Arje.

„Ich gebe euch den Schnaps, aber ich frage euch gleichzeitig: ist jetzt die Zeit, Schnaps zu trinken?"

„Warum denn nicht?" wunderte sich Arje.

„Ich will euch was erzählen", sagte Pilka und zog drei Flaschen aus seinem Beutel. „Wodka! Deutscher Wodka!" verkündete er und schwenkte die Flaschen hin und her.

„Bringt Gläser auf den Tisch. Dann erzähle ich euch, warum jetzt nicht die Zeit ist, Schnaps zu trinken."

„Was hast du erfahren?" fragte Arje. „Und von wem?"

Benno stellte drei Gläser auf den Tisch. Pilka entkorkte die erste Flasche. „Frag nicht so. Hast du gefragt, woher ich diese Flaschen habe? Nein, du schluckst nur. Na, heben wir einen!"

„Das ist etwas anderes", sagte Arje. „Aber nenne die Quelle deines Wissens, das ist schon das halbe Wissen."

Pilka leerte sein Glas in einem Zug und hustete. „Die Deutschen verstehen ihren Wodka fast ebensogut zuzubereiten wie die Russen", stellte er fest.

„Das war deine ganze Neuigkeit?" fragte Arje.

„Nein."

Pilka Tartak füllte sein Glas erneut und leerte es. Dann sagte er: „In Helsinki sind SS-Truppen eingetroffen. Ich wiederhole: ermüdete, zerlumpte SS-Truppen – Polen, Balten, Österreicher, Deutsche und Staatenlose marschieren in diesem Augenblick durch Helsinkis Straßen. Und bald vielleicht auch in Kemi ... und in Oulu ... und in Vaasa ... Was sagt ihr dazu?"

„Das kann nur eines bedeuten", sagte Vater nach einer Weile.

„Meiner Meinung nach kann das alles mögliche bedeuten", sagte Benno.

Aber Vater überlegte noch ein wenig und sagte dann: „Wie es in der Bibel heißt: ‚Von Libna zogen sie aus und lagerten sich in Rissa.‘"

„Rissa?"

„Schweden."

Was mache ich mir aus Kanaan

Und Vater hatte das entscheidende Wort gesprochen: „Fahrt ab!" Und ich begriff, obwohl ich noch klein war, warum wir in einen solchen Ort evakuiert worden waren, in dieses vergessene Wikingerdorf, einen Steinwurf vom Bottnischen Meerbusen entfernt. Abgereist mußte werden, Kisten und Kasten waren zu packen, wir mußten fliehen, das begriff ich; später habe ich mich darüber gewundert, daß ich das so unkompliziert aufnahm. Weshalb war es für mich eine ziemlich natürliche Sache, daß wir uns in ein Boot zwängen und in ein anderes Land fliehen sollten, ein Land, das dem glich, in dem ich geboren war? Weil ich ein Kind und anpassungsfähig war, ein leidenschaftsloses und verträgliches Kind? Oder weil ich ein verträgliches und jüdisches Kind in diesem Winkel des Nordens war? Hätte es der Wikingerjunge, mein Spielkamerad mit dem seidigen Haar, begriffen? Ich weiß es nicht, ich glaube nicht an die Stimmen des Blutes.

Wir mußten abreisen, mehr verstand ich nicht, alles andere war ein einziges Durcheinander. Vor wem mußten wir die Flucht ergreifen? Vor den Russen? Ich hatte von den Russen gehört. Nicht vor den Russen, sondern vor den Deutschen sollte ich mich fürchten, vor den Deutschen. Warum denn sie fürchten, ich hatte doch überhaupt keine Deutschen gesehen? Und die Faschisten und Nazis ..., ich sah finster dreinblickende Männer mit Bärenhäuten bekleidet und mit Flitzbögen in der Hand vor mir, sie traten aus dem Wald und näherten sich vom Brunnen her unserem Haus. Aber wir liefen ans Ufer, wo das Boot abfahrtbereit wartete, das Boot unseres Wirtes Kukkus-Wilhelm, er selbst am Ruder, Vater warf ihm einen Beutel zu, in dem sich all seine Ersparnisse befanden, denn Kukkus-Wilhelm war ein ehrlicher Fischer, der nicht viel Mätzchen macht, wir werfen einen Blick zurück, und die einheimischen Faschisten rennen in offener

Reihe das Ufer entlang, wir werfen die Bündel ins Boot und klettern selbst hinterdrein, und langsam löst sich das Boot vom Ufer, und Kukkus-Wilhelm wirft den Motor an. Die bärenhäutigen Männer bleiben stehen und schießen mit ihren Flitzbögen kleine Pfeile auf uns ab. Aber sie treffen uns nicht, und das Boot gewinnt an Fahrt ...

Ich wußte noch nicht, daß Vater gar nicht mitkommen konnte. Er war nur auf Urlaub nach Hause gekommen und wollte dorthin zurück, wo Krieg geführt wurde. Und ich wußte auch nicht, daß Großvater Benno bleiben wollte, um hier zu sterben.

Meine Mutter Meeri und Großmutter Wera packten und schrieben eine Liste der Sachen, die sie in dem Zimmer einpackten, in dem die grünen Möbel und der Samowar standen und wo die Wanduhr hing.

„Wollsachen für die Kinder?" fragte Wera. „Ist es in Schweden ebenso kalt wie hier?"

„Wollsachen?" murmelte Mutter. „Ich verstehe immer noch nicht recht, daß wir fort müssen."

„Hast du geglaubt, du bist in dieses Land gekommen, um hier zu bleiben?" fragte Wera und wunderte sich selbst, was sie damit meinte.

„Ich bin doch hier geboren. Ich bin nie woanders gewesen, außer in Dorpat und Marienbad ..."

„Jetzt hast du Gelegenheit", sagte Wera. „Sei froh, daß du lebendig hinkommst. Was für Geschirr nehmen wir mit?" Da raffte Mutter sich auf. Ihre Augen blickten streng. „Geschirr ...", sagte sie mit Nachdruck, „kein einziges Stück wird mitgenommen. – Kein einziges Stück", wiederholte sie. Wera setzte ihr trotziges, hilfloses Gesicht auf, mit dem sie sich durch ihr ganzes Leben und halb Rußland gebracht hatte, und klagte: „Das Petersburger Geschirr meiner Großmutter ..." Aber meine Mutter unterbrach sie: „Und die Birke im Hof und den Steinway-Flügel, die nehmen wir wohl auch mit?"

„Ich bin eine alte Frau", sagte Wera beleidigt.

„Dafür wird das Silber mitgenommen. Das können wir dann verkaufen", sagte Mutter und begann die Silberbestecke zu zählen, hörte aber bald auf und schüttete die angelaufenen silbernen Bestecke aufs Tischtuch – die Messer, mit denen nie einer gegessen hatte, weil sie viel zu schwer waren, die Gabeln, denen schon die Spitzen fehlten, die Löffel, die irgendein Simson beim Essen verbeult hatte, und ein halbes Dutzend Käsemesser und Zuckerzangen – und band das Tuch zu einem Bündel zusammen.

„Es hat keinen Sinn, diese Dinge zu zählen", sagte sie. „Davon sind noch ebenso viele da, wenn wir übers Wasser sind – falls es nicht ins Meer fällt, und wenn's hinein fällt, wer kommt dann schon, es wieder aufzusammeln!"

„Oder uns", sagte Wera. „Wer sammelt uns aus dem Meer auf, wenn uns was passiert? Wir saufen ab wie die Hunde. Oder wenn wir nicht ertrinken, wenn wir nicht ins Meer fallen, dann bemerkt man uns und schnappt uns."

„Wer sollte uns schnappen?" wunderte sich Mutter.

„Was weiß ich? Die Finnen, die Schweden, die Zöllner, die Deutschen, die Russen, die Lappen – wen gibt's hier noch alles? Wie wird es uns dann ergehen? O diese Zeiten!" klagte Wera und warf meine und meines kleinen Bruders Kleider in den Beutel.

„Das Land grämt sich und siecht dahin …, die Erde schmachtet und siecht dahin …, die hehren Völker auf der Erde schmachten … Fluch sucht das Land heim …, die Einwohner werden von Hitze versengt", fluchte Wera vor sich hin. Dann nahm sie den Samowar von der Kommode und sagte sachlich: „Sicher wird der Samowar in das Vehikel passen …"

„Dies ist eine Flucht und keine Vergnügungsreise, Schwiegermama", sagte meine Mutter.

„Ist gut, ich versuch's mir zu merken", antwortete Wera trocken. „Ich verstehe nur nicht, warum er hierbleiben soll", fuhr sie fort, stellte aber den Samowar zurück. Großvater Benno kam ins Zimmer, sah sich das Treiben seiner Frau und seiner Schwiegertochter an und schüttelte den Kopf: „Die Weiber packen …“

Meine Schwester Hanna kam ins Zimmer. Sie sang ein Lied vor sich hin:

> *„Wieder gürtest du, Herr,*
> *alle Hügel mit Blümlein,*
> *und die unzähligen Herden*
> *auf den Weiden fütterst du.“*

Das Sommerlied hörte sich traurig an. Hanna ging zur Mutter, legte den Kopf auf ihre Schultern und seufzte. Mutter gab ihr zerstreut einen Klaps auf den Kopf.

„Wo hast du denn das Lied gelernt?“ fragte Wera mißtrauisch.

„In der Schule natürlich“, antwortete Hanna. „Ich singe im Schulchor.“

„Die versuchen sie zu bekehren!“ rief Wera Benno zu.

„Wir singen natürlich auch anderes als Kirchenlieder“, erklärte Hanna.

„Das ist doch ein sehr schönes Lied“, sagte Mutter. „Sommerliche Weiden …“

„Ach, ihr habt einen Chor in der Schule?“ sagte Benno. „Einen geistlichen Chor?“

„Wir singen auch anderes als Kirchenlieder“, sagte Hanna, der Sache überdrüssig.

„Natürlich“, sagte Wera grimmig. „Sie versuchen sie mit allen Mitteln zu bekehren, ganz gleich auf welche Art …“

„Warum sollten sie es nicht versuchen?“ wunderte sich Benno. „Warum sollten sie bei ihr eine Ausnahme machen? Alle jüdischen Kinder werden zu bekehren versucht. Das ist eine Art Spiel. Das wird schon jahrhundertelang gespielt. Weißt du das nicht mehr?“

Er drehte sich zu Wera um.

„Ich habe nicht jahrhundertelang gelebt“, sagte Wera.

„Erinnerst du dich nicht mehr, daß sie versucht haben, auch dich zu bekehren?“

„Davon habe ich nichts gemerkt.“

120

„Du hast es einfach nicht gemerkt", erläuterte Benno. „Mich hingegen versuchten sie zu bekehren, als ich die Kronstädter Kriegsschule besuchte. Wir hatten einen Felddiakon, der hieß Afanassi Djakow – ein langer, häßlicher und griesgrämiger Lulatsch. Er heftete seine feurigen Augen auf mich, vielleicht weil ich so klein war. Er versuchte mich drei Jahre mit Halleluja und Gospodipomilui und mit Stock, Drohungen, Ohrfeigen und Gebeten kleinzukriegen, aber ich habe diesem Schwein nicht nachgegeben. Mich hat er nicht bekehren können. Nicht weil ich so fest im Glauben unserer Väter verwurzelt gewesen wäre, sondern weil ... ich weiß nicht recht, warum, aber ich mußte einfach dagegen angehen. Der Felddiakon war so verdammt widerwärtig."

„Der Religionslehrer in unserer Schule hat mich nie geschlagen", sagte Hanna nachdenklich. „Im Gegenteil ..."

„Wieso im Gegenteil?" fragte Mutter.

„Na, er nimmt mich manchmal bei der Hand und spricht schöne Worte und schaut mir tief in die Augen ..."

„Gib dem Teufel nicht den kleinen Finger!" rief Wera.

„Richtig." Benno lachte. „Laß dich nicht durch die Schliche des Religionslehrers einwickeln, du! Pastor Afanassi machte zwischendurch auch schöne Worte und gab mir auch mal einen freundschaftlichen Klaps aufs Hinterteil. Aber dann fing er wieder an zu schlagen und zu treten. Denk dran, was ich dir sage: zu treten!"

„Ich werd dran denken", sagte Hanna müde. „Aber wir singen doch auch anderes als Kirchenlieder."

„Es geht hier nicht nur um Kirchenlieder. Pfaffen sind Pfaffen, und Religionslehrer Religionslehrer, ganz gleich welcher Religion sie angehören. Haben ihr Amen, ihren Weihrauch und den ganzen Mist unters Volk verstreut ... Als dann Afanassi Djakow von der Hoffnung, mich bekehren zu können, abgelassen hatte, steckte man mich in die Cheder-Schule des Rabbi Teitelbaum, damit ich die Litaneien lerne, um dann mit dreizehn Jahren konfirmiert werden zu können. Und was meinst du, was Teitelbaum noch mit mir getan hat?"

„Hat er geschlagen?" fragte Hanna.

„Ob er geschlagen hat, fragst du? Er hat mich geschlagen! Er schlug mich mit dem Buch auf den Kopf, als ich den Maftir nicht schnell genug lernte. Er war ein Esel. Aus seiner Nase und seinen Ohren quollen schwarze Haare. Das hättest du sehen sollen."

„Jetzt ist es vorbei mit deren Bekehrungen, wo wir fortgehen", sagte Wera.

„Glaubst du, sie werden es nicht auch in Schweden versuchen?" fragte Benno. „In der Schule oder auf der Straße oder sogar zu Hause? Sie dringen bis ins Haus, nirgends hast du Ruhe vor den Bekehrern. Als dein Vater Arje noch klein war, Hanna, verlockten ihn die Jungfrauen der Heilsarmee mit Kuchen, sich geistliche Musik anzuhören. Spielregel war nämlich: der Katze Hering und den Judengören Kirchenlieder mit Kuchen. Arje hörte es sich an und aß, denn er mochte Kuchen gern, aber seine Seele hat er für den Kuchen an die Damen mit dem Knoten im Haar nicht verkauft. Mehr wurde für die Seele allerdings auch nicht geboten."

„Wäre es möglich, verehrte Damen und Herren, daß in Ruhe gepackt wird?" fragte Mutter.

Benno stand am Fenster und sah hinaus. Er breitete seine Arme aus und sagte: „,Ich bin der allmächtige Gott; wandle vor mir und sei fromm. Und ich will meinen Bund zwischen mir und dir schließen und will dich über alle Maßen mehren', sprach Gott zu Abraham. Da fiel Abraham vor Schreck auf sein Angesicht. Und Gott redete weiter mit ihm und sprach: ,Du sollst nicht mehr Abram heißen, sondern Abraham sei dein Name, was liegst du da, das Gesicht in den Tulpen, denn ich mache dich zum Vater vieler Völker!' Und Abraham erhob seinen Kopf vom Blumenbeet und fragte, was das bedeute: Vater vieler Völker. Da trat Gott auf Abrahams Nacken und stieß sein Gesicht wieder in die Erde und fuhr fort: ,Ich will aufrichten meinen Bund zwischen mir und dir und deinen Nachfolgern. Von Geschlecht zu Geschlecht', fügte er unbarmherzig hinzu, ,daß es ein ewiger

Bund sei. Und ich will dir und deinem Geschlecht nach dir das Land geben, darin du ein Fremdling bist, das ganze Land Kanaan, zu ewigem Besitz …' Abraham widersprach matt: ‚Was mache ich mir aus Kanaan, ich bin doch Chaldäer … Ich hatte es doch gut in Ur in Chaldäa …' Aber Gott sagte streng: ‚Hebe deine Augen auf und sieh von der Stätte aus, wo du wohnst, nach Norden, nach Süden, nach Osten und nach Westen …' Und Abraham erhob sich und wischte sich die Erde aus den Augen und versuchte zu sehen. Und Gott sagte: ‚Denn all das Land, das du siehst, will ich dir und deinen Nachkommen geben für alle Zeit. Sieh!' Aber Abraham sah nichts, denn seine Augen waren voller Erde vom Lande Kanaan. Blind taumelte er vorwärts und suchte Wasser, mit dem er seine Augen auswaschen könnte, suchte und zog hierhin und dorthin, und endlich traf er einen Menschen, der ein Herz hatte und der ihn zu Wasser geleitete, wo Abraham sich die Erde aus den Augen wusch. Dann schaute er sich um und fragte: ‚ Dies ist das Land, das du mir und meinen Nachkommen gibst, Gott?' Aber Gott hatte inzwischen Abraham ganz vergessen und bereitete gerade einem anderen Unschuldigen Schwierigkeiten, und er hörte Abrahams Frage nicht. So zog Abraham weiter im Land umher und suchte die Stätte, an der Gott zu ihm gesprochen und ihm das Gesicht in die Erde gestoßen hatte, suchte und suchte, zog hin und her; zweitausend Jahre suchte er, aber er fand sie nicht und kam schließlich hierher in die Gefilde von Pohjanmaa."

„Verrückter Kerl, was faselst du da?" unterbrach ihn Wera. „Ist jetzt Zeit zum Scherzen?"

„Ich habe nicht gescherzt. Das war doch die Bibel. Es fiel mir nur so ein, als wir von Teitelbaum sprachen", sagte Benno. „Ihr hättet den Mann sehen müssen. Ihr hättet euren Augen nicht getraut. Er starb kurz vor dem ersten Weltkrieg durch den Warnschuß eines Zollbeamten an der polnisch-litauischen Grenze …"

„Lüge nicht, alter Mann", sagte Wera. „Damals gab's kein Polen und Litauen und auch keine Grenzen dazwischen."

„Gab's nicht? Wo war die denn? Woher erschienen die denn plötzlich auf der Landkarte? Ich frage nur …"

„Es gab sie nicht als Staaten, meine ich", sagte Wera.

„Willst du behaupten, Teitelbaum lebt? Das weiß ich allerdings besser. Er ist tot wie ein Stein. Nicht, daß ich darüber traurig wäre."

„Sei jetzt still und laß uns überlegen, was wir mitnehmen."

Und sie dachten nach, was sie auf die Flucht mitnähmen – jüdische Frauen von drei Generationen. Sie hatten keine Erfahrung mit dem Flüchten. In Polen hatten die jüdischen Frauen jahrhundertelang für eine eventuelle Flucht fertige Bündel in der Ecke liegen. Irgendwo ist ein jiddisches Buch gedruckt worden mit dem Titel: „Was jede jüdische Frau wissen muß"; darin gibt es das Kapitel „Hinweise für eine Flucht über See". Aber ein solches Buch für Finnland zu beschaffen, dafür sah man keinen Anlaß. Wera fürchtete die Bootsfahrt mehr als die Antisemiten, meine Mutter Meeri wußte nicht, was sie denken sollte, fürchtete aber für ihre Kinder, das Herz meiner Schwester Hanna wurde von der eisernen Faust des Götz von Berlichingen zusammengeschnürt. Benno sah sie alle an und blinzelte. Er ging zur Kommode; aus einer Schublade holte er eine russische Zeitung aus dem Jahr 1905 hervor. Er setzte sich und las eine Nachricht aus dem „Prawo" vor, die er schon viele Male früher vorgelesen hatte:

„Während der Pogrome von Shitomir am 24. April wurden in Trojanowo zehn jüdische junge Männer ermordet, die unterwegs waren, um ihren Stammesbrüdern zu helfen. Darüber berichtet der achtzehnjährige Jakob Mitnovetsky, der am Leben geblieben ist und in ein jüdisches Krankenhaus in Shitomir gebracht wurde: ,Wir waren vierzehn, wir waren unterwegs von Tschudowo nach Shitomir. In Trojanowo umstellte uns eine Bande, und als sie uns alles genommen hatten, was wir besaßen, gingen sie mit Äxten und Peitschen auf uns los. Ich sah meine Freunde tot umfallen, einen nach dem anderen. Dann kam ein Polizist dazu, vier von uns waren da

noch am Leben, ich und drei meiner Freunde. Der Polizist befahl, uns ins Krankenhaus nach Shitomir zu bringen, aber auf dem Weg dorthin wurden wir unseren Beschützern aus den Händen gerissen und erneut mißhandelt und gequält. Ich wurde gefesselt und zu einem Pfarrer gebracht. Er flehte sie an, sie sollten mich in Ruhe lassen. Aber die Bande lachte nur, schleppte mich hinaus und schlug mich aufs neue. Dann erklärten unsere Beschützer, sie hätten für uns, die wir am Leben geblieben seien, die Verantwortung, denn der Polizist habe ihnen befohlen, uns nach Shitomir zu bringen. ‚Na, wenn es so ist, dann wollen wir ihn frei lassen, aber vorher soll dieser Hund seine Juden ein letztesmal sehen.‘

Ich wurde bewußtlos zu meinen Freunden gebracht. Dann erwachte ich plötzlich und fand mich in einer Blutlache liegend – auf mein Gesicht wurde ein Eimer voll Wasser gegossen. Und jetzt gewahrte ich die Leichen meiner zehn Freunde. Eine lag ohne Kopf neben mir, der anderen war der Bauch aufgeschlitzt, der dritten waren die Hände abgehackt … Ich verlor das Bewußtsein und kam erst hier im Krankenhaus wieder zu mir.

Und das in meinem alten Rußland", sagte Benno für sich. „Und was wird alles über die Deutschen erzählt! Einige wissen zu berichten, daß alle Judenverfolgungen Rußlands und Polens nur kleine Quälereien im Vergleich zu dem sind, was die Deutschen in Europa mit ihnen machen."

Benno schaute seine Frau, seine Schwiegertochter und seine Enkel an und sagte: „Zieht nur fort, meine lieben Frauen, und irgendwer segne euch und beschütze euch und helfe euch in Schweden, dem Reich der Drei Kronen, das keinen Krieg führt und das auch in Zukunft vom Krieg verschont bleiben möge. Ich bleibe hier, wie besprochen; ich nehme meine serbische Pistole und Kukkus-Wilhelms Schrotflinte von der Wand, koche mir Tee und setze mich in die Küche und warte. Wenn sie kommen, na, dann ist mein Zeigefinger schon gekrümmt, ich brauche ihn nicht einmal erst krumm zu machen. Wenn sie nicht kommen, gehe ich schlafen. Vielleicht fahre ich nach Helsinki. Ich habe diese Gegend hier auch schon satt."

„Was willst du denn jetzt mit den Waffen?" fragte Wera. „Du solltest lieber gleich schlafen gehen; es ist spät, und du bist alt. Heute kommt keiner mehr. Wer weiß, ob sie überhaupt kommen."

„Aber wenn sie kommen, dann bin ich bereit. Auch ein alter Soldat ist Soldat. Ich bringe nicht gern jemanden um, aber ich lasse mich nicht mit der Axt in Stücke hauen. Schließlich geht's um mein Leben."

„Was redest du da? Wer sollte dich mit der Axt erschlagen wollen?"

„Auf der Welt passiert allerhand, die Menschen kommen auf allerlei Ideen."

„Das merkt man, du bist schon auf Ideen gekommen! Du solltest deiner Phantasie nicht allzu freien Lauf lassen."

„Du weißt nicht, Weib, was in der Welt vor sich geht!" Benno wurde böse. „Du hast die Schlechtigkeit der Menschen nicht so erlebt wie ich. Also pack du nur deine Siebensachen zusammen und bring mich nicht in Wut."

„Dann stör uns nicht", sagte Wera. „Wenn man nur wüßte, was man mitnehmen soll", seufzte meine Mutter. „Nur das Allernotwendigste natürlich", sagte Wera.

„Bei zwei kleinen Jungen gibt es so viele unbedingt notwendige Sachen, daß nicht einmal ein Eisenbahnwaggon sie faßt."

„Und Hanna, was nimmst du mit?" fragte Wera.

„Nichts", antwortete Hanna leise.

„Sie nicht albern, bestimmt möchtest du irgend etwas mitnehmen", sagte Mutter.

„Ich will nichts", wiederholte Hanna traurig.

„Sei unbesorgt", sagte Benno herzlich. „Es wird sich noch alles regeln, sollst sehen. Wera, überleg mal, wie die Lage für die Arslanows aussah und wie sich auch ihr Los am Ende wendete."

„In welche Richtung?" fragte Meeri.

„Welche Arslanows denn?" fragte Wera.

„Die Arslanows aus Hyvinkää", sagte Benno. „Günes und Karakara Arslanow, ehemalige Kasaner Tataren. Jetzt Tataren in Hyvinkää. Unsere augenblickliche Lage ist dem Schicksal der Arslanows in den Wirbeln der Revolution zum Verwechseln ähnlich. Zum Verwechseln."

„Da irrst du dich", sagte Wera.

„Im Gegenteil. Ich erzähl's euch", sagte Benno und setzte sich. „Na denn: Die Arslanows stammten aus Kasan. Sie flohen aus Kasan vor den Bolschewiken, verließen ihr Holzhaus und die gutgehende Pelzagentur. Ja, sie flohen vor den Roten …"

„Wer hat sie denn geheißen die Flucht zu ergreifen?" fragte Meeri blitzartig.

„Niemand, Schwiegertochter, niemand. Aber wie das so ist, sie gingen trotzdem fort. Oft schien es, als sollte es ihnen schlecht ergehen, aber sie gelangten doch lebend bis zur Krim. Na, im Hafen von Sewastopol lungerten Tausende, Zehntausende herum, die sich in derselben Lage befanden wie sie: Russen, Griechen, Deutsche, Juden. Alle versuchten auf die Dampfschiffe zu gelangen. Den Arslanows gelang es nicht. Günes Arslanow war ein schmächtiger, zuckerkranker Mann, und er besaß Gold und Schmuck nicht gerade im Überfluß; Rubel hatte er einen ganzen Sack voll, aber aus ihnen machte sich kein Kapitän etwas. Arslanow gelangte auf kein Schiff, er nicht und auch seine Familie nicht."

„Die Menschen können einem leid tun" sagte Meeri.

„Aber in einer Kneipe weinte er sich an der Brust eines glatzköpfigen Krim-Tataren aus", fuhr Benno fort. „Das war ein rechtgläubiger und frommer Muslim. Die Not der Arslanows ergriff ihn sehr. Der Tatar war ein Schmuggler und besaß ein kleines Boot, ein Segelboot. Er weinte einen Augenblick und versprach, die Arslanows über das Schwarze Meer in die Türkei zu bringen, sobald sich das Wetter gebessert habe. Arslanow küßte ihn auf die Wangen und versprach ihm alle seine Rubel und seinen Silberschmuck, aber der Krim-Tatare machte sich nichts daraus. Er hatte nur einen Wunsch, aber er sagte nicht, was für einer es war."

„Was für einer war es?" fragte Hanna neugierig.

„Er hat's nicht gesagt. Eines frühen Morgens schlich er sich dann in das Hotel der Arslanows – sie wohnten im Hotel –, weckte sie und brachte sie in den Hafen zu seinem Boot, und mit Allahs Hilfe überquerte er das Schwarze Meer. Der Wind war günstig, und niemand bemerkte sie. Sie segelten und segelten, kamen auf offene See, bald war die Krimküste schon nicht mehr zu sehen. Der Wind war günstig, Günes und Karakara atmeten schon freier, dankten ihrem Schicksal und Allah und dem Tataren und fragten, was er sich als Belohnung wünsche. Und mitten auf dem Schwarzen Meer war der Tatar bereit zu sprechen. Schüchtern teilte er mit, er wolle als Belohnung die Tochter der Arslanows."

„Oh! Schrecklich!" entfuhr es Hanna.

„Schrecklich war das auch nach Meinung der Arslanows; sie versuchten zu handeln und sich zu sträuben und zu widersetzen. Arslanow bot ihm anstelle der Tochter seine Frau an, aber damit war der Tatar nicht einverstanden, schimpfte die Arslanows undankbar und drohte schließlich, er werde umkehren und sie den Roten ausliefern. Dann änderte er seine Meinung und drohte, sie alle zu ersäufen, sich selbst auch, weil er ohne die Tochter der Arslanows nicht leben wolle. Was sagt ihr dazu? Auch die Lage der Arslanows war nicht zu beneiden."

„Ja, und wie ist es dann gekommen?" erkundigte sich Meeri.

„Das Mädchen, das Haydee hieß …", fuhr Benno fort, aber Wera unterbrach ihn: „Die Arslanows aus Hyvinkää haben doch gar keine Tochter, die so heißt!"

„Naja, so ist es dann gekommen", erklärte Benno. „Sie haben keine Tochter Haydee mehr …"

„Ich jedenfalls würde mir aus einem alten glatzköpfigen Tataren nichts machen", sagte Hanna. „Lieber meinetwegen untergehen."

„Würde dir ein alter Fischer aus Pohjanmaa recht sein?" fragte Benno. „Ein Witwer, korrekt und ordentlich, mit einem Haus und einer Hütte, grüne Möbel darin …"

„Mach dem Mädchen nicht angst, sie ist sowieso schon niedergeschlagen", schimpfte Wera, als Hanna blaß wurde.

„Na also", sagte Meeri, „jetzt sind alle Sachen gepackt."

„Jetzt haben wir uns ausgeweint", sagte Wera zu Arje, der vom Fischer zurückkam. „Wann fahren wir?"

„In der Nacht, wenn kein Mondschein ist."

Aber in der Nacht war Mondschein. Am folgenden Abend tranken Benno und Arje und Pilka den Rest vom Schnaps aus, und Kukkus-Wilhelm schloß sich ihnen an und brachte zwei Flaschen alten Aquavits mit, die er für schlechte Tage aufgehoben hatte.

„Wird überhaupt noch etwas aus dem Ganzen?" fragte Wera in der Küche bei Benno an.

„Es wird die ganze Zeit etwas", sagte Benno. „Aber das hat einen Haken."

„Welchen?"

„Noch kommt ihr nicht weg", sagte Benno.

„Warum denn nicht in aller Welt?"

„Wilhelm hat nicht genügend Kraftstoff."

„Was für Kraftstoff?"

„Für das Boot. Petrol."

„Um Gottes willen, und wir haben gepackt und geweint und uns auch sonst auf die Reise vorbereitet. Jetzt wären wir fertig und könnten abfahren. Hat das Boot keine Segel?"

„Segel hat es. Aber es ist schon drei Tage lang Flaute."

„Na, ich werde schon Wind machen und Sturm erzeugen, meinetwegen auch die Sintflut", sagte Wera wütend und segelte ab ins Zimmer. Benno zuckte mit den Schultern.

In der Nacht kam eine steife Brise auf, hob den Dorffrauen die Röcke hoch und warf eine alte Frau um. Benno brummelte etwas von Hexenkünsten, aber die Männer hatten den ganzen Abend getrunken, und Kukkus-Wilhelm konnte kaum auf den Beinen stehen.

Petrol

In jener Nacht, als Wera so starken Wind machte, fuhren wir nun doch nicht mit dem Boot nach Schweden; am nächsten Tag legte sich der Wind.

Kukkus-Wilhelm schlug vor zu warten, bis er irgendwoher Kraftstoff für das Boot, für die Hin- und Rückreise, beschafft habe. Er hatte aber keine Ahnung, woher er welchen bekommen könnte. Petrol war nämlich damals so knapp, daß selbst die Fischer nur jeden Freitag einen Topf voll auf Zuteilung erhielten.

Der Schmuggler Tartak, der sich bei uns häuslich eingerichtet hatte, verkündete, möglicherweise könne er in ein paar Tagen das Petrol beschaffen, wenn jemand in ein so unsicheres Unternehmen Geld stecken wollte. Es gab keine andere Möglichkeit, und so ging Pilka Tartak zuversichtlich seiner unbekannten Wege, und wir warteten.

Wir warteten einen Tag, anderthalb, aber Pilka kehrte nicht zurück. Dafür kam ein russischer Kriegsgefangener zu uns ins Dorf, der den Einwohnern bei allerlei Arbeiten und Wilhelm beim Netzflicken und Einsalzen der Fische half. Der Gefangene hieß Semjon, und er war ein alter Bekannter von uns, ein großer, magerer, zäher Mann aus Mittelrußland, mütterlicherseits ein Mordwinier. Dieser gutwillige und intelligente Mann konnte lachen und zugleich Spottlieder auf seine finnischen Wächter und Wirtsleute singen, und die verstanden natürlich nichts.

„Das ist aber ein angenehmer Mensch, und er singt prächtig!" sagte Kukkus.

Benno hörte einmal zufällig, wie Semjon ein Spottlied auf den dummen und dicken Bauern Backas sang, und lachte los, und er sprach Semjon auf russisch an. Semjon bekam zuerst einen Schreck und glaubte, Benno werde seine Streiche den Bauern und den anderen verraten, aber statt dessen lud Benno Semjon zu uns nach Hause ein. Zu Hause trug Wera ihm Brot und Sauermilch und Fisch und Blini auf, die sie für schlechte Tage aufgespart hatte.

Danach kam Semjon oft zu uns. Er durfte sich nämlich ziemlich frei im Dorf bewegen, und die Dorfbewohner behandelten ihn fast wie einen Menschen. Er hatte Glück gehabt, daß er in dieses Dorf gekommen war, denn in einigen Gegenden wurden die russischen Kriegsgefangenen sehr schlecht behandelt.

In den Gefangenenlagern verhungerten sogar einige.

Semjon aß bei uns und half Benno und Wera bei den verschiedensten Verrichtungen, trug mich auf der Schulter hierhin und dahin und begleitete den Gesang meiner Schwester mit der Mundharmonika.

„Er ist bei der dicken Witwe von Ollas gut untergekommen. Die hat über hundert Schafe und zwanzig Milchkühe. Da stirbt man nicht vor Hunger. Und manchmal wird ihm auch Schnaps angeboten, ich hab's selbst gesehen", hatte Kukkus-Wilhelm ein wenig neidisch erklärt. „Ab und zu wird er sie wohl auch mal umlegen."

„Wen?" fragte Benno.

„Na, die Witwe, die Bäuerin von Ollas. So redet man im Dorf."

Semjon aß Frühlingssuppe, und Wera fragte, ob es wahr sei, daß es in der Sowjetarmee Frauenabteilungen gäbe. Als Semjon gegessen hatte, dankte er Wera und sagte: „Moi gorod … w stene pjatnadzat baschen." Traurig fuhr er fort: „U menja toshe … dwe sestry …" Er seufzte und fügte hinzu: „I brat."

„Was sagt er? Was erzählt er da?" erkundigte sich Arje.

„Er hat einen Bruder und zwei Schwestern", übersetzte Benno. „In seiner Heimatstadt sind fünfzehn Türme."

„Was für Türme denn?"

„Wohl in der Stadtmauer", meinte Benno.

„Wieviel Türme?" fragte Arje.

„Skolko baschen?" fragte Benno bei Semjon nach.

Semjon zählte einen Augenblick an den Fingern. „Tsche-tyrnadzat baschen", sagte er dann.

„Vierzehn sind's" übersetzte Benno.

„Da hat er wohl vorhin etwas übertrieben", stellte Wera gutmütig fest.

Am selben Abend kehrte Pilka Tartak von seinem Auftrag mit leeren Händen zurück.

„Du scheinst diesmal Pech gehabt zu haben", sagte Arje.

„So, glaubst du?" fragte Pilka verschmitzt.

„Du hast doch kein Petrol mitgebracht?"

„Nein, hab ich nicht, aber es wird schon noch kommen", versicherte Pilka.

„Wann?"

Aber das wollte Pilka nicht sagen. Und er wußte es auch gar nicht. Er mahnte nur alle zur Ruhe und blieb selbst ganz gelassen.

„Hast du irgend etwas Neues gehört?" fragte Arje.

Pilka dachte lange nach und sagte dann: „Ich habe gehört, daß die SS-Truppen nicht einmal in der Lage sind, ein Knabenpensionat im Zaum zu halten. Aber es sollen noch mehr kommen."

„Jetzt müßten wir Petrol haben", sagte Arje sorgenvoll.

„Das kommt schon; hab ich doch gesagt", versicherte Pilka.

„Ist das hundertprozentig sicher?" fragte Arje.

„Nein."

„Aber du hast die Ware im voraus bezahlt?"

„Ich war dazu gezwungen", gab Pilka zu.

Arje seufzte und fragte: „Gibt es wenigstens eine kleine Chance, daß das Petrol kommt?"

„Unter Garantie", sagte Pilka. „Wenn man sich auf das Wort eines Mannes verlassen kann."

„Welchen Mannes?" fragte Benno.

„Eines Mannes eben … eines Menschen im allgemeinen …", wich Pilka aus.

„Pilka, du hast doch nicht etwa wieder Schnaps gekauft?" Wera erschauerte.

„Ich hätte Schnaps gekauft? Wie steht doch geschrieben? –
Schau nicht auf den Wein, wie rot er leuchtet,
wie er funkelt im Glas und leicht durch die Kehle fließt.
Schließlich beißt er wie eine Schlange und sticht wie Gift.
Deine Augen sehen merkwürdige Dinge, dein Herz plaudert wirres Zeug.
Dir ist, als lägst du mitten auf dem Meer,
als säßest du auf einer Mastspitze …
Sie schlugen mich, aber es berührte mich nicht;
sie quälten mich, aber ich spürte nichts.
Wann wohl werde ich erwachen?
Ich will wieder dasselbe suchen.“

„Hört nur, wie er fromm tut“, sagte Wera.

„Die Bibel halte ich in Ehren, aber trotzdem bin ich nicht
fromm. Mein großer Bruder ist … war ein frommer Mensch.
Von ihm habe ich gelernt, was ich von der Bibel weiß. Er las
sie laut, und er las nicht nur hebräisch, wie viele es tun, ohne
davon viel mehr zu verstehen als das Amen. Er las sie in finnischer Sprache vor, so daß auch ich es verstand, und etwas
davon ist mir auch im Gedächtnis geblieben. Mein Bruder
war so fromm und so gelehrt, daß er nach Jerusalem auf die
Rabbinerschule geschickt wurde; man wollte aus ihm einen
großen Rabbiner machen, den größten dieses Landes.“

„In diesem Land hat es gar keine großen Rabbiner gegeben“, sagte Wera. „Den einen und anderen Schlächter, der
die Abendschule besucht hat, oder einen Schuster, der Auto-
didakt war …“ – „Aber mein Bruder wäre ein großer Rabbiner geworden“, behauptete Pilka. „Der HERR wollte es nur
nicht. Mein Bruder Mendel ist kein Rabbiner geworden, kein
großer und kein kleiner.“ – „Warum nicht?“ fragte Arje.

„Er ist vom Wege abgekommen, der Ärmste, irgend etwas
ging schief. Er hat nicht durchgehalten.“

„Was hat er nicht durchgehalten?“ fragte Wera.

„Wenn ihr mich nur ausreden lassen und mich nicht ständig unterbrechen wolltet! – Er hat nicht durchgehalten. Er
begann zu trinken.“

„Was? Ein Rabbinerschüler?" wunderte sich Wera.

„Naja, das kam so", sagte Pilka und erzählte die ganze Geschichte:

„Mendel wurde gleich nach dem ersten Weltkrieg nach Jerusalem geschickt, die Türken waren gerade hinausgeworfen worden, und die Engländer waren Herr im Haus. Mendel kam nach Jerusalem, meldete sich in der Rabbinerschule an und suchte sich ein Zimmer. Man hätte glauben sollen, das sei leicht, denn Mendel war sauber und ordentlich und vertrauenerweckend, daß man ihm meinetwegen die Jungfernstube der Tochter oder noch die Tochter obendrein getrost hätte vermieten können. Aber Mendel hatte es schwer, eine Unterkunft zu finden. Das lag nicht an der Wohnungsnot, sondern daran, daß er die ihm von der Wohnungsverwaltung benannten Wohnungen nicht fand – er fand nämlich nicht die Häuser, in denen die Wohnungen sein sollten, und auch nicht immer die Straßen, in denen die Häuser sein sollten. Er hatte fünf Groschen für fünf Adressen bezahlt; bei allen war angeblich ein Zimmer zu vermieten. Er irrte durch die Stadt und suchte die Straßen, deren Namen kürzlich geändert worden waren, suchte Häuser, die gerade abgerissen worden waren ... Als er glaubte, die Straße ‚Das Volk murrte in der Wüste' gefunden zu haben, mußte er feststellen, daß das jetzt die Straße ‚Niemand kann seinem Schicksal entrinnen!' war, obwohl das nach der Karte die Straße ‚Du sollst nicht deines Nächsten Esel begehren' sein mußte. Na, Mendel schleppte die ganze Zeit seinen schweren Koffer mit sich herum, und bald triefte er vor Schweiß. Im Koffer waren Bibeln und Bibelkommentare, wissenschaftliche Werke und Wörterbücher und was weiß ich für Bücher, und Bücher wiegen eine ganze Menge.

Da stand er also, Mendel, mitten auf der Straße ‚Du sollst dir Quasten machen an den vier Zipfeln deines Mantels, mit dem du dich bedeckst', und wußte nicht, wohin er sich wenden sollte. Um ihn herum spielten schöne und schreiende barfüßige Kinder ein Geldspiel mit Kupfermünzen aus der

Zeit Neros. Ein verwundeter alter marokkanischer Jude, der nach Jerusalem gekommen war, um zu sterben, aber am Leben geblieben war, hob seine Beine hoch, stieg über die Köpfe der Kinder hinweg und pries seine Kringel an. Er rief in polnischem Jiddisch: ‚Kauft Beigelach! Beigelach! Beigelach!' Und auf der anderen Seite der Straße ging ein Araber mit langem Schnurrbart und trug auf dem Kopf ein Tablett mit irgend etwas Süßem und Klebrigem, und er rief: ‚Zum-zum, wuz-wuz, frische, herrliche, billige Brrr!' Und Mendel mußte sich beinahe erbrechen, als er sich vorstellte, daß er diese Leckerbissen in den Mund stecken müßte.

Er nahm all seinen Mut zusammen und stürzte zu einem Zeitungsverkäufer und schrie ihm ins Ohr: ‚Ich brauche ein Zimmer!' Und da, wie durch ein Wunder, ging alles klar; der Zeitungsverkäufer lächelte und sagte: ‚Ich weiß jemanden, der ein Zimmer hat.' Und er führte Mendel zu einem arabischen Schuhmacher. ‚Ihr habt doch ein Zimmer, Effendi', sagte der Zeitungsverkäufer. ‚Ich habe ein Zimmer, Allah sei Dank', sagte der Schuhmacher. ‚Dieser Jude braucht ein Zimmer', sagte der Zeitungsverkäufer. ‚Hat er denn kein Zimmer?' bedauerte ihn der Schuhmacher. ‚Er hat keins. Ihr habt doch ein Zimmer, nicht wahr, Effendi?' – ‚Ja, ich habe ein Zimmer', wiederholte der Schuhmacher zufrieden. Und der Zeitungsverkäufer sagte zu Mendel: ‚Na bitte, da ist einer, der ein Zimmer hat.' Und er ging zufrieden fort, um sein gutes Tagewerk weiterzuführen. Mendel sah den Schuhmacher an und der Schuhmacher Mendel. ‚Mit Allahs Hilfe werdet auch Ihr noch ein Zimmer finden', tröstete ihn der Schuhmacher, aber Mendel verstand kein Arabisch.

Dann verirrte sich Mendel in dem ehemals deutschen Stadtteil. Dort haben trotz des Namens auch einmal Deutsche gewohnt, aber sie zogen mit den Türken fort, als Palästina britisches Mandatsgebiet wurde. Die Deutschen gingen, ließen aber ihre Häuser da, von denen einige an die klobigen mitteleuropäischen Bürgerhäuser mit steilen roten Ziegeldächern und hohen Schornsteinen erinnerten. Zufällig stimmte eine von Mendels Adressen, denn in einem Haus wurde wirklich ein Zimmer zum Vermieten angeboten. Das Haus hatte ein deutscher Schaschlykagent namens Ferdinand Hintze erbaut, aber jetzt wohnte Rubin Rubin darin, der vor kurzem aus dem Moldaugebiet nach Palästina gezogen war, ohne selbst zu wissen, warum.

So schritt Mendel durch den verwilderten Garten am Hühnerstall vorbei, in dem auch Gänse aufwuchsen, und klopfte an Rubins Tür. Rubin Rubin öffnete und sah Mendel mißtrauisch an. Er war im Unterhemd und kratzte sich seinen runden Bauch. ‚Willkommen‘, murmelte er im rumänischen Jiddisch und bat Mendel herein. ‚Wir sind einfache Leute‘, sagte er sicherheitshalber. Rubins Frau lief aufgeregt hin und her.

‚Fin vanet kimmt ir?‘ fragte Rubin.

‚Finlant‘, antwortete Mendel.

‚Fin lant, fin lant. Fin welcher lant?‘

‚Fin… Fin… Finlant.‘

Der arme Mann stottert, dachte Rubin und blinzelte seiner Frau bedeutungsvoll zu, und die Frau blickte fragend ihren Mann an.

Nach kurzer Beratung führte Rubin Rubin unseren Mendel hinter das Haus und zeigte ihm ein kleines gekalktes Häuschen, das fast völlig von den Ranken wilden Weins bedeckt war. Es war viel kleiner als das Bürgerhaus von Rubin-Hintze, es hatte nur ein Zimmer. Die Wände dieses Araberhauses waren fast einen Meter dick, und es hatte eine schöne gewölbte Decke. Zwei kleine Fenster lagen so hoch und so tief in der Wand, daß man nur an sie herankam, wenn man sich auf den Stuhl stellte. Es war eine ziemlich unfreundliche Kammer; das spärliche Mobiliar bestand aus einem Eisenbett, einem Tisch, einem nach Käse riechenden Schrank und einem Stuhl, der auf drei Beinen wackelte, das vierte hatten Termiten aufgefressen. Im Zimmer gab es natürlich kein WC und keinen Waschraum, die befanden sich hinter dem Haus auf dem Hof.

Mendel war etwas enttäuscht, aber Rubin versicherte: ,Dies ist ein gutes Haus, kühl im Sommer und warm im Winter. Wenn Sie die eichene Tür schließen, dann stört Sie keiner. Sie sind wie in einer anderen Welt. Da können Sie die Thora und Gemara, die Mischna und sogar Sanskrit studieren. Wenn die Tür zu ist, hören Sie nichts, und niemand hört Sie.'

Und so mietete sich Mendel in der kleinen Kammer ein.

,Was für ein Mann ist das?' fragte Rubins Frau.

,Er sagt, er trinkt nicht', erzählte Rubin.

,Er trinkt nicht?' wiederholte die Frau und hob sarkastisch ihre Hände gen Himmel. ,Gott ist gnädig! Er trinkt nicht. Ich fahre kein Fahrrad, er trinkt nicht.'

,Er meint wohl, er trinkt keinen Alkohol', erklärte Rubin.

,Was kümmert's mich, was er nicht trinkt!' meinte die Frau. ,Ißt er?'

,Und er raucht auch nicht', teilte Rubin ihr mit.

,Ein frommer Mann. Und Frauen?' fuhr die Gattin fort.

,Liebe Malke, er ist doch ein ordentlicher Mann …'

,Er ist ein Mann. Hättest ihn danach fragen sollen. Kommt hier bald ein Haufen Weiber angestürmt? Sag ihm, er soll seine Finger von unserer Dvora lassen!'

,Na, hör mal, Dvora ist doch erst zwölf Jahre alt.'

,Gerade deswegen', entgegnete die Frau.

Sie machten sich umsonst Sorgen. Mendel war wirklich ein ordentlicher junger Mann von ernster Gesinnung, trank nicht und rauchte nicht, machte sich energisch über die heiligen Texte her, lernte fleißig und machte gute Fortschritte in der Rabbinerschule. Er ging jeden Morgen und jeden Abend in die Synagoge, und natürlich auch am Sabbat. Er hielt seinen schwarzen Anzug sauber und sein Hemd weiß. Nach Meinung der Rubins war er ein außerordentlich langweiliger junger Dachs, aber sie waren mit ihm zufrieden.

Am Geburtstag der Tochter Dvora schenkte Mendel ihr eine kleine Bibel mit silbernem Deckel. Rubin überlegte lange, was er als Gegengabe schenken könne, dann fand er in seinen Verstecken eine Flasche ungarischen Pflaumenschnaps, den jemand ihm zu Chanukka geschenkt hatte.

‚Danke, aber ich trinke nicht', sagte Mendel wieder.

‚Macht nichts', sagte Rubin. ‚Bieten Sie ihn Ihren Gästen an.'

Und Mendel dankte höflich und verstaute die Flasche in der äußersten Ecke des Schrankes.

Am folgenden Wochenende fuhr Rubins Familie zur Mutter seiner Frau nach Petah Tiqwa. Rubin Rubin kam in Mendels Zimmer und gab ihm Anweisungen für das Füttern der Hühner und Gänse; denn irgend jemand mußte sie ja füttern, solange sie weg waren. Mendel wünschte gute Reise und ließ der alten Frau Grüße bestellen. Rubin ging auf den Hof zu seiner wartenden Familie, machte hinter sich die schwere Eichentür sorgfältig zu und schloß sie in Gedanken von außen ab. Dann ging die Familie frohgemut zum Bahnhof und stieg in den Zwölf-Uhr-Zug.

Mendel war guter Laune, als die Familie fort war, denn das bedeutete vollkommenen Arbeitsfrieden. Er vertiefte sich wieder in die Kommentare des Talmud und studierte eine Stelle, an der untersucht wurde, was eigentlich mit dem Satz gemeint sei: ‚Wenn unter euch einer ist, der nicht rein ist infolgedessen, was ihm in der Nacht geschehen ist, so soll er außerhalb des Lagers gehen; er komme nicht ins Lager.' Und Mendel las die Erläuterungen und Mutmaßungen der Gelehrten darüber, was einem Menschen nachts im Lager geschehen könne, bis ihm heiß wurde und er die Tür öffnen wollte. Zu seiner Verwunderung bekam er sie nicht auf. Sie war verschlossen. Er suchte den Schlüssel, entsann sich dann aber, daß der draußen geblieben war. Nachdem er einen Augenblick nachgedacht hatte, setzte er sich wieder und las weiter. Dann ging er zur Tür und rüttelte an ihr. Es half nichts. Die Tür rückte und rührte sich nicht. Niemand hörte etwas. Die Rubins stritten sich gerade in ihrem Zugabteil.

Mendel aß ein Stück Knäckebrot und betete. Nach vier Stunden schaute er sich im Zimmer um, als suche er etwas.

Er hatte kein einziges Gefäß, nicht einmal einen Becher. Er versuchte, auf das schmale Fensterbrett zu gelangen, es mißlang ihm aber. Er sah sich die Ecken des Zimmers an. Fußbodenerhöhungen gab es nicht, auch keine Rillen im Fußboden, der war aus Stein. Er sah seine Sandalen an und grämte sich, daß er keine Gummischuhe gekauft hatte; er sah seine Aktentasche an und ging zwischendurch zur Tür, um an ihr zu rütteln.

Da erinnerte er sich, daß er doch ein Gefäß im Zimmer hatte: die Pflaumenschnapsflasche. Mendel holte die Flasche aus dem Schrank. Die würde reichen. Aber sie war voll. Mendel sah sich wieder um und suchte nach einem Gefäß, in das er den Schnaps gießen könnte. Es war kein Gefäß da. Nachdem er eine Weile die Bibel studiert hatte, kam ihm der Gedanke, daß er den Schnaps vorher austrinken könnte. Mendel öffnete die Flasche und roch befremdet an dem Pflaumenschnaps. Vorsichtig seine Nase zuhaltend, nahm er den ersten Schluck. Er hustete und wurde rot. Es half nicht. Er schloß die Augen und nahm einen zweiten Schluck ...

Die Nachbarn fanden Mendel in einer Ecke des Zimmers, wo er vollkommen betrunken lag und den Maftir der Woche rezitierte.

,Das ist dir ein Rabbinerschüler!' sagten sie zu den Rubins. ,Läßt sich vollaufen, und damit nicht genug: spielt dann noch schmutzige Spiele ... Eine leere Flasche mitten auf dem Fußboden, eine Urinpfütze drum herum. Da kann man sich ja denken ...'

,Und tat so, als wäre er ein ordentlicher und frommer Mann. Da sieht man's wieder', sagten die Rubins. Und einen solchen Mieter wollten sie nicht behalten. Mendel fand ein neues Zimmer, aber seitdem war er aus den Gleisen, und was das schlimmste war: er blieb nicht mehr auf dem geraden Weg.

Er hatte Feuer gefangen", erklärte Pilka. „Er hatte sich leidenschaftlich mit dem Geschmack des Pflaumenschnapses angefreundet. Er wollte immer häufiger davon haben, erst probierte er heimlich, dann aber begann er regelrecht zu trinken, und schließlich wurde er von der Schule geworfen. Aber was machte er sich schon daraus! Er sank immer tiefer, denn in Palästina ist der Pflaumenschnaps billig. Tja, aus ihm wurde kein Rabbiner, kein Kantor, nicht einmal ein Synagogenküster", seufzte Pilka. „Als Trinker ist er gestorben, mein kleiner Bruder Mendel."

„Es kann einem leid tun, wenn ein junger, vielversprechender Mensch zerbricht und zugrunde geht", sagte Wera gerührt.

„Als Trinker starb er erst voriges Jahr", stellte Pilka richtig. „Er kam irgendwie wieder auf die Beine und machte alle möglichen Geschäfte und gründete schließlich ein Reisebüro. Aber ein Trinker war er und ein bemitleidenswertes Wesen. Er trank wenigstens eine Flasche Pflaumenschnaps am Tag."

Als sie am Abend Tee getrunken hatten, klopfte es an die Tür, und zwei deutsche Soldaten traten ein, ein Unteroffizier und ein Unterfeldwebel. Sie grüßten höflich, nahmen die Mütze ab und sagten: „Grüß Gott!"

„Herr Gott!" flüsterte Wera. Benno wurde bleich, und Arje war so baff, daß er sich nicht rühren konnte.

„Wir suchen einen Pilken", sagte der Unteroffizier, „einen sommersprossigen Mann."

„Einen Herrn Pilka Tatar oder so ähnlich", korrigierte der Unterfeldwebel.

Arje streckte die Hand nach seinem Tornister aus.

„Was wollen sie? Wen suchen sie?" fragte Wera entsetzt.

„Mich wohl", sagte Pilka ruhig.

„Ach, da sind Sie ja. Gut", sagte der Unterfeldwebel lächelnd und winkte Pilka, ihm zu folgen. „Verzeihen Sie", sagte er und schaute sich um.

Arje fuhr mit der Hand in den Tornister und holte seine Nagan hervor. „Hier wird nirgendwohin gegangen", sagte er mit zittriger Stimme und richtete die Pistole auf die Deutschen, die blaß wurden und sich dicht aneinander drängten.

„Wohin soll es denn eigentlich gehen?" fragte Vater und lief rot an.

„Leg die Flinte weg, Mensch!" Pilka war entsetzt. „Die suchen doch mich."

„Das tu ich nicht", sagte Vater und fuchtelte mit der Nagan herum. „Nur über meine Leiche …"

„Was ist los?" krächzte der Unteroffizier.

„Was schreist du so?" Pilka wurde böse. „Du wolltest doch Petrol haben. Die bringen dir Petrol."

„Ah, Petrol?"

„Ja, ja, Petroleum", sagten die Deutschen eifrig. „Wir haben für diesen Herrn Petroleum gebracht." Und sie zeigten auf Pilka.

Arjes Nagan senkte sich, und er sah verdutzt Pilka an.

„Du hast Petrol von den Deutschen gekauft?"

„Von wem denn sonst?" wunderte sich Pilka.

Aber wir fuhren trotzdem nicht mit dem Boot nach Schweden.

3

Kornett Haken

Als Großvater Bennos rechter Zeigefinger verwundet worden war, vernarbte der und versteifte sich zu einem Haken. Wenn er seine rechte Hand hochhob, wie es seine Art war, wenn er Bekannte auf der Straße traf, dann bildeten der Zeigefinger und der Daumen einen Kreis, der zu sagen schien: ‚Alles geht gut, Verlauf nach Plan, keine Störungen.‘ Ich sah einmal in einem amerikanischen Kriegsfilm, wie ein Yankee-Sergeant seiner Gruppe mit dem gleichen Handzeichen den Befehl zur Attacke gab: „Linke Gruppe zur Attacke, rechte gibt Feuer. Marsch, marsch! Laßt die Schlitzaugen Blut pissen!"

Wenn Großvater auf den Straßen von Helsinki Entgegenkommende grüßte, kamen alle, die Großvater nicht kannten, aus dem Konzept. Auf der Straße entstand leichte Unruhe, Menschen rannten hin und her, einige blieben wie angewurzelt stehen und überlegten: ‚Was geht gut? – Wie kann er das wissen? – Was ist denn los, zum Teufel?‘

Großvater wußte gar nichts. Ihn verdutzte es, wenn ihn Menschen, die er nicht kannte und die er nie gesehen hatte, respektvoll ansprachen, als ob sie erst vorfühlen wollten, obwohl er ein außergewöhnlich kleiner und liebenswürdiger Mensch war.

Ich erinnere mich lebhaft an Großvaters Hakenfinger, weil ich als kleiner Junge immer danach griff, wenn Großvater mich ausführte. 1945 zog er mich an seinem Finger auf dem Boulevard an der Nationaloper und den Ruinen der sowjetischen Botschaft vorbei, die Zigarre im Mundwinkel und in der linken Hand den braunen Spazierstock, der den silbernen Knauf hatte, wobei er über die Treffsicherheit der russischen Bomber vor sich hin lächelte.

An der Erottaja stiegen wir in eine Straßenbahn, die nach Norden fuhr. Die Bahn war damals altertümlich mit offenem

Vorder- und Hinterperron und mit längsseits angeordneten Holzbänken.

Wenn die Fahrgäste es müde waren, die Decke anzustarren, sahen sie fünf Zentimeter rechts oder links an den Augen der Gegenübersitzenden vorbei. Das nennt man in Helsinki feinfühlig. Auf dem hinteren Perron stand ein korpulenter Herr, dessen Haar im Wind flatterte. Er nickte Benno freundlich zu und warf mir einen Blick zu. Das war nicht der Fleischwarenhändler Weissberger, denn Weissberger stotterte, wenn er von irgend etwas bewegt war; dieser Mann auf dem Hinterperron dagegen sagte nichts. Benno nickte dem Nicht-Weissberger zu, der zurücknickte und mir einen Blick zuwarf, aber auch jetzt noch nichts sagte. Ich hing immer noch an Bennos Finger.

Die Schaffnerin kam, und Benno bezahlte, dann folgten wir der Schaffnerin ins Innere des Wagens. Sie wand sich wie eine Schlange. „Hier darf nicht geraucht werden. Können Sie nicht lesen?"

„Was soll die Frage, ob ich lesen kann?" wunderte sich Benno.

„Was steht da, wie? Wollen Sie mal einen Blick drauf werfen?" schnauzte die Schaffnerin.

Benno sah auf das Verbotsschild.

„Diese Sprache kann ich nicht lesen. Ein Wunder, daß das überhaupt jemand kann. Der Junge hier kann's. Aber dafür raucht er auch nicht."

„Dann muß er den halben Preis bezahlen. Sicher ist er schon über vier ..."

„Ich sagte, daß er *nicht* raucht", erklärte Benno.

„Aber Sie sagten, daß er lesen kann", widersprach die Schaffnerin, „und kein dreijähriger ..."

„Ich habe schon mit drei Jahren Zigarren geraucht. In Polozk, in Weißrußland ..."

„Was hat das hiermit zu tun?" Die Schaffnerin wurde leicht grantig. „Bezahlen Sie nun für den Jungen und gehen Sie nicht um die Sache herum!"

„Fällt mir gar nicht ein", antwortete Benno entschieden. „Er ist dreieinhalb Jahre alt. Außerdem haben Sie nicht gesagt, was auf dem Schild steht."

„Hier darf nicht geraucht werden, steht dort. Werfen Sie die Zigarre weg!"

„Eine brennende Zigarre darf man doch nicht aus dem fahrenden Wagen werfen. Was denken Sie sich eigentlich, liebe Frau?" sagte Benno ganz entsetzt.

„Dann machen Sie sie aus und stecken sie weg. Machen Sie damit, was Sie wollen."

„Eine Zigarre macht man nicht mittendrin aus, sie verliert an Geschmack, das weiß doch jedes Kind", behauptete sich Benno. „Nicht wahr?"

„Eine Zigarre wird immer von Anfang bis zu Ende geraucht", murmelte ich.

„Bezahlen Sie auf der Stelle für den Jungen oder steigen Sie aus!" rief die Schaffnerin wütend und klapperte drohend mit ihrer Knipszange.

„Wir steigen nächste sowieso aus", sagte Benno freundlich. Ich machte mich von Großvaters Finger los, und er führte seine Hand an den Hut. Dann nahm er mich auf den Arm und stieg aus. Dabei warf er der Negation Weissbergers einen Blick zu, und diese nickte deutlich zurück.

„Daß er sich nicht schämt, so ein alter Mann!" rief uns die Schaffnerin hinterher.

Wir waren auf der Straße. Der Krieg war verloren. Ein Chor der siegreichen Armee sang dem finnischen Volk in der Messehalle Frieden und Verständigung. Solisten waren die berühmten Sänger Winogradow und Alexandrow und ein gewisser kleiner Kirilow, der später der Bräutigam meiner älteren Schwester Hanna wurde. Geheiratet haben sie nicht. Großvater führte mich in die Messehalle. Er hatte mich gern und wollte mich rechtzeitig an die politischen Realitäten gewöhnen.

In der Messehalle hatte sich der Chor der Sowjetarmee in drei Reihen mitten auf der Bühne zu einem Halbkreis formiert. Die erste Reihe stand unmittelbar auf den Bühnenbrettern, die zweite auf Hockern, die dritte auf Stühlen. Beim Stalinny-Walzer wurde geschunkelt, jede Reihe in Gegenrichtung zu der vor ihr stehenden. Das war sehr eindrucksvoll, aber ich bekam Angst.

„Jetzt fallen sie vom Stuhl, Opa", flüsterte ich und faßte nach Großvaters Finger.

„Die Sowjetarmee fällt nie vom Stuhl, mein Freund", beruhigte mich Benno, dann aber wurde ihm selbst etwas bang zumute, denn das Schaukeln nahm mit dem Tempo des Walzers zu; die Stühle ächzten unter den schweren Zweiten Bässen, und die Lage schien bedrohlich. Beim letzten Takt wäre der kleine mordwinische Tenor, der ganz außen rechts stand, auf die Nase gefallen, hätte ihn nicht jemand an den Schulterstücken hochgerissen.

Das Publikum atmete vor Erleichterung auf und klatschte brausenden Beifall. Die freundschaftlichen Beziehungen zum Nachbarn schienen auf sicherem Boden zu stehen.

Auf gleichem sicherem Grund machte der Chor weiter und sang die finnische Nationalhymne „Unser Land" und den Björneborger Marsch, während dessen der Präsident der Republik, seine Gattin und sein Adjutant durch die Haupttür einmarschierten. Alle erhoben sich von ihren Plätzen und klatschten begeistert. Danach setzten sich alle wieder. Der Leiter des Chors zischte seinen Sängern kurz etwas zu, dann sang der Chor den Björneborger Marsch noch einmal. Etwas gequält zog der Präsident der Republik mit seiner Begleitung wiederum in den Saal, diesmal durch eine andere Tür.

Weil es sich der Chor in den Kopf gesetzt hatte, das finnische Publikum ein für allemal zu erobern, sang er auch zwei russische Lieder, „Schwarze Augen" und „Kalinka".

„Scheißlied", sagte ich zu Benno, als der Chor egalweg sang: „Kakalin … Kakalin … Kakalin …"

„Wieso?" fragte Benno, der das Lied offenbar genoß.

Ich wollte es schon erklären, aber da erhob der Solist Winogradow seine berühmte langgezogene Stimme, und dabei unternahm er einen neuen Längenrekord der Armee, aber daraus wurde nichts, denn schon nach einer Minute wurden die Gesichter der Leute rot, sie lockerten die Krawatten und öffneten die Kragenknöpfe und schnappten nach Luft, und drei alten volksdemokratischen Frauen wurde schwindlig.

Winogradow hörte rückartig zu singen auf, und der Chor sprang hilfreich ein: „Luli luli luli …"

Nach dem Konzert schlüpfte Großvater mit mir hinter die Bühne. Er rannte geschäftig hierhin und dahin, blies in die Tuba und unterhielt sich freundschaftlich mit den Russen. Ob die Isaakkathedrale noch auf ihrem Platz stehe, was ein sowjetischer Untersergeant so verdiene, wodurch sich ein sowjetischer Kornett vom zaristischen unterscheide. Ob die New … Benno prallte gegen einen sowjetischen Hauptmann, und als ehemaliger zaristischer Kornett führte er instinktiv die Hand an die Mütze. Der Hauptmann erstarrte, sah Benno prüfend in die Augen, grüßte, sah fragend auf Bennos rechte Hand. Da erhellten sich seine Gesichtszüge, und er machte mit der Hand dieselbe Geste eines Kreises wie Benno, klopfte ihm auf den Rücken, hob seinen Finger und befahl Benno zu warten. Dann verschwand er im Gewühl.

Nach einer Weile stand er wieder vor uns, nahm mich auf seine kräftigen Arme und bedeutete Benno, ihm zu folgen. Wir folgten ihm bis auf das Messegelände. Dort blieb er stehen, setzte mich ab, sah sich schnell um und zauberte geschickt zwei Wodkaflaschen aus seiner Tasche. Die reichte er Großvater und flüsterte auf russisch: „Da. Die Sache ist klar. Tante Plischka läßt grüßen. Die Zwillinge sind in Gorki. Leben Sie wohl! Mir i drushba!" Er küßte Großvater Benno auf die Wangen, kitzelte mich mit seinem Schnurrbart und verschwand.

Zerstreut sah Großvater die Flaschen an. Er war so verlegen, daß er lange kein Wort sagte. Tröpfchenweise begriff er etwas. Ich wurde ungeduldig und zupfte ihn am Ärmel. Er zuckte zusammen. „Was denn, ich habe doch gar keine Tante in Gorki, woanders auch nicht. Ich kenne keine Zwillinge."

„Gehen wir nach Hause", sagte ich und faßte an seinen Hakenfinger.

„Warte", sagte er und machte sich von mir los. Er sah einen Augenblick nachdenklich drein. Dann verzog sich sein Gesicht zu einem Grinsen.

„Junge, weißt du, was dieser Finger bedeutet?" fragte er verschmitzt.

„Ist doch klar, der ist prima zum Dranhängen", antwortete ich.

Benno nickte. „So kann man's auch sagen. Andererseits ist es augenscheinlich, daß du an einem Finger hängst, der uns Wodka und Respekt einbringt." Er steckte die Flaschen in die Tasche, ich griff nach seinem Finger, und wir tippelten nach Hause.

Zu Hause tadelte meine Mutter ihn, weil er nicht daran gedacht hatte, mir einen Schal umzubinden.

Ein Familienereignis

Der rechte Zeigefinger meines Großvaters Benno hatte den Russisch-Japanischen Krieg überstanden, an dem er nicht hatte teilnehmen müssen; der Finger war aus den Prüfungen des ersten Weltkrieges heil hervorgegangen, obwohl Benno daran teilgenommen hatte und an anderer Stelle verwundet worden war; aber während des zweiten Weltkrieges wurde der Finger krumm und steif, zwar nicht an der Front, denn für den Kriegsdienst war Benno zu alt, sondern unter ganz anderen Umständen.

Mein kleiner Bruder Andrei war damals acht Tage alt und wog fast fünf Kilo. Die finnische Armee hatte die Ostgrenze überschritten und stolperte auf den in der Ferne dämmernden Ural zu. Alle wunderten sich, warum die Russisch-Karelier gar nicht so sehr freundlich waren. Im eroberten Petroskoi wurde die Tanner-Stiftung gegründet. Die friedliebenden Menschen schmachteten in Gefängnissen.

In Großvaters Haus hatten sich Verwandte und Bekannte versammelt.

Mein Vater, der Leutnant war, hatte wegen der Geburt meines Bruders Andrei Urlaub bekommen. Dafür war er Andrei dankbar.

„Mein Sohn, dein Name sei Andrei, du bist also geboren", sagte Vater und kitzelte Andrei mit dem Finger am Bauch. „Wäre es nicht besser gewesen zu warten, bis der Krieg beendet ist? Bis zum Frieden sind es noch drei Jahre."

Alle wunderten sich, wie sehr Andrei seinem Vater ähnelte. Die Frauen redeten allerlei dummes Zeug zu ihm und schnalzten. Großvater Benno brummelte zufrieden. Dann brachte Mutter Andrei in ein anderes Zimmer. Er wurde ausgezogen, seine rundlichen kleinen Beine wurden zusammengebunden, und er wurde mit dem Rücken auf ein großes Kissen gelegt. Er sollte beschnitten werden.

Eine meiner Tanten war Krankenschwester. Sie machte um Andrei großen Aufwand und sterilisierte Messer, Schere und Nadeln. Benno begann es zu schaudern. Er nahm die Tante zur Seite und flüsterte: „Warum in der Welt dies alles mitten im flammenden Krieg? Reicht es denn nicht, daß Menschen an der Front und bei Bombenangriffen zerstückelt und zerfetzt werden?"

„Nein", zischte die stolze Tante. „So ist es immer gemacht worden, ob Krieg war oder nicht. Mit acht Tagen wird ein Junge beschnitten, wenn er nicht krank oder sonst schwächlich ist. Aber der da ist doch drall und gesund wie ein Kosakenbankert. Außerdem empfindet er mit acht Tagen kaum Schmerz. Wenn er schreit, dann kommt es daher, daß er Angst hat."

„Du hast leicht reden", flüsterte Benno heiser. „Bei dir hat man nichts beschneiden können. Woher willst du wissen, ob das weh tut?"

„Na, weißt du's denn? Hat's bei dir weh getan?" fragte die Tante spöttisch.

„Ich kann mich nicht erinnern", gab Benno zu.

„Geh aus dem Weg und komm erst, wenn du gerufen wirst", befahl die Tante und nahm mit Hilfe von Pinzetten das Skalpell aus dem heißen Wasser. Benno blickte das Skalpell an, und ihm drängten sich die Erinnerungen an eine gewisse Schlacht an der Witebsker Front im ersten Weltkrieg auf.

Tantes Haar war zu einem Knoten gebunden, und über dem Knoten wippte die weiße gestärkte Haube einer Oberschwester.

Der Vater von Andrei und mir saß in der Küche und trank aus einem kleinen Becher Schnaps und dazu Kaffee aus einer Tasse, immer abwechselnd, ein Schlückchen Kaffee, Schnaps, Kaffee ... dann wieder einen Schluck Kaffee, einen Becher voll Schnaps, Kaffee ... Er verteidigte die Beschneidung damit, daß sie die Hygiene fördere und ihm den Urlaub eingebracht habe. Aber er selbst wollte am Ritual nicht teilnehmen. „Sollen sie ihre Zeremonie ohne mich vollziehen. Sollen sie auch für mich beten. Sollen sie ihre Sprüche lesen. Ich mache mir nichts daraus."

„Er wagt nicht zuzuschauen, wie sein Sohn beschnitten wird. Hat Angst, er wird's nicht aushalten", erklärte Vaters dickhäutiger Bruder Jack seiner Schwester Chava.

Chava nickte. „Dem Leutnant ist das Herz in die Hose gerutscht", sagte sie schadenfroh.

In der Gemeinde nahm die Funktion des Kantors und des Beschneiders ein Mann namens Telefojanski wahr. Er hatte einen langen glänzenden schwarzen Bart und einen weichen Bariton. Nach dem Krieg verschwand er eilends in die Vereinigten Staaten und ließ vier silberne und einen goldenen Kerzenständer aus der Synagoge mitgehen. Er fürchtete, die Russen würden kommen und sie fortschaffen, und er wollte ihnen zuvorkommen.

Benno nahm ihn auf die Seite und flüsterte: „Ob Abrahams, Isaaks und Jakobs Gott wohl zürnen würde, wenn diese Handlung auf einen geeigneteren Zeitpunkt verschoben würde?"

„Wieso? Warum sollte es nicht jetzt gehen? Ist der Junge krank?"

„Der Sohn nicht, aber die Zeit. Ich finde, wir sollten warten, bis sich die Zeiten beruhigt haben. Warten wir bis zum Frieden."

„Es besteht keinerlei Grund, eine so wichtige Angelegenheit bis in ungewisse Zukunft zu verschieben. Frieden!? Kommt denn Frieden? Wann?"

„Nach Krieg kommt immer Frieden, Herr Kantor."

„Aber wir wissen nicht, wann, und ob wir dann noch leben und in welchen Verhältnissen wir dann leben. Es könnte geschehen, daß diesem kleinen Jungen, Gott schütze ihn, etwas zustößt und er unbeschnitten bleibt."

„Nonsens, lieber Kantor. Ist es für Gott denn so wichtig, daß diesem Jungen ein Stück von seinem Schniepel abgeschnitten wird? Er ist sowieso nicht allzu groß."

„Wichtig ist nicht die Größe, sondern der gute Wille", erklärte Telefojanski. „Sie müßten doch verstehen, warum das wichtig ist. Das ist doch eine Handlung, durch die der Bund zwischen Gott und den Männern seines Volks geschlossen wird. Gott sprach zu Abraham und sagte: …"

„Was wird denn bei Gott beschnitten?" platzte Benno heraus. „Das hier sieht sehr einseitig aus, dieses Bündnis."

„Guter Mann, Sie sind nur aufgeregt wegen des Jungen", sagte Telefojanski beruhigend und klopfte Benno auf die Schulter. „Dazu besteht gar kein Grund. Ich habe in Vilnius die Mohel-Kurse von Doktor Blaustein besucht und habe danach mindestens tausend Beschneidungen ohne irgendwelche Fehlschläge ausgeführt. Sie können ganz beruhigt sein. Und bedenken Sie, wie leicht der Junge mit der Beschneidung davonkommt. Anders war es bei Moses. Moses' Vorhaut wurde von seiner eigenen Frau mit einem scharfen Stein beschnitten … Er war damals achtzig Jahre alt, der Moses."

„In einem so alten Stengel kann nicht mehr viel Gefühl gewesen sein", sagte Benno.

„Die Tuareg beschneiden ihre Knaben mit dreizehn Jahren", erinnerte ihn Telefojanski. „An den australischen Ureinwohnern wird dieses Ritual im Alter von neun Jahren vorgenommen, außerdem werden sie schlimm und sehr schmerzhaft tätowiert. Daran haben Sie wohl nicht gedacht."

„Nee, wirklich nicht", sagte Benno. „Dann walten Sie Ihres Amtes, ich aber weiche nicht von hier."

„Im Gegenteil, Sie werden das Kind während der Handlung auf dem Schoß halten", sagte Telefojanski lächelnd mit seinem weichen Bariton. „Sie haben doch nichts dagegen?"

„Nein? Und wenn doch? Werde ich denn gefragt?" Und Benno breitete schicksalsergeben seine Arme aus.

Benno resignierte also; er fand sich drein, Andrei während der Handlung zu halten. Die Vorbereitungen gingen weiter. Als alles zur Beschneidung fertig war, verzogen sich die Frauen ins Nebenzimmer, und die Männer setzten sich kleine schwarze Kalotten auf, warfen sich die Gebetmäntel über die Schultern und nahmen die schwarzen Gebetbücher in die Hand, außer Kantor Telefojanski, der nach dem Messer und den Pinzetten griff. Mein Vater Arje trank in der Küche und hatte schlechte Laune. Der Ritus konnte beginnen.

Die Männer lasen etliche Gebete und schaukelten dabei hin und her. Jemand las ein falsches Gebet, die anderen beeilten sich, seinen Irrtum zu korrigieren. Einer konnte überhaupt nicht lesen, das wußte niemand. Erfolgreich hatte er sich dreißig Jahre lang durch die Gottesdienste und Zeremonien geschmuggelt, indem er nur die Lippen bewegt, undeutlich gemurmelt, stärker als die anderen hin- und zurückgeschaukelt und an den richtigen Stellen Amen und Boruchu gerufen hatte. So war er mit den Gebeten einige Sekunden vor den anderen fertig, und dann pflegte er arrogant um sich zu blicken. So hielt man ihn für einen frommen, wenn auch etwas einfachen Menschen. Es war ein Geschäftsmann namens Schablon, und er wurde regelmäßig in den Gemeindevorstand gewählt. Er war verliebt in meine Mutter, die ihn verabscheute. Vater trank in der Küche Schnaps.

Als die Gebete gelesen waren, kam die Reihe an Andrei. Der Pate Nummer eins hob Andrei mit dem Kissen auf, sprach irgendein neues Gebet, machte ein paar Schritte und übergab ihn dem Paten Nummer zwei, der wiederum ein Gebet hersagte und Andrei samt Kissen eilig Benno übergab, der steif auf dem Stuhl saß. Ich bin nicht sicher, ob das Ritual gerade so vor sich ging, denn obwohl ich dabei war, war ich immerhin erst drei Jahre alt und konnte die Handlung nicht sehr genau verfolgen. In diesem Stadium schubste mich einer meiner Onkel, Onkel Jack mit dem dicken Fell, zu den Frauen in das andere Zimmer, obwohl ich gern gesehen hätte, was sie mit meinem kleinen Bruder machten. Was dann geschah, darüber hat man mir erzählt. Andrei weinte auf seinem Kissen. Großvater Benno hielt ihn auf dem Schoß, sein Gesicht war gerötet, und er schwitzte.

Die Atmosphäre verdichtete sich.

Im anderen Zimmer schwatzten die Frauen nervös über Alltägliches und trösteten und beruhigten meine Mutter, die ganz ruhig und von der ganzen Chose eher erheitert war. Die Frauen versicherten ihr, wie nützlich eine Beschneidung sei, und erzählten Geschichten von der Beschneidung ihrer eigenen Jungen, wie einem Vater mit schwachen Nerven oder einem Verwandten während der Beschneidung schwindlig geworden war, und Tante Chava erzählte einen Witz von dem Beschneider, dem Mohel in Polen. Der Mohel hatte die erforderlichen Kurse absolviert und zog in eine kleine polnische Stadt, in der über die Hälfte der Einwohner Juden waren. (Dies geschah vor dem Krieg.) Der Mohel eröffnete eine Praxis, Kunden aber stellten sich nicht ein. Der Mohel entschloß sich zur Reklame. An der Hauswand seiner Praxis ließ er ein großes Schild anbringen, auf dem eine Brille zu sehen war. Auf der Stelle kam ein Kunde zu ihm, der eine neue Brille wünschte. Der Mohel erklärte, er sei kein Optiker, sondern ein Beschneider. Der Kunde war natürlich höchst verwundert und fragte, warum denn auf dem Schild eine Brille sei. Der Mohel: „Was hätte ich denn Ihrer Meinung darauf malen sollen?"

In der Küche bekam mein Vater langsam einen Schwips.

Als der Kantor und Mohel Telefojanski seinen Lex gelesen hatte und sich mit dem Messer in der Hand Andrei näherte, begannen die Alarmsirenen zu heulen. Telefojanski fluchte gräßlich, und Benno freute sich, denn der Luftangriff bedeutete Unterbrechung der Handlung. Er rannte mit Andrei im Arm zu den Frauen ins Nebenzimmer und befahl ihnen, den Jungen anzuziehen. Aber Telefojanski rannte hinter ihm her, und seine warme Baritonstimme wurde scharf und böse; er berief sich auf die heilige Schrift und forderte, daß die Handlung fortgesetzt werde. Sie dürfe nicht unterbrochen werden außer in einigen, ganz genau aufgezählten Fällen, und in der Thora und in dem Talmud stehe kein Wort von Bombardierungen.

Meine Mutter lachte hysterisch, wickelte Andrei in eine Decke, nahm mich bei der Hand und brachte uns in den Luftschutzraum, der sich im Keller des Hauses befand. Auch die Frauen sammelten ihre Perlen zusammen und verzogen sich jammernd in den Luftschutzkeller. Die Männer, mit den Kalotten auf dem Kopf und den Gebetsmänteln über den Schultern, folgten ihnen. Onkel Jack versuchte, Vater mit in den Keller zu bekommen, aber der war sternhagelvoll und wollte sich um nichts in der Welt aus der Küche schaffen lassen, wo er schon die zweite Flasche fast leer gepichelt hatte. Er goß Kaffee auf den Tisch, bedachte Jack mit unflätigen Namen und befahl ihm, zur Hölle zu gehen. Jack ließ ihn in der Küche, denn er dachte, wenn das Haus einen Volltreffer erhielte, dann würde auch im Keller kaum jemand am Leben bleiben. Die Sirenen heulten, und bald hörte man das Gedröhn der sich von fern nähernden Bomber. Die Luft wurde dick wie vor einem Gewitter. Telefojanski erwischte die Krankenschwester-Tante an der Tür und befahl ihr, die Instrumente zu holen und sie in den Keller zu bringen. Dann schlüpfte er selbst in den Luftschutzraum, sein Bart zitterte, und sein Gebetsmantel wehte wie bei einem Todesengel. Die Tante, die gewohnt war, den Chirurgen zu gehorchen wie ein Soldat seinem Vorgesetzten, kehrte ins Zimmer zurück und sammelte sorgfältig die Instrumente zusammen, ängstlich bemüht, keines zu beschmutzen. Sie blickte sich ein paarmal um und eilte dann in den Luftschutzraum. Mein Vater in der Küche hatte Schwierigkeiten, sich aus der Flasche ins Glas einzugießen, und deswegen setzte er fluchend die Flasche an den Mund. Die Sirenen heulten noch eine Weile und schwiegen dann grauenerregend, das Dröhnen der Bomber wurde stärker, und gleichzeitig begann die Luftabwehr an den verschiedenen Stellen der Stadt zu schießen.

Im Luftschutzraum sahen die finnischen Hausbewohner verwundert auf unsere Gesellschaft, die sich in einer Ecke gruppierte. Die Nachbarsfrauen kamen und beguckten den kleinen Andrei, der sich beruhigt hatte und sie mit seinen müden Augen ansah, aber Kantor Telefojanskis lange biblische Gestalt verscheuchte sie; sie fürchteten sich vor ihm. Der Kantor fing sofort an, alles zu ordnen und Anweisungen zu geben. Er forderte die Frauen auf, sich anderswo hinzusetzen, und ließ die Männer einen Kreis bilden. Dann näherte er sich drohend meiner Mutter, die Andrei in den Armen hielt. Als am anderen Ende der Stadt die ersten Bomben fielen, griff Telefojanski nach Andrei und versuchte, ihn der Mutter aus den Armen zu reißen, wobei er versicherte, die Handlung müsse fortgesetzt werden. Mutter sagte, das sei eine lachhafte Forderung. Als meine Tante, die Krankenschwester, in den Luftschutzkeller kam, sachlich wie immer ihren Instrumentenkoffer öffnete und die Operationsinstrumente neben Benno auf ein sterilisiertes Tuch legte, war Mutter so überrascht, daß sie sich von Telefojanski den Säugling aus den Armen nehmen ließ. Der brachte ihn zu Benno. Die Krankenschwester, meine Tante, nahm ohne lange Erklärungen dem kleinen Torsten von unserem Nachbarn das Kissen unter dem Kopf weg; Torstens Mutter wagte nicht, sich zu widersetzen. Dann schlug die Tante um das Kissen ein zweites steriles Tuch und legte Andrei darauf.

Irgendwoher zauberte sie Gummihandschuhe an Telefojanskis Hände. Das Dröhnen der Bomber hatte sich in ein aufreizendes Heulen verwandelt, die Bomben explodierten in der Nähe, und das Haus erbebte schon stärker. Vater hatte die zweite Flasche ausgetrunken, torkelte aus der Küche in die Zimmer und bemerkte, daß sie leer waren. Er geriet in Sorge wegen seiner Kinder und seiner Frau und stieg mit unsicherem Schritt in den Keller hinab.

Im Luftschutzkeller sahen die Finnen mit großen Augen dem Treiben der Juden zu und vergaßen die Flugzeuge und die fallenden Bomben. Telefojanski schrie den Männern durch den Lärm der Flugzeuge zu, welches Gebet sie lesen sollten, und die Männer begannen zaghaft hin- und herzuschaukeln und Gebete zu murmeln, wobei sie ab und zu einen furchtsamen Blick zur Kellerdecke warfen. Telefojanski wählte das schärfste Skalpell und rief Benno zu, er solle Andreis Beine still halten. Benno faßte mit einer Hand Andreis Schenkel und streichelte mit der anderen den Kopf des Säuglings. Der Lärm der Bomber war betäubend geworden. Die Männer brüllten ihre Gebete mit weit offenem Mund. Telefojanski näherte sich Andrei und griff mit einer Gummihandschuhhand nach dem kleinen Schniepel des Jungen. Da durchdrang das Pfeifen einer herabfallenden Bombe, das immer stärker wurde, den übrigen Lärm. Es hörte sich an, als fiele die Bombe direkt auf das Haus. Telefojanskis Augen traten aus den Höhlen, er rang nach Luft, ihm schoß der Gedanke durch den Kopf: Dieser Junge muß in den Bund Gottes aufgenommen werden, geschehe, was da wolle! Und er führte das Messer näher heran, um zu schneiden, und gerade, als er schneiden wollte, fiel die Bombe auf ein leeres Grundstück auf der anderen Straßenseite; die Erde bebte, das Haus bebte, Putz rieselte von Decke und Wänden, die Menschen konnten sich nur mit Mühe auf den Beinen halten, Telefojanskis Hand zitterte, und das scharfe Skalpell durchschnitt die Sehne von Bennos rechtem Zeigefinger, denn Benno hatte blitzschnell seinen Finger aufgerichtet, um das teuerste Eigentum des kleinen Andrei zu schützen.

Benno entfuhr ein so starker Schrei, daß er sogar durch den fürchterlichen Lärm hindurch zu hören war, und mein Vater Arje, der von der Explosion halbbetäubt gerade die Kellertür öffnete, wurde kreidebleich, suchte in der Tasche vergeblich nach der Pistole, warf sich gegen Telefojanski, bereit, den Kantor zu erdrosseln, und rief: „Verdammt, mein Sohn! Du Pfarrer des Teufels, ich bring dich um …" Und fünf Männer hatten zu tun, ihn auf den Fußboden zu werfen, wo er sich wand und strampelte und sich nicht beruhigte, bis ihm die Krankenschwester, meine Tante, Andrei vor die Nase hielt und mit dessen kleinem unbeschnittenem Schniepel wippelte.

Aber Großvater Bennos Zeigefinger versteifte sich zu einem Haken.

Die Häuser

Im Jahr vor dem Sturm 1938 wurde in großer Eile und ziemlich schluderig ein den Mannerheimweg säumendes düsteres, häßliches Haus gebaut, in dem ich geboren werden sollte. Die Eile und die Nachlässigkeit, mit der das Haus hochgezogen wurde, hatten nichts mit mir zu tun, auch nicht mit der Furcht vor dem Krieg. Die Mörtelmischerinnen lachten schrill über die groben Witze der Maurer – wie früher auch; Europa war fern, Krieg war Sache anderer Völker; über Hitler wurde gescherzt; ein Putzer furzte ihm ins Gesicht, eine mittelgroße fröhliche Ziegelträgerin warf ihm ihre Monatsbinde auf die Augen. In den Essenpausen aß man Schinken und als Nachtisch Bananen. Die Eile und Nachlässigkeit bei der Bautätigkeit hatten die für so etwas übliche Ursache: Bank und Bauunternehmer trachteten nach möglichst großen Gewinnen, und die Meister duckten sich vor beiden. Die Bauarbeiter wurden angetrieben, Material und Arbeitsstunden eingespart: das war eine großartige Rationalisierung auf Kosten der Arbeiter und der künftigen Mieter.

So fror ich also den ersten Winter in diesem Haus. Im folgenden Winter fiel eine kleinere Bombe in den Hof und zerstörte alle Fenster der Hofseite. Wir waren zu der Zeit nicht zu Hause. Wir waren auf dem Lande, und als wir zurückkamen und mein Vater sich die Bescherung besah, den von Scherben bedeckten Parkettfußboden und die zerbrochenen Vasen auf den wackelnden Tischen, da fluchte er gewaltig. Mutter tröstete ihn und sagte, es hätte auch noch schlimmer kommen können. Vater meinte, das sei eine aufreizende und unnatürliche Art, sich zu Unglücksfällen und anderen Unbilden zu verhalten. Vater war auf Urlaub gekommen, und jetzt mußte er anstelle der zersplitterten Scheiben Sperrholzplatten einsetzen und die Tische reparieren. Er tat das alles mit vielem Schimpfen und kehrte dann an die Front zurück.

Als meine Familie – meine Mutter, meine Schwester Hanna, mein kleiner Bruder Andrei und ich – nach dem Krieg wieder aus Pohjanmaa abfuhr, wohin man uns evakuiert hatte, waren die Fenster immer noch mit Sperrholzplatten vernagelt. Die einzigen heilen Fenster lagen zur Straße hin. Da saß ich denn oft mit der Nase an der Scheibe und sah über die Straße, über diese dem Marschall geweihte Straße, betrachtete den Verkehr und die Häuser auf der anderen Seite. Es waren die gleichen Häuser wie unsere, aber ihre Vorderfront lag nicht zur Straße hin, sondern sie wandten dem Marschall ihre Seitenfront zu. In einem von ihnen wohnten während des Krieges Beamte der deutschen Botschaft mit ihren Familien.

Eines Abends, bald nach unserer Rückkehr – mir hatte man erzählt, daß bei uns Frieden, in Lappland aber noch Krieg sei, und ich glaubte, die Finnen führten Krieg gegen die Lappen –, sagte meine Mutter: „Komm und sieh mal, die Deutschen reisen ab!"

Sie hob mich aufs Fensterbrett. Ihre Stimme war ruhig. Ich stellte mich aufs Fensterbrett und hielt mich an ihrem Hals fest, roch an ihrem braunen Haar. Auf der anderen Straßenseite, unserem Fenster schräg gegenüber, standen drei Lastwagen, auf die Möbel und Kisten geladen wurden. Bei den Autos machten sich viele Männer und die eine und andere Frau zu schaffen; einige hatten irgendeine Last im Arm, die sie, wenn sie an der Reihe waren, in das Auto schoben, wo andere die Sachen in Empfang nahmen. Einige kamen und gingen ohne Gepäckstücke und schienen den anderen nur im Weg zu stehen. Zwei finnische Polizisten in Uniform standen etwas weiter entfernt und verfolgten das Treiben. Der eine von ihnen war ein Hüne, er hielt die Hände auf dem Rücken und wippte auf Zehen und Hacken hin und her. Ein großer, mit einem gelben Staubmantel bekleideter Deutscher fragte den Riesen etwas. Der schüttelte seinen schweren Kopf. Der Deutsche ging fort.

„Mutter, haben die Kinder?" fragte ich.

„Sie haben ihre Kinder weggeschickt, zur rechten Zeit ..."

„Wohin?"

„Nach Deutschland."

„Ich möchte auch nach Deutschland", sagte ich neidisch.

„Die hätten dich auch weggeschickt, ganz umsonst, aber jetzt können sie es nicht mehr", sagte Mutter mit tiefer Stimme.

„Warum nicht? Sie fahren ja selbst auch."

„Sie können es nicht", wiederholte Mutter und drückte mich fest an sich. „Und ich würde es auch nicht zulassen. Komm weg, jetzt hast du genug gesehen."

„Laß, ich äuge noch ein bißchen", bat ich.

„Was machst du?" fragte Mutter verwundert.

„Ich guck nur so zu. Warum müssen die abreisen?"

„Sieh mal, diese Deutschen sind hier ... auf Arbeit gewesen, aber jetzt fahren sie nach Hause. Sie haben ... Deutschland hat den Krieg verloren, und sie müssen von hier fort. War ja auch höchste Zeit."

„Werfen die Polizisten sie hinaus?" fragte ich hoffnungsvoll.

„Das brauchen sie nicht. Die gehen von allein. Und eilig, nicht wahr? Und wenn sie weg sind, ziehen in das Haus Russen ein. Das hab ich jedenfalls gehört."

„Sind die Russen böse?"

„Die sind nicht böse."

„Sind sie artig?"

„Sie sind ... so wie wir."

„Ach. Wir sind ja artig."

„Die Russen sind wie ... wie alle anderen Völker auch ... wie die Finnen."

„Oder wie die Deutschen?"

„Ja, das wohl auch", gab Mutter zu. „In allen Völkern gibt es Gute und Böse. Und in jedem Menschen ist Gutes und Böses."

„Ziehen da die guten oder die bösen Russen ein?" fragte ich.

„Jesus Maria!"

„Wer? Wer?" wunderte ich mich, aber Mutter konnte es nicht erklären.

„Haben die Russen Kinder?" fragte ich dann.

„Das werden sie wohl", meinte Mutter.

„Darf ich mit ihnen spielen?"

„Bestimmt darfst du", versicherte Mutter.

Und die Russen kamen und bezogen das gegenüberliegende Haus. Es wurde das Haus der Russen. Es waren Beamte der sowjetischen Botschaft. Sie hatten Kinder, aber ich erinnere mich nicht, daß ich jemals mit ihnen gespielt hätte. Das kam vielleicht daher, daß sie auf der anderen Straßenseite wohnten; die Straße war breit und hatte lebhaften Verkehr, und zu einer Spielgruppe fanden sich immer nur die Kinder von derselben Seite zusammen. Ich saß oft auf dem Fensterbrett und sah den russischen Kindern zu. Sie spielten gruppenweise im Park vor dem Haus. Dort gab es einen Sandkasten und zwei Schaukeln. Im Winter hatten sie mehr Kleider an als die finnischen Kinder; ihre Köpfe waren mit Schals und Tüchern umwickelt, so daß nur Nase und Augen zu sehen waren. Bei den Kindern waren immer zwei korpulente Frauen mit roten Wangen, die ihr schwarzes Haar zu einem Knoten geschlungen hatten. Sie lachten oft und sprachen mit einem weichen Zwitschern russisch zu den Kindern. Ich hörte das, als ich einmal vorbeiging. Die Frauen drehten sich nach mir um und lächelten. Mir schien, sie lächelten freundlich. Ich erinnere mich nicht, ob sie etwas zu mir sagten, aber hinterher bildete ich mir ein, sie hätten mich auf Russisch angesprochen. Darauf war ich irgendwie stolz, obwohl es mich gleichzeitig ärgerte. Ich wollte Finne sein wie die anderen flachsköpfigen Finnenjungen auf dem Hof, und in jenem Alter bestand mein größtes Problem darin, daß ich nicht war wie sie: meine Haare waren dunkel und kraus. Wenn nun die Russinnen mich für einen Russen hielten, dann war das wieder ein Zeichen für mein Anderssein. Aber andererseits war es ja nicht einmal sicher, ob sie überhaupt etwas zu mir gesagt hatten.

Von Schluschaite hatte ich einige russische Wörter gelernt, und ich konnte unter anderem sagen: ‚Komm Grützbrei essen.‘ Schluschaite hatte sich um mich bis Kriegsende
gekümmert, als Vater fort war und Mutter auf Arbeit ging.
Sie war eine hochgewachsene russische Frau, die mich immer, wenn mir oder ihr selbst Gefahr drohte, an ihren mächtigen Busen drückte. Ansonsten versuchte sie mich ernstlich
mit saurer Sahne und Watruschka zu verderben. Eigentlich
hieß sie Jelena, aber ich hatte den Moskauer Rundfunk
gehört, wo nach der Marschmusik immer eine feste Männer-
oder Frauenstimme befahl: ‚Schluschaite! Schluschaite! Hören Sie! Sie hören …‘ Und so taufte ich Jelena ‚Schluschaite‘.

Schluschaite und ihr Mann waren emigrierte Kommunisten, ein Umstand, der der Staatspolizei viel Kopfzerbrechen
bereitete, denn dort war man gradliniges Denken gewöhnt,
und für sie konnte ein russischer Emigrant kein Kommunist
sein. Schluschaite und ihr Mann waren also Spione.

Als der Krieg sich seinem Ende näherte und die Staatspolizei von Hysterie ergriffen wurde, internierten sie Schlu-
schaites Mann, und Schluschaite wurde mindestens einmal
in der Woche verhört und fast täglich am Telefon gequält. Ich
kann mich noch erinnern, wie sie mit schluchzender Stimme
und ihren schwachen Finnischkenntnissen einem neuroti-
schen Polizisten am Telefon erläuterte, was sie in den zwei
letzten Tagen gemacht hatte. Ich saß in Igelstellung unter
dem Tisch und hatte mich hinter den vier Stühlen verbarri-
kadiert. Der lange Stiel des Bohnerbesens stach zwischen
den Stühlen wie ein Kanonenrohr hervor und zeigte auf
Schluschaite, die ins Telefon weinte. Als das Telefon das
nächste Mal klingelte, stürzte ich hin, um zu antworten,
rannte dann in die Küche und sagte Schluschaite, daß die Polizei sie schon wieder verlange. Die arme Frau brach in Tränen aus, aber am Telefon war überhaupt nicht die Polizei,
sondern ein Geschäftsmann namens Schablon, den ich einmal mit meinem Vater besucht hatte und den ich zutiefst
haßte, weil er mir mit seiner fleischigen Hand die Wange ge-

klopft hatte, und die Hand roch ganz eindeutig nach Kacke. Schablon wollte Mutter sprechen, aber Schluschaite hatte ihm schon alle Ereignisse des Tages geschildert, ehe sich der Irrtum aufklärte. Schluschaite war mir schrecklich böse und machte mir eine Woche lang keine Watruschka, was ich wiederum für eine leichte Strafe ansah. Diese Schluschaite also lehrte mich, russisch zu sagen: ‚Komm Grützbrei essen!‘

Als ich etwa acht Jahre alt war, ging ich einmal über den Hof des russischen Hauses und sagte diesen Satz zu einem blonden Jungen, der ein paar Jahre jünger war als ich. Er folgte mir auch mit seinem plumpen Roller über die Straße bis auf den Hof unseres Hauses. Dort stellte ich meinen neuen Spielkameraden stolz den hochnäsigen Recken vor. Sie fragten nach seinem Namen, aber das konnte ich nicht fragen, und so taufte ich ihn einfach Alex. Er sah etwas verstört aus und wurde rot, und als wir uns halb mit Gewalt seinen Roller ausliehen, reihum damit fuhren und um die Wette auf ihn schimpften, was Alex aus unserem Tonfall und unseren Mienen schloß, da begann sein Unterkiefer langsam zu zittern. Ich fühlte meine Schuld, aber bevor der Junge in Weinen ausbrechen konnte, erschien hochrot seine Mutter, eine kleine schwarzhaarige Frau mit Flaumbart unter der Nase. Sie riß Alex und seinen Roller in ihre Arme und schalt auf russisch. Alex wurde allerdings reichlicher bedacht als wir, wahrscheinlich weil er über die Straße gegangen war. Danach habe ich Alex nie wieder gesehen. Ich habe lange Zeit nichts mehr mit dem russischen Haus zu tun gehabt. Ich betrachtete es nur ab und zu vom Fensterbrett aus. An den meisten Fenstern des Hauses waren im Sommer wie im Winter die Gardinen dicht zugezogen. Wenn sie manchmal einen Spalt breit geöffnet wurden, sah ich für einen Augenblick schwere altertümliche Möbel und bunte, mit Spitzen besetzte Tischtücher, die Tische und Kommoden und Bücherregale und einen Flügel bedeckten, und überall stand Nippes. All das erinnerte mich an die Wohnung meiner Großmutter Wera, und vielleicht kamen mir deswegen die Zimmer der

Russen so heimisch vor (unsere Möbel waren spätfaschistischer Funktionsstil und stammten aus den vierziger Jahren). An den Wänden der russischen Zimmer hingen Bilder von Lenin und Stalin. Ich besah mir vom Fenster aus die Wand meines Zimmers, an der ein Bild meines Großvaters Benno hing, Mutter hatte es als Schülerarbeit im Athenäum gezeichnet; sie hatte Benno mit einer Pfeife im Mund und ohne Hinterkopf dargestellt, ein Umstand, den ihr der Lehrer damals schwer angekreidet hatte.

Auf der anderen Straßenseite Lenin und Stalin, auf dieser Benno, und dazwischen machte sich der Weg des Marschalls breit, drohend und trennend. Und auf der Mitte stand ein finnischer Verkehrspolizist und hob abweisend seinen weißbehandschuhten Arm. Benno war es nicht vergönnt, sich die Seite auszuwählen.

Auf dem Friedhof

Das Friedhofstor war verschlossen. Ein Schild gab kurz und bündig Auskunft, der Friedhof sei wegen eines jüdischen Festtages geschlossen. Das war kein Zufall. Es war der Friedhof der jüdischen Gemeinde. Ich kletterte mühelos über die Mauer. Sie war nicht sehr hoch; ein Außenstehender konnte, ohne sich auf die Zehen stellen zu müssen, mit ansehen, wie die Juden ihre Toten begraben. Werden die Juden senkrecht beerdigt? Auf der anderen Seite der Mauer führen die Ungläubigen ihre Hunde aus. Sie pflegen mit ausdrucksloser Miene über die Mauer zu starren und stellen dann enttäuscht fest, daß vier kräftige Männer den Sarg des dahingeschiedenen Juden waagerecht ins Grab hinablassen; ein Rabbiner singt gesangbuchähnliche Zauberformeln in einer Sprache, die die Toten nicht verstehen; das Grab wird zugeschaufelt; niemand wirft sich weinend auf den Grabhügel. Dann lassen die Leute ihre Hunde an den von zaristischen Soldaten bewachten Gräbern nahe dem Tennisplatz pinkeln. Zu Hause erzählen sie ihren Familien, die Juden begrüben ihre Toten senkrecht; sie hätten es mit eigenen Augen gesehen, über die Mauer hinweg, über die ich kletterte, weil ich da drinnen Verwandte hatte. Es war ein jüdischer Festtag, aber mir ist nie erklärt worden, warum man an einem Festtag nicht auf den Friedhof gehen darf. Niemand konnte es mir sagen. Es war eben immer so gewesen. Vielleicht verstand ich es nicht, richtig zu fragen. Ich sprang vom Mauerrand nach innen. Ich ging an der weißgekalkten Kapelle vorbei. Unten am Hügel stand eine grüne Bank. Ich setzte mich und lehnte meinen Kopf an eine graue Steinplatte, auf der eine steinerne Taube brütete.

Heldengräber gibt es über zwanzig; sie sind mit einer schweren Eisenkette eingezäunt. Am Tag der Gefallenen steht an jeder Ecke dieses quadratischen Stücks ein finnischer Soldat Ehrenwache. Sie stieren feierlich gelangweilt unter einem Stahlhelm deutschen Musters geradeaus. Als Kind überkam mich einmal der Zauber hehren patriotischen Gefühls, als ich begriff, was hier vor sich ging: hier ehren finnische Soldaten das Andenken derjenigen jüdischen gefallenen Helden, die bei der Verteidigung der Freiheit Finnlands ihr Leben gelassen haben, damit die Finnen frei ihre gefallenen Helden ehren können, die ihr Leben ... und so weiter. Ich wagte den Gedanken nicht zu Ende zu denken. Ich errötete und hatte plötzlich einen Kloß im Hals. Und das als Kind.

In einem anderen Jahr, am „Tag der Gefallenen", als ich schon älter war, war einer der Soldaten der Ehrenwache mein Bruder Andrei, der seine Wehrpflicht in einem staatlichen chemischen Forschungsinstitut ableistete. Wie dem tschechischen Doktor Prokop machte auch ihm die Herstellung von Sprengstoff, Schönheitscremes und Abführmitteln Spaß. Sein Haaransatz war tief, dennoch war er intelligent und zerstreut. Andrei starrte geradeaus, ohne sich zu rühren, und versuchte sich zu erinnern, warum Proteine bei der Hydrolyse zu Aminosäuren gespalten werden. Stand hinter all dem doch Gott?

Ich versuchte seinen Blick einzufangen, wollte ausprobieren, ob sein Gesicht bei meinem spöttischen Grinsen ernst bleiben würde. Ich stellte mich in sein starres Gesichtsfeld, aber er sah direkt durch mich hindurch, denn er war in seine Gedanken vertieft. Das wußte ich nicht; ich starrte ihm in die Augen, forderte ihn zum „Stier"kampf heraus. Nach ein paar Minuten kam mir das Spiel lächerlich vor, nur mit Mühe konnte ich das Lachen unterdrücken, er aber sah mich nicht einmal. Doch das wußte ich nicht.

Der alte Rabbiner sang das Heldenlied. Sein Ziegenbart zitterte, wenn er das monotone Lied im Falsett im Läufen figurierte. Sein Brillenrahmen war mit Reif bedeckt. Der Vorsitzende der Gemeinde hielt eine von Patriotismus triefende Gedenkrede. Er war bleich vor Rührung, und seine Stimme überschlug sich fortwährend. Die Kinder rundherum kicherten. Auch mich reizte es zum Lachen, aber ich starrte unverwandt auf Andrei. Ein humpelnder finnischer Oberstleutnant überbrachte den Gruß der Verteidigungskräfte an die gefallenen Helden. Kern seiner Rede war, daß sich keiner zu schade sein dürfe, für dieses Land sein Leben einzusetzen, ungeachtet der Rasse und der Religion. Ein glatzköpfiger jüdischer Major der Reserve dankte im Namen der Gefallenen und versicherte, daß jedenfalls die Juden gern für jedes Vaterland fallen, das solches nur zuläßt.

Ich starrte Andrei abwechselnd ins eine, dann ins andere Auge. Er war sehr blaß unter seinem Stahlhelm; er hatte die Aminosäuren schon in Karboxyl- und Aminogruppen unterteilt: die Glyzerine, Alanine, Serine, Valine … Die Reden waren gehalten, die Veranstaltung näherte sich ihrem Ende; der Chef der Ehrenwache kommandierte eine Wendung nach links und marschierte zum Tor, drei Soldaten folgten ihm. Andrei rührte sich nicht. Steif stand er da und starrte durch mich hindurch, vertieft ins Strukturdiagramm des Insulinmoleküls. Auch ich bemerkte den Abgang der Soldaten nicht. Freundliche Hände führten den sich widerspenstig bewegenden Andrei zu dem am Tor wartenden Soldatentrupp. Ich zuckte zusammen, weil ein Hund heiser bellte, und schaute zur Mauer. Ein schmächtiger rothaariger Schuljunge sah mich über die Mauer an und bohrte in der Nase. Der die Ehrenwache kommandierende Leutnant schimpfte Andrei nicht aus. Er war der Meinung, Andrei sei von tiefer Rührung ergriffen. Ohne Gleichschritt marschierte die Soldatenabteilung in Richtung Krematorium und verschwand aus meinem Blickfeld. Das war damals. Seitdem waren Jahre vergangen.

Ich stand von der Bank auf und ging an den Gräbern vorbei. In jedem Grab lag ein Kind. So waren sie begraben, einzeln. Sagen wir, das ist jüdische Sitte. Auch die Christen beerdigen ihre Kinder einzeln, jedes Kind in seinem eigenen kleinen Grab. Daran ist nichts Verwunderliches. Das ist eine christliche Sitte. Es ist nicht lange her, da begruben in einigen Ländern Nichtjuden jüdische Kinder in Massengräbern. Auch das kann leicht zur Sitte werden. Allerdings muß man die Kinder vorher umbringen. In den Massengräbern wurden vielleicht einige Kinder senkrecht begraben. Trotzdem kann man nicht sagen, die senkrechte Beisetzung sei eine jüdische Sitte. Außerdem waren noch nicht alle Kinder tot. Menschen lebendig zu begraben, das ist in verschiedenen Teilen der Welt eine Form der Bestrafung. Die Sitten der Völker sind verschieden, dachte ich, als ich an den Kindern vorbeiging.

Diese Kinder sind tot und heil in ihre Särge gelegt worden. Glückliche Kinder. Ich ging an den Kindergräbern vorüber.

Ich fand einen Wasserhahn und trank. Ich betrachtete das Familiengrab eines jüdischen Fabrikantengeschlechts. Der schwarze, mattgeschliffene, ein paar Tonnen wiegende Granitblock sah im Dunkeln einem Panzerschrank zum Verwechseln ähnlich. Die sterblichen Überreste des Clans waren vor den Wandalen felsenfest geschützt. Seinen geistigen Nachlaß beschützen ein wirklicher Panzerschrank und das finnische Gesetz. In diesem Land ist gut leben, schien das Land unter dem Koloß zu seufzen. Die Mächtigen des Landes prahlen noch nach ihrem Tod mit ihren Reichtümern. Ungeachtet der Rasse, Nation und Religion.

Als ich ein paar Schritte näher an den Monolithen herantrat, um den eingemeißelten vergoldeten hebräischen Gedenktext zu lesen, sprang hinter dem Stein ein kleiner Mann mit roter Nase hervor; er hatte Stiefel an und eine Dienstmütze auf. Er zwinkerte mit seinen schwarzen Knopfaugen und hob seine Hand hoch, in der er eine Harke hielt. „Wie kommen Sie hierher? Was machen Sie hier?" schnauzte er.

„Ich bin nur so gekommen. Den Grabstein wollte ich nicht umstürzen. Da können Sie ganz beruhigt sein."

„Scheren Sie sich fort. Der Friedhof ist geschlossen. Haben Sie das nicht bemerkt? Heute ist Festtag."

„Aber, Opa, für mich ist dies kein Festtag."

„Fort von hier, fort, fort!" Der Alte wurde fuchtig.

„Ich komme selten hierher, aber jetzt bin ich hier. Ich bin gekommen, um nach dem Grab eines Verwandten zu sehen", erklärte ich.

„Was für eines Verwandten? Heute ist Festtag …"

„Meines Verwandten …"

„Ja, aber wessen Grab? Obwohl: das spielt gar keine Rolle."

Ich zeigte auf die neuere Seite des Friedhofs, in Richtung des Meeres.

„Gehen Sie fort, verrückter Kerl, oder ich melde Sie der Gemeinde … Ich rufe die Polizei an …"

„Rufen Sie nur an", sagte ich und steckte die Hände in die Taschen.

Der Totengräber ließ brummend die Hand mit der Harke sinken. Ich ging zum nördlichen Ende des Friedhofs.

Ich ging nach Norden, am Grab meines Großvaters Benno vorbei. Er hatte allen verboten, ihm Blumen aufs Grab zu stellen, mit Ausnahme von mir und meiner Cousine Aviva. Er haßte Blumen. In der Vase auf seinem Grab waren trotzdem vertrocknete Mohnblumen, die jedenfalls ich nicht dort hineingestellt hatte. Meine Cousine Aviva wiederum wohnte aus irgendeinem Grund in Panama. Mir kam der Gedanke, den Totengräber zu fragen, wie die Blumen auf Bennos Grab gekommen seien, wer sie gebracht habe, dachte aber gleichzeitig, daß der Alte nicht jedes Grab einzeln versorgen könne. Dafür aber hätte er die vertrockneten Blumen wegräumen können.

An der Nordmauer wuchsen Himbeersträucher. Ich betrachtete das Grab im Funktionsstil neben den Himbeersträuchern. Es gehörte dem Fleischer Weissberger. Er war irgendwie weitläufig mit mir verwandt, und deswegen hatte mich meine Mutter zu seiner Beerdigung mitgeschleppt. Mutter war hart geblieben, und ich wollte ihr durch eine Absage nicht die Laune verderben, zumal sie zu den Frauen gehörte, die gern zu Beerdigungen gehen. Mutter versuchte die Teilnahme an der Beerdigung etwas unsicher damit zu begründen, daß Weissberger sowohl als Mensch als auch als Fleischer makellos gewesen sei. Er habe einmal einem jüdischen Altersheim fast frisches Fleisch geschenkt. Als ich Mutter darauf aufmerksam machte, daß das Altersheim erst nach des Fleischers Tod gegründet worden war, antwortete sie, das sei nicht Schuld des Fleischers.

So hatte ich also bei Weissbergers Leichenfeier in der Kapelle gesessen und geschwitzt. Weissberger selbst ruhte in seinem verschlossenen Sarg. Neben dem Sarg stand ein prächtiger Jüngling und hielt senkrecht die große Fahne eines jüdischen Sportklubs. Fragend schaute er über die Köpfe des Trauergefolges hinweg; vielleicht wartete er auf jemanden. Der Rabbiner hielt zum Gedenken an den Entschlafenen eine konfuse Rede. Nach dem Rabbiner trat ein Mann mit feistem Nacken und rötlichem Gesicht an den Sarg und sah diesen etwa eine halbe Minute lang böse an. Dann zog er ein Papier hervor und begann zu sprechen. Seine Worte haben sich mir ins Gedächtnis eingegraben.

„Während wir hier vor den sterblichen Resten des von uns gegangenen Avram Ebenhard Weissberger stehen, kehren unsere Gedanken siebenundfünfzig Jahre zurück", behauptete der Rötliche und machte eine kleine Pause. Doch widersprach ihm keiner. „Damals nämlich wurde der jüdische Sportklub der Stadt, ‚Die Panther von Sinai', gegründet. Einer der letzten lebenden Mitbegründer ist ... war eben dieser ... jetzt verschiedene Fleischer ... Avram ... Ebenhard ... Weissberger. Ohne Opfer zu scheuen, opferte er sein ganzes Leben der Förderung der Tätigkeit des Sportklubs, betätigte sich sogar selbst aktiv in einigen Sportarten. Wer von uns würde sich nicht des hochgewachsenen Wesens auf dem Fußballplatz erinnern, wo er, geschmückt mit dem blauweißen Hemd des Klubs, für die Ehre des Klubs sorgte und nie vergaß, seine Kameraden zum Sieg oder zum ehrenvollen Verlieren anzufeuern?

Ungezählt sind die Gesellschaften und Vereinigungen, die Avram Weissberger mitbegründete sowie mit Rat und auch finanziell unterstützte. Seine stets optimistische Sinnesart …" Hier zerbrach die Stimme des Redners. Er kämpfte einen Augenblick mit sich selbst und gewann. „Wer von uns hätte das vergessen! Und ungezählt sind die Klubs und Wohltätigkeitsstiftungen, die unser vorgenannter lieber Verschiedener sicher noch hätte mitbegründen *wollen*, wenn ihn der Schöpfer uns nicht vorzeitig entrissen hätte, so unter anderen den ‚Fonds zur Unterstützung ungeheirateter Bräute', in dessen Vorstand wir unseren lieben Verstorbenen sicher hätte sehen dürfen. Unsere Gemeinde und unser Sportklub können zu Recht stolz sein auf unser … einst so aktives Mitglied, und wir hoffen von ganzem Herzen, während wir hier vor diesen sterblichen Überresten stehen, daß die gewaltige Leistung des Fleischers Weissberger höchstes Leitbild sein möge uns allen, die wir noch am Leben sind. Wir senken die Fahne zu Ehren des Verstorbenen!" So sprach der Mann mit dem rötlichen Gesicht, und der prächtige Sportlerjüngling gehorchte, während er immer noch über unsere Köpfe hinwegschaute, als ob er auf jemanden wartete.

Es war ziemlich dunkel, und ich mußte zu Boden sehen, um nicht über die Gräber zu stolpern, denn die Zwischenräume zwischen ihnen waren stellenweise sehr schmal. Ich blieb, um mir eine Zigarre anzuzünden, vor einem hohen Grabstein aus Granit stehen, der sich geneigt hatte, weil sich die Erde unter ihm senkte. Im Schein des Zündholzes sah ich zwei in den Stein gemeißelte Hände, deren Finger nach oben wiesen. Der Ringfinger und der kleine Finger waren von den anderen Fingern abgespreizt. Der Verblichene hieß Grabovitz und war Buchhalter und Kohen, er gehörte also zum Geschlecht der Oberpriester. Die Hände waren das Zeichen dieses Geschlechts. Der Buchhalter-Oberpriester Grabovitz war fast seit seiner Geburt glatzköpfig gewesen. Kurz vor seinem Tod wurde er zum Oberbuchhalter gemacht, aber Priester ist er nie geworden. Dennoch war er Kohen, er gehörte zu denen, die beim Sabbatsgottesdienst in der Synagoge zum Allerheiligsten berufen wurden, die berufen wurden, vor dem

Schrein zu beten. Wenn die Türen des Schreins geöffnet wurden, zogen sich die Kohanim Gebetsmäntel über den Kopf, damit das heilige Licht der Bücher Gottes ihre Augen nicht blende, und begannen hin und her zu schwanken und ein Klagelied zu singen: da-da-dajjajjaj da-da-dajjajajaj … Als ich mich – noch ein Kind – darüber wunderte, warum sie klagten, wurde mir gesagt, sie weinten, weil die Juden keine Heimat hätten, sondern in alle Welt verstreut wohnten. Dann wurde der Staat Israel gegründet, aber immer noch weinten die Kohanim. Man erklärte mir, sie seien betrübt darüber, daß Israels Nachbarn das Heimatland der Juden nicht gerade freundlich betrachteten. Ich schätze, die Kohanim beklagen in diesem Jahr, daß Israels Nachbarn die von Israel eroberten Gebiete wiederhaben möchten. Geklagt werden muß. Gott ist auf unserer Seite. Außerdem die Vereinigten Staaten und Westdeutschland.

Grabovitz also erkannte ich auch unter seinem Gebetsmantel an seiner meckernden Stimme und daran, daß er ungeschickter als die anderen schaukelte. Er war ein cholerischer Mensch. Als er starb, meißelte man in seinen Grabstein jene mageren Buchhalterhände.

Auf dem Grab meines Vaters wucherte Unkraut. Sein Grab war nicht gepflegt worden. Ich war froh darüber. Ich setzte mich auf das Grab und zog eine Schnapsflasche aus der Tasche, öffnete sie und trank. Ich dachte: ‚Sonderbar, daß mein Vater da unter der Erde liegt, beerdigt, obwohl er eine Einäscherung immer für besser gehalten hat als ein Begräbnis.‘ Dann fiel mir ein, daß die Juden die Einäscherung nicht gutheißen. Juden dürfen tot nicht verbrannt werden. Ich glaubte, das rühre daher, daß so viele Juden lebendig verbrannt worden seien. Alles hat seine Ursache. Als mein Vater starb, war es März, es war starker Frost, die Erde war vereist. Den Männern bereitete es schwere Mühe, ein Grab zu schaufeln. Sie schaufelten, schwitzten, fluchten und schaufelten die ganze Nacht, aber es sah so aus, als würden sie die Gruft nicht zur rechten Zeit ausheben. Man plante schon eine Verschiebung des Begräbnisses. Da kam einer auf die Idee, den Totengräbern Schnaps zu kaufen. Man weckte einen bekannten jüdischen Schnapsschmuggler und kaufte für jeden Mann eine Flasche. Und das Grab öffnete sich wie durch ein Wunder.

Bei der Beerdigung meines Vaters hielt der Rabbiner in der Kapelle die kürzeste Rede seiner Laufbahn. Er sprach jiddisch und sagte, der Mensch solle bereuen, ehe es zu spät sei. Das sagte er allerdings in fünf verschiedenen Versionen. Viel mehr aber sagte er nicht. Dann ging er vor dem Sarg her zum Grab und murmelte die ganze Zeit etwas. Die in seiner Nähe waren, behaupteten, Gebete habe er nicht gemurmelt. Er ging so schnell, daß meine Onkel, die den Sarg trugen, Schwierigkeiten hatten, Schritt zu halten. Auf dem Hügel unterhalb der Kapelle stolperte zuerst mein Onkel Sender, dann Mischa, der hinter ihm ging, und dann glitschten plötzlich alle den vereisten Hügel hinab, denn der Hausmeister war betrunken und hatte vergessen, Sand zu streuen. Die Onkel stolperten und glitschten und hätten beinahe den Sarg fallen lassen; sie mußten schneller gehen, gar zu laufen beginnen, sonst wäre der Sarg seine eigenen Wege gegangen. Mein Vater war ein schwerer Mann. Alle fluchten und versuchten sich auf den Beinen zu halten. Der Rabbiner konnte gar nicht so schnell aus dem Weg springen, sondern geriet meinen Onkeln vor die Füße, und so stießen sie ihn auf das Grab von Golda Brinkmann; Golda hatte als Krankenschwester in einer Internationalen Brigade den spanischen Bürgerkrieg mitgemacht. Der Rabbiner wurde ganz rot und schrie, *jemand* habe ihn absichtlich ermorden wollen! Er wollte schon aufstehen und fortgehen, aber mein Onkel Tevi und mein Bruder Andrei halfen ihm auf und schleppten ihn bis an die offene Gruft; die anderen trugen den Sarg hinterdrein.

Als der Sarg in der Gruft lag, sang Blau das Lied „El male rachamim" mehr an den Noten vorbei als je zuvor. Danach schritt er durch das Friedhofstor hinaus und gab der Witwe, meiner Mutter, nicht einmal die Hand. Mutter unter ihrem Schleier war kreideweiß, mehr aus Wut als aus Trauer. In der

Gemeinde wurde der Fall noch viele Wochen hinterher beredet und nach allen Seiten beklagt.

„Was war denn eigentlich mit Blau los? Was sollte das eigentlich?" wunderte sich jemand am folgenden Sabbat in der Synagoge.

„Das war doch so ein Bolschewik ...", brummte ein anderer.

„Blau? Und ich habe geglaubt, er ist Hals über Kopf aus Ungarn weg, weil er es dort nicht mehr aushalten konnte."

„Ich meinte Arje Benjaminssohn N., auf dessen Beerdigung das geschehen ist."

„Arje?? So etwas habe ich nie festgestellt. Meiner Meinung nach war er ein ganz gewöhnlicher Mensch ..."

„Ich finde, es ist völlig gleichgültig, was für ein Mensch man ist", sagte ein dritter, „... jedenfalls vom Standpunkt der Beerdigung aus. Wenn einer tot ist, ist er tot, und im Grab politisiert keiner. Im Schoß der Mutter Erde erblaßt der roteste Mensch."

„Außerdem: war der überhaupt Kommunist? Ist es nicht so, daß seine Söhne welche sind, aber er selbst war keiner? Oder war es umgekehrt?"

Ich setzte mich auf Vaters Grab und zog eine Flasche Stolitschnaja hervor. Ich tat einen kräftigen Zug und schluckte lange daran. Ich gewöhne mich nie daran, aus der Flasche zu trinken. Auch Vater hat sich nicht daran gewöhnen können. Er trank seinen Wodka aus einem kleinen Becher, dry, und sagte immer mal ein Wort zwischendurch. „Nimm du auch", sagte ich und goß einen Tropfen aufs Grab.

Aus der Dunkelheit tauchten drei Männer auf, der Friedhofswärter und zwei imposante Polizisten. „Da sitzt er, da säuft er, auf dem Grab von irgendwem", krächzte der Alte.

„Wozu sitzen Sie da?" fragte einer der Polizisten.

„Er ist über die Mauer gesprungen, weil das Tor zu war", erklärte der Alte. „Heute ist Feiertag."

„Was für ein Feiertag ist denn heute?" erkundigte sich der andere Polizist.

„Kann mich nicht erinnern", sagte der Alte. „Es ist ein Feiertag der Juden."

„Ach, sind Sie denn kein Jude?" fragte der Polizist.

„Ich doch nicht", sagte der Alte. „Ich stamme aus Nivala."

„Das ist doch dort oben südlich von Oulu", erinnerte sich der erste Polizist. „Ich kenne einen Schriftsteller aus Nivala. Oder: jetzt ist er hier in Helsinki. Er ist Bauarbeiter, weil er von dem, was er schreibt, nicht leben kann."

„Den kenne ich auch", sagte der andere Polizist. „Er begann zu schreiben, als er mit dem, was er auf dem Bau verdiente, nicht mehr auskommen konnte."

„Wozu sitzen Sie da?" fragte der Polizist. „Schänden die Gräber! Zeigen Sie mal, was Sie da haben. Aha, Wodka. Was denken Sie sich eigentlich? Nach einem Herumstreuner sehen Sie doch gar nicht aus. Hierfür können Sie ins Kittchen kommen."

„Ich habe ihn gewarnt", sagte der Alte, ein wenig beschämt.

„Dies ist das Grab meines Vaters", erklärte ich. „An seinen Vater muß man auch nach dem Tod denken, also nach dem Tod des Vaters …"

„Heute ist hier der Zutritt verboten", sagte der Polizist.

„Das habe ich nicht bemerkt", log ich.

„Kommen Sie denn immer über die Mauer hierher?" fragte der Polizist.

„Immer."

„Ich habe ihm gesagt, heute darf keiner hierher", sagte der Alte; seine Stimme wurde etwas höher.

„Ich hielt ihn für einen Schnapser", sagte ich.

„Werden Sie nicht frech, Mann", sagte der erste Polizist.

„Dies ist das Grab meines Vaters. Hier liegt er begraben."

„Haben Sie Personalpapiere?"

Ich holte mein Parteimitgliedsbuch aus der Tasche.

„Was ist das? Darin ist kein Foto …" Der Polizist zündete ein Streichholz an und las meinen Namen im Mitgliedsbuch. Dann beugte er sich über das Grab und las den dort eingemeißelten Namen. „Mikko Peinlich ... Haben Sie einen anderen Namen als Ihr Vater?"

Ich hatte mich im Finstern im Grab geirrt. „Das falsche Grab", sagte ich und breitete meine Arme aus.

„Unter Garantie", sagte der Polizist, „mußten Sie denn unbedingt hierher kommen, um Schnaps zu saufen? Gleich nebenan ist doch der Park. Sind Sie wenigstens Jude? Ja, etwas sehen Sie danach aus, die Nase und alles ... Das kann man wohl als mildernden Umstand gelten lassen."

„Die Nase?"

„Daß Sie als Jude auf einem jüdischen Friedhof Schnaps trinken."

„Ich trinke nicht als Jude", sagte ich, „sondern weil heute der Vorabend des Ersten Mai ist und ich die Gewohnheit habe, am Vorabend des Ersten Mai meines Vaters zu gedenken."

„Das sollten Sie anderswo tun", sagte der Polizist. „Woher sollen wir wissen, ob Ihr Vater überhaupt gestorben ist?"

„Sein Grab ist hier irgendwo", sagte ich und sah mich um.

„Warum gehen Sie dann nicht zu seinem Grab?"

„Hier ist es schon so dunkel ..."

„Warum sind Sie denn hierher gekommen, wenn Sie sich fürchten?"

„Wovor sollte ich mich fürchten?"

„Sie sollten den HERRN fürchten und die Toten ehren", forderte mich der Alte auf.

„Oder sonst gibt's was mit dem Knüppel", sagte einer der Polizisten.

„Darf ich mich jetzt entfernen und meinen Schnaps an irgendeinem ruhigen Ort trinken, wo es kein Ärgernis erregt?" fragte ich.

„Was meinst du? Eigentlich müßten wir hierüber Meldung machen", sagte der jüngere der Polizisten.

„Dann gehen Sie, da nun mal Erster Mai ist", sagte der ältere.

„Danken Sie Ihrem Schöpfer!" sagte der jüngere.

„Danke", sagte ich, ging zur Mauer und sprang hinüber. Dann drehte ich mich um und schrie: „Kommt dort weg! Da darf sich heute keiner aufhalten. Heute ist Feiertag!"

Die Lachmöwe

Wenn ein Mann gerade die Dreißig erreicht hat, ist er eigentlich noch nicht alt. So lag es wohl nicht so sehr an meinem Alter, daß ich manchmal Schwierigkeiten hatte, eine belebte Straße zu überqueren. Zwischen Mai und September nahmen diese Schwierigkeiten immer mehr zu, und die Pein, gegen die ich nichts tun konnte, wurde immer größer: mitten auf der Straße blieb ich stehen, wie festgenagelt, vielleicht zwischen den Straßenbahngleisen, falls da welche waren (allerdings mit einiger Vorsicht, was ganz natürlich ist bei einem Mann, der gerade dreißig Jahre alt geworden ist und nie einen Unfall gehabt und einen Selbstmord nie auch nur erwogen hat), zwischen den Gleisen also, oberflächlich die Entfernung zwischen beiden abschätzend, so daß, wenn zwei Straßenbahnen sich an der Stelle, an der ich stand, zufällig begegneten, sie mich nicht einmal streifen würden, denn dick bin ich nie gewesen, sondern ich würde da stehen, der Sommerwind würde in meinem Haar spielen, ich weiß nicht, wie lange, und die Menschen auf den Gehsteigen würden zu mir hinstarren, vorbeigehen und sich nochmals umschauen, aber ich könnte da lange stehen, denn die Menschen in diesem Land reagieren langsam und selten, und auf die Polizei ist kein Verlaß. So würde ich dort stehen, bis ein blasser junger Mann, jünger als ich, mit einem kantigen, vielleicht etwas müden Gesicht, seinen gebraucht gekauften Sportwagen in einiger Entfernung von meinen erstarrten Füßen parken würde, an einer Stelle, wo Parken nicht erlaubt ist, wohl aber das zeitweilige Be- und Entladen von Fahrzeugen, und er würde aus dem Wagen steigen und sich mir zum Beispiel mit zurückhaltenden Gesten nähern. Ich kann ihn sagen hören: ,Wohl ganz verrückt geworden. Man kann doch nicht einfach so stehenbleiben, heutzutage geht das einfach nicht. Man lebt und stirbt, aber niemand hat das Recht, stehenzubleiben.

Tragisch ist gerade, daß der Mensch planen kann und sich abrackern und tun und machen, soviel er will, aber er zappelt dennoch im Netz, fest im Netz, hampelt sich da ab, fünfzig, sechzig Jahre, in einigen Fällen noch länger, und dann fragt keiner mehr, was man getan hat, wer man gewesen ist. Einer von Millionen, das ist alles …' Er spricht vom ‚Menschen' im allgemeinen, aber Tatsache ist jedenfalls, daß gerade ich es bin, der dort steht, dort zwischen den Gleisen. Und dieser unbarmherzige Ausdruck in seinen Augen, wenn er mich an- schaut und sagt: ‚Man kann Sozialist sein (er zeigt mit der Hand auf mich) oder Diplomingenieur (er wendet sich nach rechts und zeigt auf den grünen Sportwagen), immer muß man sich abrackern; wie gesagt: stehenbleiben kann man nicht …'

Dann hätte ich das Gefühl, daß ich ihm danken müßte, und ich ginge ganz steif weg, ein wenig schwankend zwi- schen den Gleisen (ohne auf sie zu treten), ich würde mich in eine der beiden Richtungen entfernen, seinen nachdenkli- chen, vielleicht etwas amüsierten Blick im Nacken. Und der blasse junge Mann zöge seine Pfeife aus der Jackettasche und Tabak und bliebe nun, in Gedanken versunken, selbst zwischen den Gleisen stehen, denn das ist nur menschlich, aber dann müßte ich umkehren und ihn aus dem Kreidekreis ziehen, dann wäre ich dran, und so würden wir weiterma- chen, immer abwechselnd, ad infinitum, nur mit dem Unter- schied, daß ich nicht sprechen könnte, mich aber – wenn der Abend käme – älter fühlen würde.

Derartiges befürchtete ich, als ich am Olympiakai stand und über die Straße zum Observatoriumshügel hinaufschau- te. Aber es war nicht nur dies. Eigentlich kannte ich ja gar keinen jungen Mann, der einen grünen Sportwagen hatte. Wovor ich mich fürchtete, das waren vor allem die Fragen. Der Autofahrer hätte wohl gar keine Fragen gestellt. Aber wenn ich nun zwischen dem Zollgebäude und dem Hügel wie erstarrt stehenbliebe, dann würde es gar nicht lange dau- ern, bis ein Mensch, womöglich ein Ausländer (in dem Viertel wohnen zum Beispiel Diplomaten) zu mir auf die Straße stürzen würde, vielleicht ein Russe oder ein Kubaner oder Dr. Garavini von der „Società Dante Alighieri" um die Ecke. Wie würde ich russisch erklären können, daß ich, dessen Vorväter tausendachthundert Jahre hartnäckig immer weiter nach Norden vorgedrungen waren, quer durch acht Länder, vielleicht Finnland als letztes Ziel erstrebend, vielleicht auch nicht – wie sollte ich erklären, warum ich hier zwischen zwei südfinnischen Straßenbahngleisen stehengeblieben war?

Die Spurweite der mitteleuropäischen Straßenbahnen ist wesentlich größer als die der finnischen, während die Eisenbahngleise schmaler sind. Oder war es umgekehrt? Wie dem auch sei, man könnte mir quälende Fragen stellen. Als ob ich von all dem etwas verstünde! Weiß ich denn, woher die Impulse kommen? Wußte es Pawlow? Ich weiß nur, daß dieser besondere Impuls stärker ist als ich.

Also: ‚Towaristsch Ambassador, ja ne chotschu ... Ich bin des Lebens nicht überdrüssig geworden, ich kann nur nicht Schritt halten. Mein Fall hat nichts mit der üblichen bürgerlichen Fäulnis zu tun, das wage ich zu behaupten ... Motor ne deistwujet ... läuft einfach nicht. Ich richte ja kühn meinen Blick auf eine hellere Zukunft, auf eine gerechtere Gesellschaftsordnung, aber meine Füße rühren sich nicht von der Stelle ... Nun sehen Sie selbst!"

Eine solche Situation wünschte ich mir natürlich nicht gerade, als ich mich an das Eisengeländer des Zollgebäudes lehnte, das Gesicht zum Denkmal für die Schiffbrüchigen gewendet, ohne etwas für ihre Rettung tun zu können, nicht einmal der Strohhalm konnte ich sein. Außerdem hatte ich meine eigenen Probleme. Von der Burg Suomenlinna aus gesehen, hätte ich fern zwischen Nord und Nordwest als ein undeutlicher grauer Punkt geschimmert, der die Absicht hat, den entscheidenden Schritt auf die Straße eindeutig in westlicher Richtung zu tun. Aber in der Burg Suomenlinna sah mich niemand – jetzt ist mir klar, warum der Festungskommandant Cronstedt 1809 so leicht vor den Russen kapitulierte.

Vielleicht war es gerade das Fehlen dieses fernen Publikums, was mich bedrückte, obwohl es auch möglich ist, daß ich nicht einmal daran gedacht habe – wie dem auch sei, meine Konzentration ließ nach, und ich verlor die Lust, über die Straße zu gehen, mich in das Getümmel zu werfen, gegen die Qual anzukämpfen, noch einmal die Herausforderung der Gesellschaft anzunehmen ...

Ich drehte mich um und spuckte aus. Zu spät bemerkte ich die sommerlich gekleideten Arbeiter, die fünf, sechs Meter hinter dem Zaun geschäftig Eisenbahnwaggons an- und abkoppelten, wobei sie ein kompliziertes Reglement befolgten, das einem Außenstehenden ebenso unbegreiflich war wie das des klassischen spanischen Fechtens. (Nach einer Stunde unverdrossenen Rangierens – die Diesellok zieht bald, bald schiebt sie eine ständig kleiner werdende Zahl Güterwagen auf die verschiedensten Gleise und Abstellgleise, begleitet von Rufen, Flüchen und zweideutigen Pfiffen – ist sich der in die Dinge nicht eingeweihte Zuschauer immer noch nicht im klaren, welche Waggons nun wo be- oder entladen werden sollen.)

Die braungebrannten Arbeiter drehten sich um und schauten mich an, und der Klassenhaß brannte durch die dünne, schlapp machende Wohlstands-pancake-Schicht hindurch. „Scheißsnob, Radikaler! Über die Straße wagt er sich nicht, aber auf Arbeiter spucken, das kann er!"

‚Ein Mißverständnis, ungerecht, ich bin doch auch einer von euch, wartet doch, nun regt euch nicht auf ...' Ich wollte gerade meine Hand zum Arbeitergruß erheben, um alles aufzuklären, aber ich begriff sofort, daß die erhobene Faust in dieser Situation nur zu noch schlimmeren Mißverständnissen führen würde. So wendete ich mich um und ging auf die Treppe zu, die zum Kai hinabführte. Ich hatte nur die eine Möglichkeit, zu den Arbeitern zu gehen und den Irrtum aufzuklären: den Weg um das Zollgebäude herum. ‚Hört doch, man kann doch auch mal spucken, ohne damit gleich seine Meinung ausdrücken zu wollen!'

Ich bog so unachtsam um die Ecke des Zollgebäudes, daß ich mit einem älteren, dicken Zollbeamten zusammenprallte, der mich hart (aber mit Schalk in den Augen) beim Arm packte und fragte: „Wohin des Wegs, junger Mann, einkaufen oder was verscheuern?" Um eine peinliche Leibesvisitation zu vermeiden, erzählte ich in kurzen, aber gutgewählten Sätzen von meiner Kindheit, einige charakteristische Begebenheiten aus der Schulzeit, vom stufenweisen politischen Erwachen und dem damit verbundenen deutlichen, wenn auch langsamen Überwechseln nach links (im Lichte der Flucht meines Urgroßvaters aus Sibirien gesehen), zum Schluß von der Gefahr, mitten auf der Straße vorübergehend zu erstarren, sowie von der Episode mit den Arbeitern, zu denen ich unterwegs war. Die Augen des Zollbeamten, den man auch Papa Turku nannte, wurden feucht, er murmelte, er sei alter Sozialdemokrat, nun schon dreiunddreißig Jahre lang, im Herbst vierunddreißig, gewiß, er verstehe die Sache; dann zog er eine Flasche Stock-Cognac hervor, die er bei einem deutschen Seemann beschlagnahmt hatte, und drängte sie mir auf, damit ich „den Fall mit den Kollegen bei einem Schluck klären" könne, er selbst wage nicht, etwas zu trinken, und so stand er denn da und blickte mir kopfschüttelnd nach. „Gib acht auf die Lokomotive!" rief er, als ich mich zwischen zwei russische Güterwagen zwängte.

Ich torkelte zwischen den Waggons hin und her, kroch unter ihnen hervor und kletterte auf sie hinauf, um die vier zu finden, die ich suchte. Als ich nach einer Weiche gegriffen hatte und mit Müh und Not der Gefahr entgangen war, auf einen Gabelstapler gespießt zu werden, gelang es mir, das äußerste Gleis unterhalb der eisernen Umzäunung zu erreichen. Ich hörte einen Pfiff, eine Kette rasselte, und ich sah die Gesuchten direkt vor dem großen Platz.

Sie hingen alle vier an der Treppe eines Güterwagens. Der Waggon rollte fort, seine Geschwindigkeit schien immer

mehr zuzunehmen, obwohl er von keiner Lokomotive gezogen wurde und auch das Gelände nicht etwa abschüssig war.
Mir schien, sie feixten.

„Wartet doch!" schrie ich, schwenkte die Flasche und lief
hinterher. Ich laufe albern, denn ich habe zwei linke Beine,
aber ich konnte mich über ihr Tempo nicht beklagen. Als ich
etwa vierhundert Meter gerannt war, erreichte ich den Waggon, ergriff das Geländer und schwang mich auf das Trittbrett.

Die Arbeiter sahen verwundert zu, wie ich keuchend den
Patentverschluß der Flasche öffnete und mir Cognac auf das
weiße Hemd plemperte. „Ko-kollegen, ich habe jeden Sommer einen verschleimten Hals, Bron-bronchitis ..., muß ich
ausspucken ..., nehmt 'n Schluck ...'"

Der älteste der Arbeiter, der einen weichen Schnurrbart
hatte, griff mit gleichgültigem Blick nach der Flasche und
nahm einen tiefen Schluck, fast ein Viertel des Cognacs. Die
anderen sahen verdutzt zu, und ich ließ die Flasche kreisen.
Den Rest bekam ich selbst. Ich schwor mir im Geiste: wenn
ich husten müßte, würde ich mich aus dem Waggon stürzen
und den Tod eines Hundes sterben. Aber es gelang mir, ohne
mit der Wimper zu zucken, alles zu schlucken. „Wohin fahrt
ihr ... oder wir?"

„Zu Jesus. Über Wladiwostok", grunzte feixend der Häßlichste von ihnen.

„Wirklich?"

„Das hängt davon ab", sagte der Älteste, schon ein wenig
freundlicher, „das hängt davon ab, wohin wir gestoßen werden und wann, und natürlich auch vom Bremser. Möglich ist
es schon ..."

„Ihr versteht doch, Kollegen, die Sache mit der Straße,
das ist wie eine Krankheit, das hat wohl was mit zu großer
Überhitzung des Gehirns zu tun. Das ist natürlich ungewollt.
Ich glaube, ein bißchen Rangieren täte meinem Körper gut;
ich hab die Flasche nur mit Müh und Not aufgekriegt, habt
ihr's bemerkt?"

„Halt die Fresse, ich glaube, wir steigen!" rief einer der Arbeiter, der zur Waggontür hinauslugte. „Ja, wir steigen." Er grinste uns im Wagen zu.

„Wurde aber auch Zeit, werden sehen, wie sich das auf die Löhne auswirkt", sagte der Häßliche. „Ich glaube allerdings nicht, daß wir die einzigen sind", fügte er bitter hinzu. Aber wir waren es. Ich stürzte zur Tür und sah hinaus. Unten breitete sich der Marktplatz aus, bunte Stände und dichtes Menschengewühl. Es bestand kein Zweifel – wir stiegen. Eine Lachmöwe flog vorbei und wandte den Kopf. Ein unerklärliches, sieghaftes Triumphgefühl bemächtigte sich meiner. Ich riß mir das weiße Nylonhemd und die Krawatte herunter, knüpfte beides zu einem Bündel und warf es der Möwe nach. Auf halber Höhe zwischen dem Waggon und dem Platz öffnete sich das Bündel, und das Hemd segelte mit der Krawatte, die nun einem blauen Ruder glich, auf die Fischstände zu, bis es sich zart über eine zwei Kilo schwere Brachse legte.

Andreis Hochzeit

Als mein Bruder Andrei sich entschlossen hatte, Irina zu ehelichen, um seine Gemütsverfassung vor einem völligen Chaos zu retten, konnte ihn nichts bewegen, seinen Entschluß zu ändern. Ich versuchte es gar nicht erst. Ich war der Meinung: wenn ein Mann aus irgendeinem Grunde heiraten möchte, so soll er es tun, es hat keinen Zweck, ihn davon abbringen zu wollen. Aber ich bin auch der Meinung: wenn die Ehe nicht mehr schmeckt, so soll man sie scheiden.

Der Kinder wegen kann es einem vielleicht leid tun, aber der Mensch lebt nicht für seine Kinder und die Kinder leben nicht für ihre Eltern.

Von Irina weiß ich nicht mehr viel; sie war fröhlich und reich, in dieser Reihenfolge, und ich glaube, sie hätte auch ohne die Reichtümer ihres Vaters fröhlich sein können, das soll hier im Namen der Gerechtigkeit gesagt werden. Ich erinnere mich nur lückenhaft, wie sie aussah: sie war dunkel und kräftig und hatte kurzgeschnittenes Jungenhaar. Ich weiß, daß sie schwamm und segelte, ritt und Federball spielte. Einmal in meinem Leben habe ich mit ihr getanzt. Sie hielt mich mit eisernem Griff, schob mich auf dem Tanzboden hin und her wie ein Paket und lotste mich dann, am Arm haltend, sicher an unseren Tisch. Zu mir war sie immer freundlich, und oft hatte ich ein schlechtes Gewissen, wenn ich sie auf der Straße nicht erkannte und an ihr vorbeiging.

Andreis Freunde schüttelten den Kopf, aber die Hochzeit fand statt, und es war eine große Hochzeit, denn Irina war große Festlichkeiten gewohnt, und ihr Vater bezahlte natürlich. Und es mußte eine kirchliche Hochzeit sein, oder richtiger: eine Synagogen-Hochzeit, etwas anderes stand überhaupt nicht zur Debatte. Gott mußte doch seinen Teil von dem Glück abbekommen, man mußte doch Gott dafür danken, daß zwei Juden sich gekriegt hatten. Und die Gemeinde würde die Kinder des Paares bekommen. Und die Kinder würden zu Zionisten gemacht, und die Zionisten würden ausziehen, das Land der Väter besiedeln, denn das Land der Väter brauchte mehr Einwohner, Zionisten natürlich, weil das Land der Väter seine Grenzen mit großen Gebieten ausgeweitet hatte, die es von seinen arabischen Nachbarn erobert hatte. In diesen Gebieten wohnten nun Araber, und die Araber waren keine Zionisten, so daß die Araber bedauerlicherweise gezwungen waren, in andere Länder zu ziehen (sie hatten ja Land, die weiten Ebenen der Halbinsel Arabien und die Sahara und …), sie sollten den Zionisten Platz machen, die kamen, um diese Gebiete zu bevölkern, da die Araber sie nun einmal verlassen hatten …

Andrei stand am Morgen des Hochzeitstages früh auf, zog sich hastig seinen geliehenen Smoking an und machte lauthals Scherze darüber, daß das Junggesellenleben und die Freiheit für ihn nun bald vorbei seien. Als ich ernst nickte und ähnliche Gedanken äußerte, wurde Andrei nervös und bekam seine Krawatte nicht mehr eigenhändig gebunden, und auch ich konnte sie nicht binden.

Vater band sie, als wir mit dem Taxi bei der Synagoge vorgefahren waren. Die stolzen Verwandten der Braut näherten sich Andrei in drohender Front mit einem gutmütigen Grinsen. Als wir die Treppe der Synagoge hinanstiegen, flüsterte Onkel Leib Andrei scherzhaft zu, wenn er seine Heirat bereue, jetzt habe er die letzte Möglichkeit, sich zu retten, indem er in Leibs Auto springe und schnurstracks zum Flugplatz fahre. Und Leib klimperte vor Andreis Augen mit den Autoschlüsseln. Andrei lachte, aber ich bemerkte in seinen Bewegungen eine ungewohnte Kantigkeit, ein leises Zucken, als ob er um die Beherrschung seiner Muskeln, gegen einen motorischen Reiz kämpfen müßte, der ihn von hier fortbringen wollte, vielleicht zur Tür. Bereute Andrei?

Während der Trauungszeremonie stand Andrei steif und gerade wie ein aufgespießter Freiheitskämpfer vom Balkan. Er war kreidebleich, auf seiner Stirn perlten Schweißtropfen.

Die Braut errötete unter dem Brautschleier. Mein Vater wechselte das Standbein und schaute finster auf den großen Mund des Rabbiners Blau, dem bedenkenlos aramäische Worte mit ungarischem Akzent entströmten. Die Brautmutter biß sich auf die Lippen und schaute – Tränen in den Augen – abwechselnd auf Andrei und auf dessen Braut. Ich fuhr zusammen, als der Rabbiner das Gebetbuch zuklappte, daß es knallte, einen leeren Blick auf das Brautpaar richtete und ihn dann auf die blausamtene Chuppah, den Trauungsbaldachin, richtete, wo er dann an dem Davidstern in dessen Mitte haften blieb.

Einen Augenblick hielt er uns in Spannung, und Andrei wandte sich schon seiner Braut zu, um sie zu küssen, als der Rabbiner loskrähte: „Liebär Broitigaam, liebä Braut! Liebä Froindä!"

Und in dieser Art, mit ungarischem Akzent und die Wörter zusammenziehend, hielt er die Rede und sagte merkwürdige Dinge, etwa dies: der Ring, den Andrei der Braut an den Finger stecke, sei dem Lebensbogen vergleichbar, der bei der Zeugung beginne und mit dem Tod ende, wo sich der Kreis schließe und der Mensch, der aus Erde geworden, wieder zu Erde werde. Zweitens symbolisiere der Ring auch die Wanderung des Volkes Israel vom Schisma bis zur Heimkehr. Drittens sei er natürlich das Symbol ehelicher Treue, und viertens … Der Rabbiner machte eine Pause und sann nach, was er viertens über den Ring sagen sollte.

„Und vierrtäns: der Ring ist ein Symbol däs Univärsums …" Und er schaute stolz auf den Brautvater, der billigend nickte; darüber geriet er sehr in Eifer und sagte, wie das Weltall rund sei, seien rund auch alle Galaxien und Sonnen und Sterne und Planeten und Monde und Umlaufbahnen der Planeten und und und … der Lebensbogen und das Volk Israel. Der Vater im Himmel sei das Allerrundeste, zugleich aber auch der Mittelpunkt von allem … „Ein fester Glaube macht auch Ellipsen rund", flüsterte ich dem Brautpaar zu. Die Braut kicherte nervös unter ihrem Schleier, Andrei stieß

mir mit dem Ellbogen ins Zwerchfell, die Älteren sahen uns
erbost an.

Nach der Rede steckte Andrei der Braut den Ring an den
Finger, hob den Brautschleier und küßte seine Frau auffallend tolpatschig.

Dann tranken Andrei und die Braut den Wein aus demselben Glas, wonach jemand ein in ein Tuch gewickeltes Wein-
glas vor Andrei auf den Fußboden stellte. Andrei trat kräftig
darauf, und als das Glas in dem Tuch knirschend zu splittern
zerbrach, klatschten die Anwesenden begeistert in die Hände
und ließen freudige Rufe hören, denn im allgemeinen glaubte man, dieses Ritual des Glaszertretens drücke aus, daß der
Mann Herr im Hause sei. Andere erklären die Sache so, daß
der Sinn dieses Rituals darin bestehe, an die Zerstörung des
Tempels zu erinnern, den Herodes errichten ließ und den die
Römer niederbrannten, und das dürfte nun wahrlich kein
Anlaß zum Hurraschreien sein.

Das Hochzeitsmahl wurde im Haus der Braut eingenom-
men. Um den Tisch drängten sich mit strahlenden Augen
wohl fünfzig Fremde und ein paar Bekannte. Andrei saß höl-
zern neben der Braut, und neben Andrei wurde der Rabbiner
Blau und neben Blau Frau Blau plaziert, die ebenfalls von
Geburt Ungarin war; sie hatte ein kantiges Gesicht und einen
breiten Mund, sie erinnerte an Gustav Mahler, war aber
trotzdem eine schöne Frau. Ich kann nicht erklären, wie das
möglich war. Andrei sah sie lange an. Frau Blau war blond.
Man hätte sie für eine typische Sekler Bauersfrau halten
können, hätte sie Nationaltracht getragen. Doch sie war
Jüdin und stammte aus der Stadt und hatte noch nie Gänse-
dreck an den Füßen gehabt.

Die Braut stieß Andrei ab und zu mit ihrem kräftigen Ellbogen in die Seite und flüsterte ihm etwas ins Ohr. Andrei
lächelte finster zurück und kratzte mit der Gabel auf dem
Tischtuch.

Ich weiß nicht, was in Andrei vorging, ich kann es mir nur
vorstellen, leider habe ich ihn auch nicht im Auge behalten,

ich sah nur dann und wann zu ihm hin und merkte, daß er keinen Appetit hatte. Der Rabbiner Blau aß drei Portionen gefüllten Hecht mit Meerrettichsoße. Er aß geschickt, stopfte sich die Fischstücke zum linken Mundwinkel hinein, löste die Gräten im Mund ab und spuckte sie zum rechten Mundwinkel wieder heraus, wobei er gleichzeitig Lobeshymnen auf den Fisch murmelte und seine Frau zum Essen aufforderte. Andrei sah dem Treiben des Rabbiners überdrüssig zu und goß sich Wodka ein. Nach einigen Gläsern begann er hinter dem Rücken des Rabbiners vorsichtig zu dessen Frau vom kurzen Sommer und vom bevorstehenden Winter zu reden. Dabei schenkte er der Dame Weißwein ein.

Die Braut streute sich geriebenen Hering auf den Sauerzwieback. Ihre lärmenden Verwandten stimmten das Lied vom schüchternen Bräutigam an, der in der Hochzeitsnacht die Thora studierte, um praktische Ratschläge zu finden, wie man im Hochzeitsbett zu Werke geht. Auch der Rabbiner lächelte über das Lied und stocherte mit einer Fischgräte in seinen Zähnen herum. Andrei hörte nicht zu. Er goß sich Wodka und der Frau des Rabbiners Weißwein ein und brachte hinter dem Rücken des Rabbiners das Gespräch auf die ungarische Literatur …

Ein mir unbekannter korpulenter Mann mittleren Alters klopfte an sein Glas und hielt eine Rede, in der er seine und aller Anwesenden und der ganzen Menschheit große Freude darüber ausdrückte, daß sich mein Bruder Andrei eine Braut aus dem eigenen Volke erwählt habe. Er sprach lange, und man sah, daß er Tischreden liebte. Die Gäste wurden ungeduldig; Andrei hörte nicht hin, sondern fragte Frau Blau, ob sie Magda Szabós neuesten Roman gelesen habe, aber Frau Blau hatte ihn nicht gelesen. Endlich setzte sich der Redner, nahm den Applaus entgegen und wartete auf die Erwiderungsrede, die für Andrei der Schwiegervater hielt. Der Rabbiner Blau entfernte sich während der Rede, um sich zu erbrechen, denn der Pfeffer hatte sein Magengeschwür gereizt. Die Braut tauchte Fleischklöße in ihre Suppe.

Es wurden weitere Reden gehalten. Ein Turkuer Geschäftsmann gab einen verworrenen Bericht über die Geschicke der Brautfamilie von der ersten Teilung Polens bis zum Mord an Alexander dem Zweiten. Andrei machte die erste Flasche leer und flüsterte Frau Blau etwas ins Ohr; sie kicherte los und hielt sich etwas spät die Hand vor den Mund. Der Rabbiner kehrte blaß und mit einem Schluckauf an seinen Platz zurück. Erst als der Turkuer seine Rede beendet hatte, bemerkte man, daß er gesprochen hatte.

Jemand stimmte das Lied vom tanzenden Rabbiner an, begann aber viel zu hoch und brach mit einem schrillen Ton ab, begann dann noch einmal tiefer, und die anderen fielen ein. Der Brautvater versuchte eine Terz tiefer die zweite Stimme zu singen, was ihm aber nicht gelang, und so schwieg er und machte ein Gesicht, als hätte er es gar nicht erst versucht.

So wurde gegessen, getrunken, gesungen, wurden Reden gehalten, wie es auf Hochzeiten üblich ist, aber mein Bruder Andrei trank nur und bot auch der blonden Frau des Rabbiners an. Dann und wann erinnerte er sich an seine Braut und wandte sich ihr zu, und die Braut wandte sich zum Bräutigam, aber sie fanden nichts, was sie sich hätten sagen können, und so hörte die Braut den Reden zu und sang mit, wenn gesungen wurde, und Andrei begann, kurz bevor der Kaffee gereicht wurde, mit der zweiten Flasche. Als der Kaffee serviert wurde, standen die Gäste vom Tisch auf und wanderten in den Zimmern auf und ab, in der Hand hielten sie Gläser mit einem Long Drink oder mit Likör, sie suchten einander und bildeten Grüppchen. Die Frauen der Verwandtschaft gruppierten sich im Kreis um die Braut und erzählten von ihren Geburten. Der Rabbiner Blau erzählte allen, die es hören wollten, von seinem Haus, das er 1956 in Szeged zurückgelassen hatte. Ich wunderte mich, warum er es nicht mitgenommen habe, da es doch so vorzüglich gewesen sei, aber das war seiner Meinung nach ein schlechter Scherz, und als ich mich darüber wunderte, warum er denn überhaupt fortgegangen sei, war es seiner Meinung nach ein noch schlechter Scherz, aber das war nicht meine Meinung; danach mochte ich ihm nicht mehr zuhören, sondern ging umher und setzte mich dann in eine Ecke.

Frau Blau ging, ihre Nase zu pudern. Sie blieb lange fort, und als sie zurückkam, ging Andrei ihr entgegen, reichte ihr ein Glas Cherry und lehnte sich schwer gegen den Türrahmen. Der Rabbiner Blau trank Likör und erzählte, sein Haus habe sieben Zimmer gehabt, vier im Parterre und drei im Obergeschoß. Die Menschen in Ungarn hätten geräumige Wohnungen gern. Er habe sich mit seiner Frau und seiner Tochter wohlgefühlt in seinem Haus. Den Garten habe er zusammen mit einem Szegediner Gärtner gepflegt, der in einer staatlichen Orangerie arbeitete, sich aber natürlich ein kleines Nebeneinkommen verschaffen wollte und Blaus Blumenbeete für einige Forint umgrub. Aber nicht lange hätten sie dort in Ruhe wohnen können. Bald hätten alle möglichen Beamten (von der Kommunistenpartei und vom Zentralen Mieterverband und von der Vereinigung zur Unterstützung alleinstehender Mütter) ihnen die Tür eingerannt und von Wohnungsnot geschwafelt und von Familien ohne ein Dach über dem Kopf und hätten vorgeschlagen, ja geradezu verlangt, die Blaus sollten Untermieter aufnehmen, das ganze Haus brauchten sie doch wohl nicht für sich! Blau sei böse geworden und habe darauf hingewiesen, daß während des Krieges ein Nazi seine frühere Wohnung, die er verlassen mußte, als er ins Ausland floh, beschlagnahmt habe und daß der Staat ihm, als er nach dem Krieg zurückgekehrt sei, als Entschädigung dieses jetzige Haus gegeben habe, da die vorherige Wohnung durch Bomben zerstört worden sei, und daß er, Blau, deswegen in diesem Hause mit Frau und Tochter so lange zu wohnen gedenke, wie es ihm gefalle, und zwar allein.

Die Hochzeitsgäste hörten sich Blaus Bericht an, nickten und sahen einander an: ‚*So* sind die also …, die Bolschewiken!' Blau fuhr zufrieden fort und erzählte, jene Beamten hätten erklärt, daß sich die Gesellschaftsordnung verändert habe, daß die jetzige jedem die Möglichkeit garantieren wolle, in erträglichen Verhältnissen zu wohnen, daß das aber bedeute, daß man niemandem gestatten könne, luxuriös zu wohnen, und sie hätten mit offiziellen Papieren herumgefuchtelt, Blau aber habe für so etwas gar kein Ohr gehabt. Er habe gewußt, was ihm zustehe und daß er das göttliche Recht auf seiner Seite habe. So hätten denn die jüdischen Organisationen ein großes Geschrei darüber angefangen, wie die neue Regierung Rabbiner behandele, und schließlich habe man Blau in Ruhe gelassen. Aber dann seien 1956 die Unruhen ausgebrochen und Blau habe gedacht, was das nun wohl für Folgen haben werde, sicher würde man ihm wieder das Haus nehmen wollen, und so habe er sich nicht damit aufgehalten, über die möglichen Folgen jener Krawalle weiter nachzudenken. Zufällig sei ihm ein Rabbineramt in einem westeuropäischen Land angeboten worden, und so habe er Frau und Tochter genommen, habe sein Haus mit den sieben Zimmern in Szeged zurückgelassen und sei fortgegangen ...

Die Stimme des Rabbiners hatte einen besorgten und bitteren Klang angenommen, und die Zuhörer sagten zueinander: „Ts, ts ... So sind sie ... unverschämt ..., und das nach dem Krieg!"

Der Rabbiner trank seinen Likör aus und sah sich um, offensichtlich suchte er seine Frau. Ich sah mich ebenfalls um, entdeckte aber weder Blaus Frau noch Andrei. Ich ging von Zimmer zu Zimmer, die Hochzeitsgäste standen in Gruppen herum und unterhielten sich, und die Luft war blau vom Tabaksqualm. Andreis Schwiegervater hatte eine gewaltig große Wohnung, oder ich drehte mich bei meinem Gang von Zimmer zu Zimmer und von Korridor zu Korridor im Kreise ...

Eine Zimmertür war angelehnt, und ich hörte im Zimmer eine sanfte Frauenstimme ein Gedicht rezitieren. Ich trat näher, und mir wurde klar, daß Frau Blau auf ungarisch halblaut ein Gedicht las, in dem offenbar jede Strophe mit derselben Zeile endete. Es hörte sich an, als ob die Frau des Rabbiners das Gedicht noch von der Schulzeit her auswendig konnte. Mitten in der vierten Strophe begann die Stimme merkwürdig zu zittern, und die Frau kam ins Stottern: „Minden régi kedves helyet bejár … bejár … bejár …"

Das letzte Wort blieb in der Luft hängen, und ich konnte nicht anders, ich mußte die Tür öffnen und nachsehen, für wen Frau Blau da rezitierte oder ob sie es nur für sich allein tat, und ich erblickte Andrei und Frau Blau …

Gleichzeitig eilte der Rabbiner an mir vorbei, schaute ins Zimmer, rief: „Ah, doorrt, doorrt …" Frau Blau wurde rot und krähte: „Cserebogár … sárga cserebogár …" Also die letzte Strophe, die ich vorhin gehört hatte.

„Warum sprichst du plötzlich von Marienkäfern?" fragte des Rabbiners Miene, und er sah meinen Bruder Andrei mißtrauisch an.

„Du erinnerst dich doch an das Gedicht, Aaron …", sagte Frau Blau schnell.

„Lieben Sie auch Petöfi?" fragte Andrei dazwischen.

„Was für einen Petöfi?"

„Das ‚Fliege, fliege, mein Marienkäferlein …'", erläuterte die Ehefrau.

Der Rabbiner Blau und seine Frau entfernten sich, nachdem er sich bei den Eltern der Braut für das ausgezeichnete Hochzeitsmahl bedankt hatte. Auf der Treppe wiederholte er, die schrille Stimme seiner Frau nachäffend: „Mein Marienkäferlein…, Marienkäferlein!"

Andrei ging nachdenklich zu seiner Braut, die nicht bemerkt zu haben schien, daß er fortgewesen war.

Inhaltsverzeichnis

3

Originaltitel: *Kun isoisä Suomeen hiihti*
Aus dem Finnischen übersetzt von Peter Krüger

Das Buch wurde gedruckt mit Unterstützung der
Deutsch-Finnischen Gesellschaft e.V.

Die Deutsche Bibliothek - CIP-Einheitsaufnahme

Katz, Daniel:
Als Großvater auf Skiern nach Finnland kam / Daniel Katz.
[Aus dem Finn. von Peter Krüger]. - 2. Aufl. - Rostock :
Hinstorff, 1999
Einheitssacht.: Kun isoisä Suomeen hiihti ‹dt.›
ISBN 3-356-00832-3

Für die deutsche Ausgabe:
© Hinstorff Verlag GmbH, Rostock 1999
2. Auflage 1999
Schutzumschlag: Dietmar Arnhold
Druck und Bindung: Wiener Verlag GmbH Nachf. KG
Printed in Austria
ISBN 3-356-00832-3

Daniel Katz

Der Tod des Orvar Klein

Roman, aus dem Finnischen
von Regine Pirschel

272 Seiten, gebunden,
Schutzumschlag

DM 32,00 / ÖS 234,00 / SFr
29,50
ISBN 3-356-00765-3

Buchhandlungen, Bibliotheken, ein Antiquariat – die Welt
des Orvar Klein, über den bereits früh Klagen angestimmt
werden: *Der Junge ist zu blaß und spitz und so ein Träumer.*
Aber er wird – allen Einwänden zum Trotz – seinen Weg gehen, wird das geschriebene Wort lieben und ihm vertrauen,
auch wenn es so gar nicht zur gesellschaftlichen Wirklichkeit zu passen scheint. Etwa, wenn tiefgläubige Damen von
der *Garde der geistlichen Landesverteidigung* zur missiona-
rischen Verfolgung ansetzen oder Ovar sich zum Anarchisten
gestempelt sieht und hinter Festungsmauern verschwindet –
für eine Weile jedoch nur, denn er wird wiederkommen.
Nicht als Orvar allerdings …

Der Finne Daniel Katz, wegen seines oft liebenswerten,
manchmal abstrusen Humors mit dem Filmemacher Kauris-
mäki verglichen, hat mit dem Büchernarren Orvar Klein eine wunderbare Figur geschaffen: ein vielleicht naives Wesen,
sicher lebensfremd und doch des Überlebens fähig, das stirbt
und zugleich weiter existiert, das allen Widrigkeiten trotzt,
notfalls, indem es sie aussitzt.